书房系列｜箭　　　明阿星 绘

DUKU

读库

2301

主编　张立宪

新 星 出 版 社　NEW STAR PRESS

DUKU
读库
特约编辑　杨　雪
装帧设计　艾　莉
图片编辑　黎　亮
助理美编　崔　玥

特约审校：黄英｜朱秀亮｜马国兴｜刘亚｜吴晨光

目录

1 阿觉娃的故事 ……………… 此里卓玛 口述 | 黄菊 撰写

一个藏族女性的成长历程。

80 龙仁三十天 ……………… 陈莉莉

2012年，我在龙仁乡中心小学待了一个月，说是当老师，
其实是当学生，后因身体原因而离开。

155 番薯盛世 ……………… 杜君立

明清以后，美洲新作物在中国引发的山地大开发，
并没有让人走上富裕。

193 互联网前的互联网 ……………… 冯翔

法国曾经是世界上独一无二的、最大的互联网国家。

207 旧杂志里的青春 ……………… 朱七

飞碟唱片四十年了，我想以一个歌迷的私人角度写下些什么，
留给这个快速迭代过度消费的年月。

249 天选之子 ……………… 孙朝阳

本文试图回答：人类文明是不是宇宙中最高级的文明？

301 狮头·山羊身·龙尾 ……………… 伏怡琳

正如京剧之于中国，歌舞伎之于日本，同样堪称国粹。

329 笑你梁兄真像呆头鹅 ……………… 傅谨

戏曲里有许多女追男的故事，都不简单。当然，简单就无趣了。

阿觉娃的故事

此里卓玛 口述 黄菊 撰写

一个藏族女性的成长历程。

玖农顶村

我叫此里卓玛，云南德钦人。我是1981年三四月左右出生的，我们不记生日，小时候也不用身份证。中学时老师问具体出生日期，妈妈说：你是麦田里拔穗时出生的。我想了想，二月还在过年，六月麦子收割，拔穗时应该是三四月，就写了个大概日期。

德钦是藏族自治县，地理上属于三江并流地区的核心范围，横跨了金沙江、澜沧江、白马雪山、卡瓦格博（就是外面人说的“梅里雪山”）。下面的乡镇，比如奔子栏镇在白马雪山东坡，金沙江边；燕门乡、云岭乡和佛山乡在白马雪山西坡，澜沧江边。我家在云岭乡玖农顶村，背靠白马雪山，面朝卡瓦格博，脚下就是澜沧江大峡谷。

澜沧江江面的海拔不过两千米左右，但白马雪山主峰五千六百四十米，卡瓦格博主峰六千七百四十米，在这三四千米的垂直落差中，分布着干热河谷、森林、草甸、雪山。我们在干热河谷种葡萄，在森林里采菌子，在草甸上放牧、挖虫草，靠雪山融水灌溉农田。

每片干热河谷都有绿洲，一个村子是大绿洲，一户人家就是小绿洲。我家的房名叫“斯尼雅卡”，斯尼，蝉；雅卡，山坡上。合起来就是“蝉鸣叫的山坡”。小时候房子周围都是灌木，上面很多蝉，房名描绘了一个小绿洲的样子。

我出生时，玖农顶村已经是云岭乡乡政府所在地。乡政府之前在佳碧村，因为经常出现泥石流，就搬到了玖农顶。我父母亲都是农民，生了四个孩子，大哥、大姐、二姐和我。我出生时正好赶上计划生育，我属于超生，被罚了款，村里分土地时也没我的份。父母亲随和，不愿和人争，最初包产到户时，别人都去抢中间的农田，那些田肥，也不容易被牛羊攻击，我们只分到最边上的地。边上的地贫瘠，大家不好意思，就多给了一点。后来乡政府搬来，要占用农田建城镇，不能占用中心农田，只能占最边上的，于是，乡医院占走我家一片地，学校占走一片地……地被占了很多，但我们家也变得很方便，隔壁就是银行，门口是医院，再过去就是学校。

因为挨着乡政府，好像很自然的，哥哥、二姐和我都上了学。只有大姐，从小就很勤快，一直留在家里干活。

我哥哥上小学时还有藏文班，念到四年级时，拉萨藏医院和云岭乡藏医院合作，招了一个藏医药班，哥哥就在这个班上。五年级开始，全班直接去藏医院上课，平时学藏文、藏医，周末就去山上找各种药材，我现在记得的有药用价值的植物，都是那时哥哥教的。学到后面，需要去拉萨进修，回来就可以当藏医，全班同学都去了，哥哥坚决不去。后来他的同学都当了藏医，哥哥去印度做了僧人。我上学时已经没有藏文课，很多藏文老师都下岗了。

小学过得不是太好，那时大家都在自己村子上学，四年级以后才来中心完小，我从一年级就在中心完小。同学大多是乡政府里双职工的孩子，爸爸妈妈有工作，有工资，他们有很多作业本和铅笔，我什么都没有。

我们家东西都是不卖的，牛奶、奶渣、核桃、水果、酸奶、酥油，都送人家，但商店里的东西都是卖的，没有钱拿不到。我那时太小，还不太会区分什么是富裕、贫穷，但跟别人不一样的感受很难受。大家都有很好的鞋子衣服，总是干干净净的，我们放学了还要干活，捡猪食、管牛羊、烧火做饭，衣服裤子都会弄脏。

我对书本上的知识根本不感兴趣，书里讲的东西和我的生活没有关系，但还是悄悄地努力背。学习成绩好，老师就会给奖励，比如作业本、铅笔。

小学之前我一直很开心，很野，没上过幼儿园，可以到处玩，但到小学时，和家庭条件很不一样的人在一起，那种差距就会很明显。有次过夏令营，老师说，每个人交两块钱，给大家买饮料。妈妈说：啊，两块钱！那么多钱要干吗？真的，全班都有，就我没有。在山上，同学们说：饮料你就别喝了，喝水吧。大家都是小孩儿，不懂事，但我特别难受。

因为挨着学校，我们家没有任何隐私，学校在很高的山坡上，我们家低一点，家里干什么事他们都能看见。课间休息的时候，同学们就来走廊上看：你爸爸妈妈又在田里干什么……老师养的鸡跑去我们田里吃东西，他们也说。

有次家里杀猪，我有个好朋友，我们天天一起玩，那天中午请她去家里吃饭。回来时，班上男生把我们围在门背后揍，说，你们俩吃了猪肉，嘴上的油都没擦干净，来炫耀什么？他们也常常偷我们家苹果，摘我们家番茄。那时想，我要是从其他地方来借读的就好了，没人知道你爸爸妈妈，虽然他们没做任何坏事，就是正常在劳动，但同学们总是这么针对我。

我同桌作业写得特别差，字也难看，但他有很多作业本，我就帮他写作业，他给我作业本，所以我作业本前面的名字都是划过的。那时老师让我们背很多课文，但他要做饭、带孩子，也没时间，每次都是我第一个背完，然后同学们找我背。一开始还认真听他们背，但傍晚六点多了，还没背完，我也肚子饿了，他们就说：要不我给你买饼干吃？雨崩村有个同学，那时天天买夹心饼干给我。他是1974年的，比我大七八岁，那么大才来读书，真的记不住。雨崩村过来太远，需要寄宿，家长只能让孩子比较大的时候再来念书。我们班最大的是1972年的，比我大九岁，一米七！

我背书快，学习成绩也好，三好学生、少先队代表、主持人，都是我，老师也愿意什么机会都给你。同学们特别生气，下课了就群攻我。我哭着说要回去告诉爸爸，爸爸是当过兵的，个子高，力气大，很严肃，同学们都怕他，但打架的事，我一次都没和爸妈说过。我家门前有条水沟，每次哭着到水沟那里，总会把脸洗干净了再回去。

我整个小学都不是很开心，但爸妈挺开心的，觉得每年我都能拿奖，老师也夸他们，六一儿童节都会来学校看演出。那是我们割麦子的时候，其实很忙，有些家长是不来的，但爸妈会来，我会得奖，晚上的表演会当主持人，也跳舞。

小学毕业就到德钦县读初中，要离开家了，藏族人觉得银的东西可以防毒，妈妈送了我一副手镯，一直戴到现在。

德钦县

初中三年都在德钦，比小学好一点，大家都住集体宿舍，有农村的也有城里的，没有太强烈的对比，成绩也还行。

初三毕业时，我报考德钦一中的高中，考了第一名。但妈妈说，没钱供我读书。学校愿意承担我整个高中的学费，还承诺高三时给我留保送大学的名额。妈妈还是不同意，她说大学肯定没钱读的，就读中专不行吗，三年毕业出来马上挣钱。我很生气，说，不让读，我就不吃饭不上厕所，屎尿就拉在床上。我妈各种折腾，一会儿哭一会儿笑。她一哭我又心软，最后决定去找旁边红坡村的活佛算命，看活佛怎么说。

活佛说，读中专也可以，上高中也可以，人只要有降生到这个世上的福分，就有一口你的糌粑吃。真的，他就是这样说的。妈妈说，既然都可以，就念中专吧。我很想上高中，想着上大学的感觉肯定特别棒，但只能依从妈妈，于是复读一年，考中专。

我想报云南省广播电视学校，小时候没有任何课外读物，我妈不识字，也不会给我买书，但我和姐姐很喜欢看书。乡政府有旧报纸，他们读过就不要了，我妈会拿过来擦屁股，我们就读那个报纸。我和姐姐跟村子里邮递员的关系非常好，乡里有人订阅杂志，那时订一本杂志要一个月才到，她就给我们快速看完再交到订阅的人手里。到初中，特别喜欢听广播，喜欢播音员的声音，那时收音机很流行，能从里面听到很多歌和故事，所以就想报考广播电视学校。但当年德钦县只招一人，有个官员的女儿也要报考。中考前，我们每次摸底考试都要全校张榜，前三十名才会在榜上。我每次都在榜上，她每次都不在。看到我报名，他们就找人来和我谈话，让我不要报考。刚开始找班主任，然后找副校长，后面经历了很多很多事情，最后被告知，即使你瞒着大家悄悄填了志愿，也会被改掉，而且还不知道会改到什么地方去，不如自己另外选一个。对方说，如果愿意改志愿，三年后我从学校毕业时，可以关照我的工作。打电话问家里人，爸妈也没办法，只有认了。

当时广播电视学校招的专业是“电子声像设备”，正好云南电影学校也有这个专业，我就改了。最后成绩出来时，我比那个女生刚刚高了一百分。

昆明

在云南电影学校，没想到开学第一周就遇到那位官员的女儿，两所学校只隔三站路，我们学校旁边有一个很大的体育场，他们开会、上体育课，都要到这里来。

她见到我就哭得不行，抱着我说，如果不是你，我肯定考不上。我本来很生气，当初那么多人来威胁我时，我想这个社会怎么这么黑暗，但她一哭，我就原谅了，反正我也考上了，而且电影学校也很好。

我的同学里有各少数民族，苗族、拉祜族、景颇族、白族、回族……藏族比较少，但我前面的学长学姐都给大家留下了很好的印象，所以老师们对我也非常好。我从小就攻击性很强，随时是备战状态，习惯了和人去打架，任何时候都像刺猬一样，非常警惕。但在这里，大家都很喜欢我，我就愿意做得更好一点。

是到中专时，我才正式学会说汉语的。那之前，虽然书本上学汉语，但日常生活中说的都是藏语，昆明没几个藏族人，只能说汉语。同学们的汉语带着各种口音，听着很费劲，感觉每个人的语言都听不懂。

气候也不适应，昆明很热，大家都穿短袖，我从没穿过短袖，很不好意思露出手来，但是太热了，我就在房间里穿着短袖洗脸，去倒水的时候再把外衣穿上。在家里，妈妈特别严，洗完头发不允许披着，她说女人披着头发就像魔鬼。我妈到现在都是洗完头就把头发马上编起来，不知道是怎么做到的。我头发太多，洗完头就扎起来，会很难受。那时没有吹风机，只能悄悄躲在屋子背后晒太阳。但在昆明，没这么多规定，大家都披着头发。

我们也没有刷牙和洗澡的习惯，初中时在德钦县城，很多同学都不刷牙不洗澡，只有一次，毕业前要集体体检，老师让所有人去洗了一次澡。记忆中，我们都是过年期间和村里人一起去泡温泉洗澡，很多人泡在一个大池子里，下水后会被灌一口青稞酒。也不洗脚，应该很臭吧，但平时没有这个习惯。有个思茅的同学给我打来洗脚水，说这里很方便，有热水，洗个脚吧。于是，我在昆明有了一系列新习惯：穿短袖，周末洗澡洗头，洗完头还可以披散着头发！

也不努力学习了，好像这样也没关系，只要过了六十分就行，没人在乎。考试前，我会跑去找老师：能不能给我勾一下重点？老师很无语：你这个学生，我勾给你，不要告诉其他学生啊！

我们对这个城市太好奇了，每个周末都走路去各个景区，几个宿舍的人一起，男生女生都有。没钱，也不坐公交车，路上买个馒头，一直走，走一整天。昆明所有地方，你耳朵里听到过的名字，我们都走了一遍。哪个周末都走，哪个地方都走，整个城市走遍了，有时半夜三更还在走，有很多很大的老鼠在城市里跑来跑去。商场也去，不一定买东西，就是到处走，保证有一点饿不着肚子的钱，比起德钦和香格里拉，昆明物价也便宜。

所有人都对我很好，我发脾气也没人说，有次我把宿舍门都踢碎了。我们当时是女生男生都住同一栋楼，那天有两个男生来我们宿舍找其中两个女生，到了打饭时间，我们回去拿碗，他们把门锁着，不开。一个宿舍八个同学，两个人在里面，外面就有六个女生。我大声说：来开门！不开我就踢了！他们不开，我就一脚踢门了。我力气大，但那个门很硬，第一脚没踢开。他们有点害怕，之前把小锁也锁上了，我踢完第一脚，一个女生就过来开小锁，刚把小锁打开，我就踢了第二脚。门被踢穿一个洞，她也被踢到了。我那时非常气愤，妈妈从小教育我们，男人和女人的界限是非常严格的。

除此之外，宿舍关系都很好，唯一有个抽烟的，我不让她在宿舍抽，赶出去，她笑笑也就过去了。我觉得自己挺坏的，但她们都说我很好，说我很勇敢。

宿舍有个瑞丽来的景颇族女孩，很瘦，很高，很有钱，买很多衣服裤子，穿一个星期就不要了。她四十四公斤，我四十七公斤，只有我穿得下她的衣服，她穿完一个星期就全部给我。那几年我有很多新衣服穿，那些衣服全都很有个性，像模特一样。

另一个同学在孤儿院长大，每个月生活费也是孤儿院给，所以不多。我饭量小，她饭量大，但舍不得买，我如果出钱买给她，她是不吃的，但如果我说吃不完，让她帮我吃一下，是可以的。每次打饭，我其实吃二两，但都打四两饭三个菜，我们在家不太吃菜，我吃二两饭一个菜就饱了，把饭吃到一半就说，我吃不下了，你帮我吃吧。她知道我有剩余的饭，就会打二两饭一个菜，吃完自己的饭等着我。

电影学校的专业分技术类的，像我们就是学放电影、调光调音；也有艺术类的，像影视表演班，要走模特步。我初中时胸就比较大，但没穿过胸衣，跑步时会晃，穿毛线衣的时候也很明显，不好意思直着走，只能夹着肩膀走。同学说，一直这样弓腰驼背不好，去模特班学习走路吧。我很害羞，班上就六七个同学围着我，不让其他人看见。走模特步时，穿着高跟鞋和模特服，两边都是镜子，头上顶着书不能掉。每天放学就去练，有女生也有男生，持续了一个多月，终于学会抬头挺胸走路了。

在昆明，感觉好自由，什么都可以做，我甚至把头发剪了，穿超短裙。那时各少数民族在一起，大家习惯不一样，语言不一样，什么都不一样，反而谁也不管。在德钦，全是藏族人，星期天穿了新衣服回学校就会被“哦哦哦”起哄，很担心，很麻烦。但在昆明，谁也不关心你穿了什么，整个环境都很多元，很开放，很自由。

小时候，从课本上学到的知识，老师传递的信息，还有大人告诉我们的，都在说：我的家乡很贫瘠。整个小学、初中，努力学习的动力就是不要待在这个山里。那时看电视，里面的人都穿着干净的衣服，吃饭时都有刀子叉子，拿着刀叉各种操作。所以到现在，我对刀叉都特别迷恋。反而是在昆明读书，第一次听到人们对藏族的赞美，原来别人对你有很多好奇，原来我们是很不一样的，原来世界上还有很多不一样的少数民族。

卡瓦格博文化社

中专毕业回到德钦，妈妈陪我去找当年那位领导。他是认账的，给我安排了实习单位，实习期间也给我发工资，三百块钱一个月。但是，单位不让我用调音设备，说设备太贵，我一个女生，怕用坏了，就让我坐办公室。办公室的人每天一到办公室，电炉打开，水烧开，然后就围着电炉烤火，打毛线，聊八卦，这样一整天。

我们楼下有个画画的，叫斯朗伦布，他正在一整面墙上画卡瓦格博神山，见我在办公室待不住，就安排我去给他当助手。他站在凳子上画，下来取各种工具不方便，我就帮他递画笔和颜料。他一边画画，一边和我聊天。比起办公室那些人，他很尊重我，什么都会问我意见。有一天，他说他和几个朋友成立了“卡瓦格博文化社”，最近在做免费的藏文扫盲班，问我想不想去听。我们虽然说藏语，但并不认识藏文。在村子里，如果学过藏文，就会成为受欢迎的人，因为可以帮忙看历书，藏历都是藏文的。以前学藏文有两种途径，一是去学校，一是进寺院，后来学校取消了藏文课程，现在有机会学习，当然愿意啊。

在那里，我认识了文化社早期最核心的成员：来自佛山乡江坡村、本来做烟草生意的哥哥肖玛，本来职业是检察院司机但热衷于传统文化的木梭，来自明永村的诗人扎西尼玛，喜欢弦子的钟华……斯朗伦布是社长。

扫盲班不只教藏文，也教很多传统藏文化知识。毕业时，我本来想着干一番事情的，从小觉得自己还行吧，但他们讲的东西，我什么都不懂，就开始做笔记，学习家乡和自己民族的各种知识，从此和文化社保持紧密联系。

文化社最初的想法是，我们在语言、文字、歌舞方面的传统文化都在慢慢消失，成立这样一个机构，让大家反省、回归，所以第一件事就是搞藏文扫盲班，让大家学习自己的母语，至少会写自己的名字。

取名“卡瓦格博”，因为那是我们的神山。卡瓦格博是我们的神山，我们从小就接受这样的教育。我们相信，每一座山都有一个山神。山神有很厉害的，也有一般的，卡瓦格博在整个藏区都很有威力，我们都敬畏它。敬畏的具体表现，不只是朝拜，是不会随便把山上的树砍掉，不随意去打山上的动物。它和我们的关系是相互的，可以保护你，也可以伤害你。如果只保佑你，大家就没有畏惧心理，山上的树不可能保存至今。现在的林业局是后来才有的，在那之前，几千年都没有这样的部门，因为大家对这种因果深信不疑，也以此控制着人们的欲望。反倒是后来有了各种保护部门，大家越来越觉得这不是自己的事，是那些专业部门的事，整个环境跟之前有点不一样。

有一支歌颂卡瓦格博的锅庄，歌词大意是：神圣的卡瓦格博，你就在雪山之巅，我不用刻意双手合十为你祈祷，因为山上自然生长的香柏林就是天然双手合十为你祈祷的树木；我不用刻意用圣水为你敬献，因为山脚下流淌的澜沧江水就是自然为你敬献的圣水；我也不用刻意用水果供养你，因为我在农田里种植了果树，它们结的果就是自然为你敬奉的果实。这是藏族人对一座山的描述，我们和自然是一体的。

文化社成立时，社长他们去神山旁做了一个仪式，跟神山说：借用一下您的名字，不是为了出名，不是为了得利，而是想借此传承、发扬我们的传统文化。如果传统文化没有传承下来，大家会慢慢放掉对自己的束缚，会觉得没有什么是不可以做的。

那段时间，我白天在单位实习，晚上就去参加文化社的各项活动，有时上课，有时做志愿者。文化社是公益机构，每个人都是在自身工作之外参与进来，大家都尽一己之力。

原以为可以一直这样工作下去，但实习期间，在单位遇见一件很不好的事，就提前结束实习，回老家待了一年。那一年，在家跟着父母亲干农活，好像也挺好，没有负担。我还想着，可以边干农活边写点东西，后来发现，重活干多了，就没时间思考了，每天回家吃完饭，什么都不想思考，只想睡觉。

职业导游

在家待了一年，妈妈觉得不是办法，让我去考公务员。从初中开始，到实习时，看到了公务员系统里很多不好的事，我这种很难被驯服的人，是没法适应那个系统的。但妈妈强迫我考，就又去找活佛算命。活佛说，可以去试试啊。我心里不愿意，就不好好看书，也就如愿地没考上。

我有个堂姐在德钦，那时她母亲去世，四十九天还没过完，父亲就接着去世了。家里还有个很小的孩子，姐夫那时当领导，天天出差，忙不过来。姐姐问妈妈，可不可以让我去她家当保姆，妈妈同意了。

姐姐要求非常严格，不许睡懒觉，七点钟就起床，早上干完很多事，她就去上班。她走后，我会把家务活快速做掉，然后把孩子背在背上（他们在家时不让我背），给他念书。念着念着，孩子很快就睡着了。姐姐家有很多很多书，什么《拿破仑传》《雪山寻梦》，我都是在那里看的。姐夫也特别爱看书，吃饭前一点时间看书，坐车也看书。他看我也爱看书，觉得在家当保姆可惜了，正好德钦招第一批导游，就让我去考个导游证。

这里有个大背景。卡瓦格博被叫成“梅里雪山”，其实是一个误会，但1991年一月三日，这里发生了登山史上最大的一次山难：十七名中日联合登山队的队员全部遇难。从此，卡瓦格博将错就错地变成了“梅里雪山”，而被外界广为人知。不久，又有另一件大事发生。以前，德钦县的财政收入一直依靠白马雪山的木头砍伐。但1996年，北京来了一个“大学生绿色营”，都是环保人士，他们揭露当地生态遭到破坏，引来很多关注，一直曝光到《焦点访谈》，最后，不得不终止木头砍伐。《雪山寻梦》主要就是讲这件事。也因此，德钦才想着转向旅游经济。与此同时，随着山难事件的发酵，越来越多人想来这里，而1998年，遇难的十七名队员的遗体遗物陆续在明永冰川被发现。这年四月，明永村终于通了公路。五月一日，明永村迎来历史上第一批游客。

与此同时，香格里拉也在发生很多大事：在众多申请以“香格里拉”命名的地方中，曾经的“中甸”获胜；香格里拉机场修成并通航……整个迪庆州（包括德钦藏族自治县、维西傈僳族自治县和香格里拉县）的旅游都慢慢开始了。

记得《雪山寻梦》里说，我们找到了心中的香格里拉，但是香格里拉呀，你要用什么方式守住你的纯洁和善良？这话写得真好呀，当时从文化社知道了藏族文化里一些好的东西，外面的人也看到了美好，可我们自己知道，不全是美好，很多美好的东西也没有了，现在正处在传统与现代的PK阶段，我们作为香格里拉人，作为德钦人，就应该冲在前面，来守护她的纯洁和善良，导游就是这样一个桥梁。

很顺利，2002年，我拿到导游证，成为德钦县第一批正规地方导游，开始带团接客。

当时我们接团，是香格里拉旅行社的人把客人送到金沙江边的奔子栏，我们去那里接上，带他们先去东竹林寺，再翻白马雪山到德钦，然后去明永冰川，最后送团到奔子栏结束。

导游是没有工资的，带团那天才有五十块钱，但那时客人都给小费，给多少由客人自己决定。每次线路结束前，我们就唱歌和大家说再见，唱歌时客人就给小费，领队会拿一顶帽子挨个去收，每个客人都会给，有时还会装在信封里。那时来德钦的客人主要是港澳台地区和海外的，经常收到港币、美元，我最高的时候拿到一万八，一个香港人给的。

那时当导游，除了身体辛苦一点，心里是很舒服的，不用卖任何东西，只需要把你知道的讲给他们，把路带好，客人也不挑剔。但慢慢的，香格里拉旅行社开始直接带客人进德钦，不再经过德钦的旅行社。那时雨崩还没向团队开放，德钦对外的景点只有明永冰川。旅游团越来越少，其他导游都陆续走掉或者转行，我是留到最后的一个，一直留到旅行社转卖出去。

2003年，我从德钦来到香格里拉做导游。

非典与人类学家

2003年，藏历水羊年，卡瓦格博属羊，是它六十年一遇的本命年。经文里说，这一年，来自印度、尼泊尔、汉地、北方香巴拉以及以冈底斯山为首的康藏一百二十八处大圣地和一千零二十二处小圣地的守护神，都会聚集到这里来。如果在这一年朝圣卡瓦格博，就等于同时朝拜了这些大圣地和小圣地，所以那一年，来自全国藏区的数十万人前来转山。

一同来转山的，还有一位来自昆明的人类学家，郭净，他的博士论文就是写卡瓦格博的。他计划跟藏族学者仁钦多吉一起转山，仁钦多吉被郭老师称为“最懂卡瓦格博的人”，而他就是我玖农顶村的邻居。仁钦多吉是带全家人一起转山，把路上的神山圣迹一一指给后辈看，而郭老师，要拍一部记录他们一家外转卡瓦格博的纪录片。

可能因为这些缘分，当郭老师来到文化社时，诗人扎西尼玛就问我要不要和他们一起去转山。我很钦佩仁钦多吉，他在家里建了一个“卡瓦格博博物馆”，把整座神山做成一个立体沙盘。虽然我们都是藏族人，但不是所有人都懂神山，大部分人转山，纯粹觉得那就是好的行为，包括我自己在内。知道他要一起走，很动心。我那时刚到香格里拉做导游，但那年“非典”，游客都来不了，没什么工作。就这样，我和他们走了一趟外转卡瓦格博的朝圣之旅。

扎西尼玛把郭老师介绍给我们时，把他吹得像个神，说他有学识，有才华，有各种头衔。但真正和他一起走路，发现他就像个老农民，没有任何架子，对我和我们的文化都非常尊重，我们讲的任何东西，他都觉得有意思。他好像什么都知道，像百科全书一样。回来在网上看他写的文章，他为四川若尔盖的藏族小孩写过《卓玛，你的眼睛》，我看到就哭了，莫名的感动。

在那次转山路上，我一方面跟着仁钦多吉学习关于神山的知识，一路记了很多笔记，整理后发表了人生中第一篇文章《卡瓦格博，我将永远流淌在您的心窝里》；一方面跟着郭老师学习摄像，第一次使用DV，拍摄了人生中第一个纪录片《小生命》。

2004年，郭老师和云南省社科院的学者在香格里拉做社区教育项目，我因为是本地人，又懂藏语，也作为他们的成员之一。

项目是在尼西乡中心完小和汤堆村小学做一个校本课程，让大家在书本之外学一些与生活相关的东西。我自己上小学时，书本上的东西和我的生活没有任何关系。最简单的，比如红绿灯，书上说红灯停绿灯行，可是我都没见过红绿灯，考试时常常弄混。那时很多父母都不愿意让孩子去读书，觉得孩子读书回来，农活不会干了，村子里的事情也不了解了。所以当郭老师说要做社区教育，出一本和本土相关的教材时，我觉得太好了。

我负责记录、拍摄，也给他们当翻译。之前当导游，我知道每个人的表达方式，大家说的话不一定直译，但可以把双方的意思很清楚地表达给对方。

那期间，我是边做项目边做导游，但导游做得越来越不开心，虽然比起德钦，挣的钱明显多了。这时的导游没有工资，也没小费，但要带大家购物，每天最少能挣三五百，因为带的人多，不像德钦，路不好，最多只有十九座的客车，香格里拉经常是三四十人一车。只要你把人放进去，老板就按十块二十块一个人的费用给你，如果是四十个人，你就可以拿八百元。一旦把客人送进一个大购物中心，多多少少会买一点，最便宜的，比如十块钱一双的筷子肯定会买，有人觉得便宜，就买个十双。那时游客对购物也没意见，他们都知道，就说，卓玛，去哪里对你有好处？我需要买东西，你保证东西是好的就行，支持你的工作。他们越是这样，我越不好意思。

旅行团结束，有些人离开时是哭着走的，觉得我们太淳朴了。我们那时涂脸油不搽，防晒霜也不涂，他们觉得好心疼。也有客人建议我们，这么年轻，有没有想过继续学习？

我从小没穿过很好的衣服鞋子，那时有钱，就买了很多很多衣服，我目前买过最贵的衣服也是在那时。游客不是喜欢穿户外装嘛，当时觉得，如果我们穿得跟他们一样，那我们不就跟他们一样了吗？村民看到我们也像游客，就好骄傲啊。户外的鞋子防水，三百多元一双，哥哥问，为什么这么贵？我说因为防水。哥哥说，雨靴更防水啊，只要几十块钱。

那时的感觉是，挣钱不开心，不挣钱也不开心。客人对你好，对你不好，都不开心，很想换个环境。

另一方面，比起做导游，虽然对社区项目更有兴趣，但做的途中发现自己能力很弱，除了要有沟通、翻译的能力，还要做文字记录、拍摄，后期出版成教材时还要考虑做设计，这些我都不会。郭老师就提议，要不要去昆明学个设计？那时导游挣钱很容易，我担心自己会后悔，但郭老师说，要破釜沉舟。我把导游证给了一个和我名字一模一样的朋友，走之前，旅行社还让我带了一个团，说挣点学费。那天带大家去碧塔海，晚上又吃猪肉又吃烤羊，大家都很高兴，我挣了三千五百元。

重新回到昆明，白天在云南师范大学学广告设计，晚上去爱因森教育学电脑平面设计。以前妈妈不让我上大学，现在自己挣了钱，补上一个大学，很开心。

郭老师也鼓励我写作，转山时，我在路上写过转山日记，他帮我发表了。那期间就鼓励我写村子里的故事，把这些故事变成《阿觉娃的一千零一夜》的连载发表在网上（我们会把朝圣者称为“阿觉娃”）。

那时郭老师正在做“云之南”纪录影像展，我现学现用，也用我学的设计帮着设计海报、奖品等等。也同时做拍摄，用《小生命》参加了纪录片导演吴文光老师创办的“村民自治影像计划”。

在昆明很快乐，很充实。两年学习结束，再次回到香格里拉。

白马雪山、青海与清迈

两手空空地回到香格里拉，导游证也没了，不能再去当导游。新知图书城正好在招销售业务员，那就去卖书吧。

前面三个月，一本书都没卖出去，因为不认识人，卖书要认识很多人，要发很多名片。当时工资很低，是按提成拿钱，基本没收入。

有一天，郭老师给了我两千块钱，让我选一批书捐赠给汤堆小学和尼西完小。我挑选了一些孩子们感兴趣的书送过去，学校老师说，啊，太好了，我们正需要订购辅导孩子们的书。他们成为我第一批正式顾客。

后来，我去旅游局推荐导游培训书，见到了以前的领导，旅游局局长。他也是德钦人，当年我要辞职的时候还劝过我，觉得我是一个非常不错的导游，现在看到我卖书，就跟办公室主任说，跟我买书。旅游局跟我买了六万块钱的书。

再后来，扎西尼玛大哥把我介绍给组织部部长，部长以前是报社编辑，我写过的那篇转山日记在《人与自然》杂志发表后，扎西尼玛大哥也帮我投到《迪庆日报》发表了，部长当编辑时，审过这篇稿子，他还记得，说：挺好的，德钦人好不容易有人愿意出来做事。那时正好副科级职位以上的人必须读十五本书，一套下来，每人的预算是九百多元。部长很快和我签了协议，总共是二十多万的书款。

当时和公司签了一年的协议，任务是卖出三十万书款，但我在八个月里卖了四十多万。到第八个月时，哥哥肖林跟我说，卖书有什么意思，和我去白马雪山吧。他在白马雪山做了三十多年护林员，保护滇金丝猴，也保护那片他心中的净土。几年前，哥哥肖林把护林员这段经历写成了一本书，《守山》，他在书里说：如果有一个地方，我愿把心魂交付，那只会是——曲宗贡。曲宗贡意为两条河流汇合的坝子，白马雪山主峰扎拉雀尼峰冰川融水淌下了两条河流：金妞和金妮。两条溪流绕过山的阻隔终于再次欢聚，而常年冲积的力量在这里化出一捧温柔广阔的草甸，这就是曲宗贡……

曲宗贡是白马雪山的核心保护区，那时，他刚把曲宗贡所在的U形谷冰川整理出来，希望我去设计线路。

但新知图书城不放我走，刚好经理要换，想让我做经理。以前觉得去图书城太好了，有那么多书可以看，但事实上，大家都在钩心斗角。我刚做出业绩时，底下两个营业员小姑娘不服，觉得我连书的分类都不懂。我只负责卖书，找书是她们的事，她们就不太配合，让我自己去找。我很生气，揪出一个小女生说：你过来，跟我一起扫大街去，你一个扫把我一个扫把，你也扫不过我，信不信？你扫不过我的原因是什么你知道吗？我只管扫我的地，而你永远在想，你要扫得比我好，永远在跟我做比较。当你在和我比较时，你永远赶不上我，因为你做不到百分之百投入。

图书城的人事结构是这样，经理下面两个主管，再下面两个销售业务员，下面是会计、出纳，再底下才是营业员。大家都是从营业员做起，我是突然间闯出来，她们很愤怒，看我不顺眼。我不是很喜欢那种大环境，就去了白马雪山。

那时白马雪山管理处的房子刚开始修建，我负责考察几条线路：一是从管理处走到冰川脚下，一是从U形谷翻过白马雪山，下到澜沧江边的红坡村。

和郭老师做项目期间，我快速学会了写项目报告，也学会了摄影。很快，线路设计好了，宣传画册也做出来了。但我们总共只带过三批客人进去，都是基金会和环保机构。大家觉得这样开发做旅游也帮不到太多，有人就捐了一笔钱做野生动物急救站。现在的滇金丝猴国家公园，就是以这个急救站的方式先做起来的。

旅游局发现有线路后，就打算在澜沧江边的伏龙桥卖门票，一次性套票，想放游客进来。但哥哥肖林说，因为是核心保护区，一天只能放三十个人进来，一旦旅游局来管，就完全控制不了，这不行，就直接关了，我的工作也结束了。

当时青海师范大学正在招藏英班，学习藏语和英语，就趁机去读个书吧。藏英班本来要读三年，但第二年很多外教就回国了，我们要么提前毕业，要么去国外继续念书，我去了泰国清迈。

《我们佳碧村》

和郭老师在香格里拉做社区教育项目时，他还和几个人联合做了个培训，教村民怎么使用摄像机，怎么做后期剪辑，怎么跟人沟通，来做一部属于村庄的纪录片。纪录片不只体现导演的意见，而是和你的拍摄对象一起，共同表达。

我也申请了项目，和我姐夫一起，在他老家佳碧村拍一部《我们佳碧村》。拍摄前大家一起商量要拍什么，拍出来以后大家一起看素材，前后花了三年时间才完成。

刚开始没有特别的想法，只是希望跟拍摄者共同创作一个作品。做着做着，发现这是一个很奇妙的过程，大家不断讨论、回顾，一起筛选，整个影片的顺序都是一起讨论出来的。

第一年拍出来的素材不断放给村民看，我们原本没有想做环境问题，但在不断讨论的过程中，老百姓说，村子以前靠山吃山，他们砍树，卖栎树枝，好多人都以这个为经济收入。本来有很多原始森林，但现在林线已经退到很高的地方去了。他们开始担忧，虽然有了一点收入，但是越砍越多，万一泥石流下来怎么办？商量以后，就开始订村规民约，从此不再卖栎树枝，不再砍树。

我们平时在社区里要引发大家讨论，不是那么容易进入正题，也不容易让他们发言，但是当你把他们的生活拍下来，重新再看的时候，大家的讨论很激烈。每次讨论都在姐夫家，我们的房子都很大，全村人过来都坐得下。

开始大家集体看，哪一段觉得需要讨论就停下来，讨论完又放。不是很严肃，大家有时候也笑，因为所有人他们都认识，所有事情他们都清楚。但有一次发生了一件很特别的事：本来所有人都在看，突然间，几个老人家站起来就走了。后来知道，因为片子里有几个女人跟我们的男摄像师讲了点黄色笑话，有点像调戏他。我们分得很清楚，比如我是小辈，叫你叔叔，我们之间是要害羞的，在这种有老有小的场合，显然不适合播放这样的片段。

后来我们就按性别做了分工，有一些男性的场景我没办法进去拍，比如男人射箭的时候，如果女人去参加，他们会觉得不好，这部分就姐夫拍。女性在一起的时候就我去拍。后来讨论也是分开的。

有时在拍摄内容上也有争论，最大的争论是关于斗牛。那时德钦刚开始流行斗牛，男人们觉得很有意思，两头牛斗，他们能看好久。女人就不是很感兴趣，而且比较讨厌。

男人说斗牛必须要放进片子里去，女人说不用放，第一，斗的不是我们村子的牛，活动也不在我们村子举办，跟我们没什么关系，是你们自己跑到县城里去看；第二，斗牛比较残忍。男人们就说，斗牛不放的话，这个影片我们就不看。然后他们就走了。女人就开始抱怨，说斗牛的时候他们两星期没回家，到德钦去花了好多钱，只有我们在这里干活，他们倒是看着过瘾。

最后的决定是，因为男人们觉得不可缺少，也真实存在于他们的生活中，我就取了一小段不太血腥的放进来，大家还算满意。相当于这个影片是全村人一起剪辑出来的，我们称为“纸上剪辑”，因为回看素材时，我们是把具有代表性的每一帧影片先打印在纸上，再给大家看，这样大家有一个初步印象，觉得哪一部分想要，顺序怎么排，哪里缺什么东西，明年再补一点放进去，他们就清楚了。

最后剪出来的片子，可以保证至少是村民自己的想法，或者说是他愿意分享给外面人的。但所有素材我们都编了好几类，对内的、对外的。对内又分个人的、集体的。跟自家有关系的法事活动、婚礼或者新房乔迁，我们会给到个人自己留着。给外人看的，我们就按一年四季的顺序来剪：春天劳作、耕种；夏天捡松茸，全村人都会去，捡松茸时也有一部分人放牧；十月份开始丰收；之后结婚、乔迁，然后过年、欢聚、射箭。

做这个片子对我震撼很大，之前纯粹是郭老师的意愿。

一开始我没觉得有多重要，后来觉得太有意思了。我自己有时候也会被拍进去，再看时，会觉得有趣，你想象自己平时说话的样子、走路的样子，和你在影像里看到的有很大差别。一个老人家看了片子跟我说：以前我一直觉得很奇怪，为什么我对人都很和蔼，但别人没有这样对我？看影片才发现，我的表情不是我想象中那样，我一直以为自己是笑着的，其实很严肃。

影片里一部分拍的是八月份，风景特别好，村庄里有鸟叫声，大家在山上捡松茸。有个村民说：看影片的人肯定会觉得生活在这里好幸福，他们不知道，我们要日夜担心会不会有泥石流下来。但外人知道了也没办法帮到我们，不如我们自己想办法。原来拍纪录片还能引发这么多讨论。纪录片在村子里像一面镜子，大家可以看到自己，可以反省，也可以互相交流，还可以去想：什么东西是我要分享给大家的，什么东西是我需要自己内化的。

当时我们影像交流坊里有两个老师，一个负责技术，一个负责社区沟通。负责沟通的老师做过一个很形象的比喻，她说这里本来是一杯纯净水，不同的颜料就代表不同人最初的想法，大家带着各自的颜色，一点一点加到这杯纯净水里，最后，我们共同创造出一个新东西。所以这部片子不是我个人的，也不是我搭档的，是大家的。

后来参加吴文光老师的培训，拍了部片子叫《神山》，算是我第二部作品，主要讲当地老百姓怎么看待神山，如何村民自治，利用当地资源。

去泰国读书时，中间有一个田野调查的机会，我就申请拍一部纪录片，《朝圣者》。那个是比较有针对性的，我拍的时候就知道要给一些做公益、环境保护和社区工作的人看。做公益也好，社区工作也好，我觉得大家都有一个强烈的主观意识：要去帮社区做这个做那个。我就想，能不能以一个朝圣者的心态去跟别人工作？就是不要太认为自己是一个救世主，要让自己的心静下来，学会学习，而不是以佛的角色去普度众生，那种想法挺恐怖的。当时我带着父亲去了一趟拉萨，我想把藏族人怎么看待自然和生态的状态表现出来。父亲身体不好，他喝酒后不小心从楼梯上摔下来，伤到腰椎，走路不方便，手也不怎么动得了。在朝圣的路上，别人看他可能会觉得比较可怜，但他的精神状态特别好。

乡村影像

自己拍摄纪录片外，我也培训村民拍摄。2011年，我和“乡村之眼”公益影像行动计划创始人吕宾一起培训村民拍纪录片。第一期有十二个学员参加，这些村民大多没有用过摄像机，他们没有特别的想法，我们之前也不做任何内容限制，只是要求你拿着摄像机回去拍东西，然后想办法快速给周围的老百姓看，有点像我当初那个过程。但后来我们到社区里去看他们的素材，真是有意外收获。

印象最深的是李卫红大姐，她那时四十多岁，教她的时候我很担心。第一，她是女性；第二，她拿摄像机的手一直发抖，很紧张，而且她也没什么头绪。后来她拍的内容是家里人种葡萄，真的是把摄像机当作身体的一部分，拿着摄像机跟她老公对话。好多人拍摄的时候可能会把自己的存在隐藏掉，但她不一样，她不停地讲，讲过去、讲未来。后来我们帮她剪了一个片子叫《葡萄》，参加过很多影展，很受欢迎。

那个影片特别好玩，她老公的弟妹去世后，弟弟就跟他们住在一起，我们那儿有两兄弟娶一个老婆的习俗。平时都是他们夫妻俩在田里干活，她在拍的时候肯定是她老公干活，中间休息的时候她就说：你又开始抽烟，赶紧干活！她老公说：你从早上开始拿着机器在那里拍，我抽一根烟你都要说。有时他们两个也吵架，大家看的时候就会笑。

最后她拍了一个上摇的镜头，把全村二十多户人家的房子都拍了一遍，镜头摇得不好，但她要求放进去。一般拍房子，按正常剪辑的话，放两个已经很了不起，不会放二十个，但她说那个很重要，因为大家都希望把这个放进去。当时正谣传这个村子未来有可能会被淹掉，因为附近有可能修建水坝，正在勘测，所以每家人都希望把自家的样子拍下来。他们的想法是，如果将来被淹掉，至少有影像留存在那里，可以告诉子孙后代，我们曾经生活在这里。到2021年，这个村庄真的确定要搬迁了。

她也采访了很多老人，有个老人家在片子里讲：我们这个村子，山上有积雪，雪线下有虫草，山中间有茂密的森林，有堆肥用的栎树，有各种野生菌，山下有肥沃的土地。这些是我们一代一代人辛勤耕耘的结果。现在的日子过得特别好，不希望离开这片土地。

她影片的前半部分拍得很欢乐，最后却在这样的对话中收尾，让观众们很意外，但也是正常的。人生并不都是欢乐的，也不都是悲伤的。当你对一切都做好准备时，其实没什么事是特别难的，即便这个村庄不被淹掉，所有东西也会改变。你有没有做好准备，有没有考虑到变化的可能性，如何应对，那个是最重要的。就像一朵花，从生长到开花、衰败，是再自然不过的事。只不过我们常常希望它开的时间长一点，不想走前面的过程，也不想看见最后的样子。

片子里，有个老百姓说，我们非常舍不得这片土地，这么肥沃，是几代人耕耘过来的，但是如果要走，我们也不会抗议。其实不是田本身多重要，而是在上面耕耘的人最重要，让我们搬到其他地方，只要花足够的时间精力，两三年就变成肥沃的土地，很快就会有收成了。

好多人看这部片子都会掉眼泪，觉得结局有点伤心。但我觉得挺好的，大家能够看到这一点，愿意去讨论，而且去想应对的办法。

我们对村民的培训做了两届，总共培训了二十多个学员，现在继续拍的还有十一人。几年下来，我感觉学员们已经有一种使命感，他会觉得这个事情是有意义的。开始我们是往一个方向走，要求大家尽量都交一部作品出来。后来我们想，拍出来的所有东西都是有价值的，做少数民族影像志，即便是拍同样一条路，今年是这样，明年是那样，一年一年堆起来，是很庞大的数据，为自己的村子做一个影像资料库也是挺好的。有一天大家想看哪一年的哪件事，还能翻出来，也很好。

村子里有一家人，我一直很想拍他们的故事。那户人家有一个老人家，她生孩子的时候，医疗条件不好，也有很多迷信和性别歧视，女人生孩子被看作是很脏的事，让我们在牛圈里生，而且男人不能在场。

当时她在家里疼了两三天，一直没生出来，老公不在旁边，不知道怎么办，又没有医生。我们有个迷信的说法，把丈夫的衣服倒过来盖在女人身上，就能够快速生下来。她妈妈没办法了，就照这样做了。不知道是因为衣服还是什么，反正孩子就正常生出来了，也很健康。但是她丈夫的姐姐觉得她不应该这么做，这么做，这个男的就会倒霉，所以姐姐不让她老公去看她，他们整整一个月没见面。

她跟丈夫之前感情非常好，但在她最需要的时候丈夫不在旁边，而且还受到指责，她非常痛苦，非常生气，觉得不能原谅。后来这个男人去当兵，女人不再理他，也不让他看孩子。孩子慢慢长大，问爸爸是谁，她说对面那座山就是你爸爸。男人后来找了村子里另一个女人结婚，有了孩子，过得也挺幸福。这个女人一直不理他，直到男人去世。

很多人会感觉藏族的男女很不平等，看上去，男人回到家里就坐在那里，女人会去伺候他们。像我自己家里，做饭、扫地、浇水这三件事，我父亲一生都没做过。而我母亲，就算只是杀一只鸡，如果家里的男性都不在家，就会去请隔壁邻居大叔帮忙，不会自己杀。

在我们的传统里，简单来说，分红事和白事两类。红事指的是见血的部分，比如拉木料、砍树，会用到机器、刀具一类工具，就算红事，因为受伤的概率很高，不会让女人去做。挤牛奶、做酥油、做饭、烧水，这些属于白事，是女人适合做的。

其实在藏族家庭里，母亲的权力是最大的，再厉害的男人，在他心目中，母亲也是最重要的。母亲不一定是最有能力的人，但她对孩子的爱，对整个家庭的奉献，是不求回报，也是最能够把大家聚拢在一起的人。

我们最重要的房间，就是有火炉和神龛的房间，除了神龛的方向，围着火炉的还有三个方向，正对着神龛，男人坐左手边，女人坐右手边。为什么要这么排？因为干家务活需要用的所有东西都在右边，如果右边坐女性，就方便她们随时起身煮茶、加水。平时如果已经有女儿在干活，妈妈也可以坐在左边。但如果是婚礼，一些红白大事的正式场合，左右一定分清楚。

我们在一个社区里专门找了女性来讨论男女是否平等的

问题，讨论了两个多小时，村里的女人是这么说的：我上山捡肥料，看起来挺辛苦，可是我不需要看任何人的脸色，我是自由的，想休息的时候就可以坐下来休息。可是我的男人不一样，是个男人，就得有一个男人的标准，你要达到那个标准。女人不高兴了、难过了，可以大哭，男人不可以。

在藏区，我们很少直接批评人，会用说笑话的方式解决矛盾，比如有男人喝酒后打女人，大家会在大型聚会的时候，以笑话的形式去说他。很多事情都是在集体聚会的场合下，说出来，得到解决。

藏族人处理男女之间关系的时候，和汉族不一样，比如社区里今天晚上有一堆外来的客人，男性占的比例比较大，女人们就会打扮得漂漂亮亮的，还会和他们跳舞。本村男人一般不去的，他们会让自己的女人去参加活动，给你足够自由，跳舞跳到通宵也没问题。如果来的客人里女性比例高，我们就会把自己的男人打扮得漂漂亮亮的，让他们去和那些女人唱歌跳舞，他们唱歌的时候可能会唱到情歌。

藏族人对待婚姻的态度，不是觉得你这一生跟我结婚，你就是我的了。也不会觉得你跟别人多说几句话就会怎样，哪怕你们两个人说话时会有一些调情的部分。这跟男人、女人没关系，是按照人数多少来决定的。如果女人多，会调戏男人；男人多的时候，就会调戏女人。我们自己知道这种情况，男人比较多的时候，他们会说一些黄色笑话，就要想好有没有能力承受，不行的话就绕开走。女人多的时候，男人也不敢经过，她们有时候会把他抓住，有人抓手，有人抓脚，摇来摇去，还往地上敲。我拍过纪录片，一群女生把一个男的抓起来，头朝澜沧江方向吊着……我看着觉得很恐怖，不小心手一松，真的会掉进滚滚江水中去的，可是对她们来说很正常。

澜沧江畔的葡萄酒

从清迈毕业回来，我以正式员工的身份，真正加入卡瓦格博文化社。

我在汉文化的教育背景下成长，二十岁中专毕业才回到自己的土地上。一回来就遇到文化社，是因为跟他们一起，才重新认识这片土地，了解自己的文化。原来我们有这么好的文化，那我们要怎么做?

早期，文化社做藏文扫盲班，做弦子培训，以村民们喜欢的磁带和VCD形式，将他们自己的声音和影像放进去：原来我们的声音也可以从磁带里出来，我们的影像也可以出现在电视上！我们还做了近一百场弦子擂台赛，不停刺激他们。之后，我们和各种国际公益机构合作，系统调查过神山，做过飞来寺的环境教育，香柏林的保护，办过锅庄比赛，创办老年协会等等。

2013年，文化社在香格里拉创办“来者公司”。“来者”在藏文是“因果”的意思。当时的想法是，我们要让相信因果、遵守传统规则底线的人有更好的收入，也希望以商业的方式实现自给自足。既然我们的传统文化里有这么多好东西，应该把最有价值的部分运用到现实生活中。

那时我是主要负责人，毕竟是女性，会有不同兴趣点，文化固然重要，但我更喜欢做一些落地的事情，我会更关注到女性、社区、农业、垃圾。这些是文化社以前不感兴趣的，但因为我想做，他们也同意了。

来者公司也卖一些产品，其中一款产品是我们自己做的葡萄酒。澜沧江边的葡萄酒，最早是一百多年前由法国传教士带来的，但只在燕门乡的茨中教堂，而且葡萄品种是小颗粒的玫瑰蜜，一直没有推广开来。真正大规模种植是从2003 年开始，当时政府鼓励我们种大颗粒的赤霞珠和美乐，种完以后统一找公司来收购，没有后顾之忧。葡萄前两年不结果，第三年结果，但第三年的葡萄不要，第四年才开始收。所以当时的政策是：前三年，地里产多少粮食，政府就给我们补多少。就这样，葡萄一下子在德钦全县范围内推广开来。

第一、二年补给我们的粮食都是长了虫的陈米，质量很差，实在吃不下去，只能喂猪。第三年就改成给现金，一亩地给一千多块钱。第四年开始卖葡萄，就没补助了。葡萄最初一公斤三块六，两年后涨到三块八，后来这个价格就一直没变过。

种葡萄后，生物办让大家统一用农药，大家都是第一次种，完全不懂，反正发的时候说是药。在藏语里，药也是“好”的意思，既然是好的东西，那就用嘛。打药时，村民没有任何防护，用了几年，就出现有人在用药过程中晕倒，或者身上起皮疹的现象。

用农药，一是影响我们自己健康，一是危害地里其他生命。如果挣这个钱需要杀害那么多其他生命，村民就不愿意干，想把葡萄挖掉。农作物是这样，如果今年种了收成不好，明年不想种了，是很容易换掉的。但葡萄不一样，扎根很深，挖出来很费劲。当时也签了合同，前三年免费拿人家粮食，不是说放弃就可以放弃的，只能继续种下去。但一直不顺利，葡萄常常生病，锈病、白粉病一类，加上心理的反感情绪，各种矛盾日益加深。

我们原本做传统文化工作，不涉及农业，但社区里出现了这样关乎生计的问题，就不得不先去处理，不处理好，他们也没心思拉弦子跳锅庄谈文化。

当时想，能不能用生态种植的方式把葡萄种好？从国内外找过很多生态专家来看，也不行。后来发现，葡萄生病，主要是因为产量太高，通风不够，一下雨就容易发霉，只有降低产量，才能让通风顺畅。可是这样，收入就会下降，葡萄已经二十年没涨过价，老百姓只能靠产量增收。即使你因为通风好而把葡萄品质提升了，酒厂收购时也不会加价。

那只有一个办法，就是自己做酒。

我不是做酒的专家，对酒也没兴趣，但因为农田里种上了葡萄，就要想办法把它变得可以储存。你的土地上种了一个你不能掌控的东西，是一件特别恐怖的事，你看着像土地的主人，其实不是，因为你完全受控于这个市场，我们是在被逼无奈的情况下去学习怎么做酒。

我回到村子里，问谁愿意来参加实验：主动减产，自己做酒，不再只是卖葡萄。我不能保证绝对能做好，来参加实验的老百姓比较少，就是我大姐、二姐家，还有跟我们做了很多年项目的李卫红大姐家。大家拿出一部分土地来，不用农药化肥，并且减产。

酒做出来了，来者公司帮着卖。推广酒时，我们在很多场合讲过让人声泪俱下的故事，很多人听了就会买，但一喝，人家都不知道要怎么演下去。最尴尬的一次是，在昆明一个餐厅，导演万玛才旦老师也在，我们的故事一个比一个讲得好，但导演旁边的两位女士一喝就吐了。我们的葡萄没有用农药化肥，为什么我们的酒不行？

逝去的爱人

清迈回来，我已经二十九岁，该结婚的年纪了，妈妈也一直催。

在青海读书时，经朋友介绍，已经认识了后来的老公。但在泰国期间，我们一整年没见面，没有在一起相处过。本来我有点犹豫，但这时，他突然生病，非常严重。

那时我和他都没正式见过双方的家人，但病情要紧，先陪他去成都治疗。医生说，很严重，必须马上给家里人打电话。他给爸爸电话，爸爸来了。我在那里，就是女朋友的身份嘛，不能中途逃走。

我妈妈对我的婚姻有很多设定，不是藏族不准嫁，做佛像生意的不能嫁，出家还俗的不能嫁，各种标准。我老公是四川得荣藏族，会说德钦藏话，不抽烟，不喝酒，公务员，是妈妈理想中的女婿样子。既然不能逃走，我就问妈妈要不要结婚，她说好啊，于是结婚。

我们2011年结婚，老公2017年去世，孩子2016年出生，那时才一岁多。好多人都挺难过的，他们大多数是担心我。我知道老公有可能要离开的时候，也非常难过，因为从来没有见过一个人死亡，没有见过尸体。大多数藏族社区里，人去世的时候都不让女人去看，都是男人处理后事。我没面对过死亡，很害怕，悄悄哭了好多次。我给上师打电话，他说人生本来就是无常的，很多时候我们担心难过的，并不是当下这个状态，而是自己想象很多还没到来的困难，比如我的孩子要没有父亲了，我要成为寡妇了，我未来该怎么过等等。而这些，都还没到来，真到来的时候，肯定有解决办法的。我终于想通了，与其这样难受，不如好好利用最后这段时间，好好和他在一起。

因为结婚前并没有真正在一起生活过，我们有点像先结婚后恋爱，那几年感情一直很好。我妈对他也很满意，直到老公去世前，妈妈都不知道他之前生重病的事，所以对他从始至终都很满意，有时我和老公吵架，还没说两句，她就过来帮他忙了。我生孩子的时候，我妈跟我老公说，你不能过来。他是大学生，说这些都是迷信，一直陪在我旁边，他觉得那时候才是我最需要照顾的。还帮我洗内裤，帮我做各种事，传统的藏族男人不会做这些的。所以我很理解村子里那位老人，她一直不原谅丈夫，也是因为虽然世俗里有很多东西，但他在有能力冲破的情况下没冲破，这让她不能释怀。

回想起来，我和我老公是两种截然不同的人，虽然我们同为藏族人，但我们的人生经历、生活习惯、脾气性格，都非常不一样。结婚的时候，我希望他给我买一枚戒指，他非常诧异：我们藏族人又没有送戒指的习俗，那是西方人的习俗，被汉族人学过来，现在你也要跟着学吗？亏你还是个传统文化保护工作者呢！妈妈和大姐马上抢着说：没事没事，戒指和耳环妈妈和姐姐给你买。我气愤地说：不用了！有妈妈和姐姐在，碍于面子，他很不情愿地给我买了一枚金戒指，妈妈和姐姐还跟他抢着买单。最后妈妈给我买了一对大金耳环，盛装的时候可以戴。大姐给我买了一对镶着红珊瑚、能日常戴的小金耳环。老公买了一枚金戒指。原本想象中最神圣庄严的一刻，就这样被他们摧毁了。我对金银珠宝没有一点点兴趣，只是希望有一个男人能亲自为我戴上戒指，告诉我，此生，我就是茫茫人海中他的女人了。

结婚后没多久，我把他买给我的戒指捐给了藏医院，听说藏医做药需要用到金银珠宝，他也同意。三年后，我生日那天，他特意从得荣赶到香格里拉，带我去买了一枚藏式的金戒指。他向我道歉，说结婚时太年轻，太固执，没明白我的期待，欠我一枚戒指和一个仪式。之后的日子里，我一直戴着这枚戒指，想到这是他真心实意买的，让我觉得踏实。

孩子出生一年后，他开始生病，病情越来越重，我们在医院度过了最后的四十天。病情一天天加重，而他一天比一天安静沉稳。到现在我都记得他那时的样子，每天盘腿坐在病床上，微闭着眼睛，深呼吸，我们一起诵经。

他在病床上计算，如果他去世，我和女儿能得到多少遗属补贴。他说孩子太小，应该不会记得他的存在，只是苦了我。他希望我能再找一个好男人，也坚信我能把孩子抚养成人。他并不担心孩子，只是担心我。他做好了一切准备，没有恐惧与焦虑，也没有想象中的垂死挣扎。他对所有来看望他的人说“谢谢”，拜托侄子侄女们未来和我一起照顾女儿。

老公说，如果昏迷过去，请不要让医生急救，他不想在最后的时刻被残忍地按压。他希望我能带他回家，他不愿意死在医院。死后，他希望骨灰能撒到江河里，这样他可以顺水去到还没去过的地方。

在医院期间，他不愿意躺着方便，每次都要坚持起床，最后那天早上，他说我起不来了，今天就在床上尿吧。那天中午，他就昏迷了。我没让医生做最后的急救，叫了救护车，把他带回老家。深夜十点，我们回到得荣，全村人都在路边等着。那时看不到村庄的样子，但能闻到泥土和玉米的味道，他心里是知道的，他很喜欢自己的老家。我告诉他已经顺利回家，他昏迷不醒，但眼角流出一滴眼泪，这是我们最后的道别。两小时后，他停止了呼吸。

梦

我很少做梦，就算做了，醒来就忘记了。现在唯一记得的两个梦，都跟我老公有关。

藏传佛教里说，人去世后的四十九天内，会在中阴状态，他的灵魂还在，每七天会有一次机会选择投胎。如果让他安静、祥和，也保持周围环境的安静，不让他在恐惧中度过，他就可以安心地找到自己的路，下一辈子也能投胎到很好的地方。我们当然可以宣泄情绪，可是对他来说非常不好，因为他会不断看见，就会舍不得离开。所以在藏族的葬礼上，有很多人专门讲笑话，不停逗大家笑。

我是他生前挚爱的妻子，和他一起度过了生命中最后的时光，我能感受到他对我的不舍，所以料理完他的后事，我便出发去了拉萨，想让他在中阴状态时，带着他的灵魂去朝拜。

他去世第三周那天，我和朋友去大昭寺磕长头，一直到深夜十一点，才艰难地磕完一圈。中途几次累得直接仰面睡在石板路面上，转经的人匆匆从我们身边走过，没人在意躺在地上的我们。那种感觉真好，你可以任意地匍匐在地，也可以仰面睡在人来人往的地面上，没有人会来踩踏我们，也不会被人嘲笑或夸赞。

那天实在太累太累，回到酒店简单洗漱之后倒头就睡。睡梦中，我惊慌地寻找他，怎么不见他呢？我大喊：我到处朝拜就是希望你跟在我身边，你跑哪里去了？

我在这儿呢，就在你后面，别着急嘛，慢慢走，我要认认真真看清每一尊佛的样子。他说。

我回头，看见他穿着平时爱穿的黑色外套，双手背在身后，认真地盯着佛像看，不像是在朝拜，更像做科学考察。他一直是认真的人，对什么事都喜欢较真，非常有耐心，动作也比较慢，而我是个急性子，平时总是不停地催他，常常恨不得跑上去踢他一脚。但不管我怎么发飙，他永远保持着自己的速度。看见他在身后，终于松了一口气。第二天醒来，我把这个梦讲给朋友，她也开心，说我们的努力没白费。之后再没梦见他，也许，那一周他与我相见之后便去投胎了。

第二个梦是2021年九月做的。九月一号是他去世四周年忌日，八月底我生病住院，身体的疼痛加上心灵的创伤，整个人糟糕得一塌糊涂，都忘记了当天是他忌日，没为他点灯诵经。晚上梦见他，他变得很瘦，正忙着应酬。周围坐着他的同事们，他举起酒杯说：我没有别的事，就是想请你们帮我照顾好我的妻子和孩子。我把他拉过来，轻声说：身体这么差怎么能喝酒？他说：我都已经是个病人，再喝一些酒也没关系，你千万不要生病了，我的同事们会照顾你的。我从没见他喝这么多酒，更没见他求过别人，我感到愧疚，从梦中哭醒，难过了一整天。这些年没有梦见他，这一次，一定是我太难过，被他看见了吧？怎么可以这么脆弱，比起他来，至少我还活着，还能做很多事。

我去寺院为他点了灯，对着他家乡的方向挂了白色的经幡，请他放心，不必为我担心。重新审视这一年里发生的各种事，突然有种释怀，我自认为的痛苦，不过如此。

他离开后，我一直戴着他送我的戒指。三年后，戒指不小心断了，我收起来，想着哪天去重新做好。后来想起来去找的时候，再也没有找到，他和他的戒指都离开了我。我想，是时候和过去道别了，重新开始生活。

很多时候，当人们知道我老公已经去世，常常会投来怜悯的眼神，生怕触碰我的伤痛。我没有那么多的悲伤，也没有那么多眼泪要流，我们在一起的每一天，我都过着像女王一样的日子，他容忍我的过错，当我是个宝一样捧在手心。他对身边所有人炫耀有一个好妻子，虽然我自认为谈不上有多爱他，对他有多好。有时候我真羡慕他，他用强大的内心化解了我所有的负面情绪，我也开始学着他的样子去面对身边人的不同情绪，希望未来我去世的时候也能坦然地面对死亡。

惭愧的是，我虽然做纪录片，自己家里反倒没有特意拍过。我老公倒是随时拿出手机来拍，我跟女儿怎么样他都拍。我说你烦不烦，他说很重要的，女儿长大要给她看，你胖的时候要拍下来，你骂我的时候也要拍下来，怕你以后不认账。后来他突然不在了，我去看他的手机，里面有很多影像资料。等孩子长大后看到，不知道会是什么样的心情。但这是事实，爸爸去世了，我必须要教她去面对。

葡萄酒终于做成了

2016年，郭老师写了介绍信，推荐我参选银杏公益基金会的“银杏伙伴”。参选的条件是：做了很多年公益活动；拥有社会创变的精神；目前遇到瓶颈，需要支持。

当时孩子刚出生，老公病情加重，特别需要钱。郭老师发给我资料时，都没怎么看条件，只知道有十万块钱，而且钱可以直接用在生活上。可以说，最初是奔着这个钱去的。

因为有钱，也知道竞争比较大，没想过会被选上。当时的想法就是，把我们有的问题先说一下，他们能解决一个算一个。

我们葡萄酒的品质一直上不去，我想做些改变，比如再请老师，或者提升设备。和来者公司谈过，但受到了拒绝。公司说，我们只负责卖，如果葡萄酒不合格，可以卖青稞酒。但我觉得，就是因为不合格才去帮他们，如果只想挣个差价，去卖虫草、松茸都容易得多，还不用过得这么穷酸。如果成为银杏伙伴，能有一点资金支持，就不用等别人，可以自己拿这个费用去做改变。

当银杏基金来调研的时候，我没有聊我们做得好的地方，只聊了在葡萄种植和红酒酿造中的问题，请他们去社区看的时候，也是看这部分。

银杏伙伴的参选很严格，程序也很长：先是推荐，筛选一遍；然后实地考察，筛选一遍；最后还要去北京和专家面对面对话，才能最终选定。但在最终选上银杏伙伴前，基金会在调研时已经知道我们的问题，当时就帮我们找了很好的酿酒老师。我是十一月份选上银杏伙伴，但酿酒的葡萄九、十月就采摘，老师那期间已经帮我们做了很多工作。

老师问我看过哪几本酿葡萄酒的书，我说一本都没有，我们甚至不知道怎么去测葡萄的糖度。他都惊呆了。

在老师的远程指导下才知道，我们所有工艺都是错的，还在制造过程中产生了很多甲醛，但我们不知道。

后来成功入选银杏伙伴，就有了十万元资金。我用这笔钱买了设备，老师又各方面帮忙，天时地利，2016年，终于做成功了，很开心。虽然前面废了五千公斤酒，那些酒原本可以一二十块钱一斤卖掉，本地酒吧会买，游客也会买，便宜，但既然知道了不好，我们就不想拿出来卖，用来喂牛喂猪了。

从此，我们每年都挑选最好的葡萄来做酒，剩下的继续卖给酒厂。以前一亩地产四千斤葡萄，现在做酒，一亩地只让它产一千二百斤，收入却比过去翻了好几倍。葡萄出酒率很高的，一百斤葡萄可以酿出五十斤葡萄酒。葡萄酒刚酿好时，像蜂蜜水一样甜，过段时间会发苦，但两年后就稳定了，所以2016年的酒，我们2018年才卖。

根据每年气候，葡萄酒的品质也会不同。2018年九月，我去日本参加银杏伙伴的海外考察，正好赶上葡萄采摘，酒庄来村子收购，村民联系不上我，很着急，就把大部分葡萄卖掉了。葡萄是这样，如果大量葡萄都收走了，你家葡萄不摘，鸟就会来攻击那块地，很快就吃光了。但如果整个村都有的时候，鸟只吃一点，不会整块吃掉。有点可惜，那年的葡萄特别好，目前为止，我们的红酒做得都挺正常的，但2018年的酒卖得最好。

如今，整个澜沧江河谷，只要海拔合适的地方，都种了葡萄，比起种粮食，种葡萄的收入高很多。之前我们还留块地种麦子，现在都不种了。过去，我们挣钱主要靠采集松茸，但采松茸时正好是雨季，要整日淋着雨。加上离山比较远，早上出去晚上才能回来，中午只能在山上吃冷饭，容易生病。种葡萄以后，七八月松茸比较好的时候，也是葡萄最需要关心的时候，如果不关心葡萄地，一旦得病，可能一夜之间就全部得病，导致颗粒无收。权衡一下，觉得捡松茸这件事可以稍微放一放。

现在整个葡萄酒行业都在往好的、健康的方向走，过去是垄断式，只有一家酒业公司采购，后来慢慢的，有了我们自己的试验，也有外面的酒庄进来。国外大品牌也在升平镇阿东村有酒庄，前几年做了一款酒，卖到四千元一瓶，国内还不卖，让整个河谷的葡萄酒价格一下子上来了。我们和阿东村有着同样的阳光、土质、温度，也种着同样的赤霞珠品种，对比之下，我们卖几百块钱一瓶，大家就觉得很便宜。

大家也开始关心种植方式，不像过去只关心产量。以前为了增加产量，我们不用化肥，用农家肥，葡萄颗粒就很大，水分也饱满，但农家肥里带着虫和虫卵，现在全都不用了，正好用这些肥料来种菜。我们也不怎么去山上砍栎树枝了，以前一到冬天，每家至少砍一东风卡车。那时是先把栎树枝砍回来，剁碎，再铺到牛圈和猪圈里，牛负责踩踏、拉尿，猪负责翻拱，鸡负责把上面的虫子捉掉，我们再加一些青蒿在里面发酵，这样一整年，然后变成肥料，用到葡萄地里。现在只需就近砍一点，铺在牛圈猪圈里，保证不要太潮湿就可以。

大工厂出来的葡萄酒，味道都一样，但我们是按照八十斤左右一桶来发酵，每一桶味道略有不同，最后将各种味道混合在一起，和大批量的整个压在一起不一样。但我们的酒没有生产许可证，很多外国人开的酒庄也没有。因为政府颁发生产许可证不是看酒，是你要有酒厂，要有规定的生产设备。有了许可证，可以在超市卖；没有许可证不可以进超市，但自己送去检测，合格了就可以在其他地方销售。当地的酒，有的在酒店卖，有的是卖到国外，我们是在既下山·梅里、阿若康巴这样比较好的精品酒店，以及一些弦子吧和餐厅里卖。客人喝完以后想去看看我们的小酒坊，也很近。

以前郭老师鼓励我拍摄，但我其实没那么喜欢，很难不干涉地去观察，可能看着看着就直接上手了。记得最开始拿着DV回去拍妈妈干活时，她一直在做事，我很难过。拍完两盘带子，我就想应该帮妈妈做点什么，没办法再这样拿着机子站在她身边冷眼旁观。我喜欢干一些实际的事，像葡萄酒，从完全不合格到慢慢被人接受，最后很多人都来夸奖，这个过程很鼓励人。

葡萄酒做成后一年，老公去世，我离开来者公司，回玖农顶办了一个合作社，想要全身心投入这些实际的事情里。因为我的离开，没人干活，来者公司也在不久后关闭了。

疫情与手作坊

开合作社，原本是为了做红酒，但合作社注册才一个月不到，德钦县妇联就来找我，问我愿不愿意做乡村妇女的培训。具体培训什么，她们没有特别的想法，说我以前在文化社做得挺好，不管培训什么，反正是对她们有用的。我想了想，对政府来说，有用的意思是能让她们经济上有收入。

恰好那时，阿若康巴酒店创始人扎巴老爷找到我。扎巴老爷也是一个传奇人物，他在印度出生、长大，成年后才以非常传奇的方式回到家乡香格里拉，在香格里拉古城里开了一家阿若康巴精品酒店，以这种方式延续他父亲曾经在茶马古道上的传奇。因为一些特殊的缘分，他在酒店之外接手了一家手作坊。手作坊曾经是在国外基金会的支持下创办起来的，闻名于藏区，后来因为各种原因做不下去，于是转让给懂商业又有情怀的扎巴老爷。他们刚接手时，知道我在做合作社，找到了我。

其实我那时不是那么有心情，老公九月份去世，做培训是十月，只过去一个多月的时间，不太容易投入到工作中，但手作坊的负责人扎西仁青说，卓玛，你出面把培训项目拿到就行，具体的事我来做。于是，我就把手作坊和妇联的培训连接了起来。

第一次培训在德钦县城周边，第二次在佛山乡溜筒江。手作坊的负责人之前就一直想做培训，但组织不起村民来，大家觉得那是骗人的。没想到我一去，村民就很积极地来了，尤其是溜筒江，在文化社时，我起码在那里开过上百次会，村民都认识我。两期培训效果都很好，村民很愿意来学习，妇联也高兴。

刚做了两期培训，手作坊的负责人就说，好像这个店你来做更合适一点。我不会手工，也不认识具体的手艺人，原来只想挣点培训费，但扎西仁青要去英国读书，连机票都买好了。我很为难，如果不接手，就意味着手作坊要关门，为了对手艺人负责，只有接着。

2018年，我以合伙人的方式，正式接手阿若康巴文化产业发展有限公司。我们在古城有个门店，叫阿若康巴手作坊。那时才发现，公司账上没钱，仓库里没东西，手工艺人也没有。一八年、一九年，我没拿任何工资，相当于创业。

现在，我们是公司加合作社，合作社有好几个，云岭乡、佛山乡、奔子栏尼顶村，都有。目前手作坊的产品有一百多个品种，当初设计的时候就想好了卖给游客，让本地村民挣钱，但设计什么东西是村民集体决定的。大家默认一定要有藏族特色，比如这里是茶马古道，马在生活里也和我们很亲近，所以一定要有马；羊也很重要，淳朴，温顺，不伤害人，只吃草，卡瓦格博神山也属羊，所以要有羊……产品都以系列方式存在，羊的系列，马的系列，猴子的系列，每个系列都有布偶、手偶、指偶、包包等。

为了标准化管理，所有材料是公司负责进货，村民必须从我们手里买材料过去做东西。比如布、拉链一些小东西，五十三块五的布料，可以做一千块钱的东西出来，还不算我的卖价，我给她们的价格是三十五元一米，材料成本很低。

2020年，终于有一点营收时，疫情来了。整个一到五月都不能开店，那时银杏的资助也结束了，好害怕，忽然一下子没有任何收入。老公在的时候，虽然工资不高，但会有一份固定收入，至少饿不死。那时女儿在私立幼儿园上学，我妈说，为什么不去公立学校？女儿太小，最开始跟别人相处时，我希望她有个好一点的环境，老师同学都客客气气的，未来小学就不担心了，但学费就贵一点。

五月，我决定去跑滴滴。每天要早早起来，很晚才回来。女儿是我一醒她就醒，晚上不愿意跟我妈妈睡，就等我到很晚。过了一个月，挣了两千块多一点，但女儿病了，可能睡眠不够导致免疫力低下，得了过敏性紫癜，送去医院，花了一万八千多。那时学校也不能回去，只能在家里。

紫癜在香格里拉没治好，带去大理，勉强治好了，回到香格里拉，又复发。后来大家建议不要吃西药，就吃中药调理。女儿很配合，她现在都说，我那个时候是把它想象成巧克力喝下去的。一个月后，紫癜算是好完全了，但我不敢再去开滴滴了，有点得不偿失。还好，到六月，疫情稍微恢复一点，门店终于可以开了。

一直到2021年，我们才算恢复正常，在公司没有负债，并且支付完手工艺人费用、员工工资的情况下，还有一些盈余。我和扎巴老爷说，建议今年就先不分红，把这部分盈余用在产品的继续推进上。这一年我们的用货量大幅提升，之前没那么多钱，就不敢给老百姓下太多单，村民的款不能欠着，年底就必须把钱给人家。目前除了我们的手作坊商店，松赞集团旗下好几家酒店也在代售我们的产品。他们要的货比较多，2022年疫情政策放开后，他们一要就是五十个、一百个，拿货以后马上又进货。但我不想太依赖一个大公司，这样风险也大，也在拓展不同渠道，包括找一两个网红来帮我们做宣传。

尼顶，香格里拉的香格里拉

离开来者公司，我做的第一件事就是回玖农顶做合作社，经营红酒和手工艺品。第二件事，就是找到一个社区，做亲子营一类旅游线路。比起红酒和手工艺品，线路相对来说投资少，而且当时就能拿到钱。来者公司之前的重心都在佛山乡，这个社区最好是我自己研发出来的。几乎想都不用想，我就直接去了尼顶村。

尼顶村属于奔子栏镇，在白马雪山东坡。奔子栏镇在金沙江边，海拔两千一百米，而尼顶村在海拔三千一百米处。奔子栏在交通要道上，闻名于整个藏区，而尼顶村，养在深闺人未识。我和尼顶村认识的机缘也很奇妙。

2011年，我去印度参加法会，也看看我哥哥，在那里待了三个月。回来时，其他一起去的人都提前回来了，哥哥不放心，就把我托付给一个朋友，那个朋友又把我托付给另一群要从印度回来的人。那群人就是尼顶村的，一共十一位，有僧人，也有村民。

我们需要先从印度坐车到尼泊尔，再从尼泊尔飞昆明。走到印尼边境时，发生了战乱，所有陆路交通都停了，只能坐直升机。尼顶村很多老人，他们很紧张，一是因为战乱，二是因为直升机真的好小，只能坐十几人，相当于我们包机，晃动很大，他们恶心、呕吐。我比较淡定，既然他们敢飞，就应该是比较安全的，就一路照顾他们。

后来在尼泊尔坐飞机也遇到很多麻烦，机场想要敲诈我们，其中一项是说我们行李超重，要罚一千美金。出发前一个晚上，因为害怕超重，我们专门花钱请人来称过，不可能超的，我们也拿不出那个钱。最后没办法，我就跳到他们秤上，称出来五十八公斤，平时我最重只有五十一公斤，一路上我们吃不饱穿不暖，饥一顿饱一顿，只会瘦不会胖。最后以这个为标准，每个人的行李减掉七公斤，就在规定范围内，没交罚单。后来还遇到很多很多麻烦，包括在昆明机场，我好歹会讲汉语和英语，就帮助他们和机场双方协调，总算顺利回到家。

因为这些磨难，我们双方产生了很强的连接感。那时我还在文化社，他们都觉得很好，其中几位僧人说未来如果需要上藏文课，很愿意来支持我的工作。后期我们就真的一起在整个奔子栏片区做起了藏文扫盲班，还一起出了藏文版的扫盲教材。我是以这样的方式认识的尼顶村。

后来去到尼顶村，那里干净，美丽，只有十二户人家，真的像世外桃源。我是第一个带人进去和村民一起吃住的，因为是第一个去，所以也需要花比较多的时间精力去培训，从怎么做饭，怎么接待客人，用什么样的床上用品开始。他们有任何问题都会快速解决，而且很容易接受你的观点，这次有问题，下次就改了。比如早上喝的粥，他们习惯放酥油和盐，外面去的客人，大人还能忍住，小孩子直接就吐出来了。村民很难过，哭了，觉得自己做得太不好了。我说，加糖还是加盐，或者什么都不加，你可以让他们选择，但不能替他们选择。这只是我们的习惯而已，客人不一定习惯。第二次去的时候，他们就全改过来了。

关于藏族人的传统生活方式，尼顶村就是一个活的标本。一月二月，全村人都在过年过节。二月底开始闭关修行，不说话，不吃饭，六道轮回里还有一些众生，像动物，它们不能说话，要饿肚子，我们想象自己是它们，去体验它们的感受。闭关结束就到了三月，学生上学，大人投入农田工作。四月、五月、六月……一直到十月，一直在为生活忙碌，该种地种地，该打工打工，那时没时间吃喝玩乐，就是努力工作。十一月会有大法会，寺院有格冬节，也叫跳神节，那是我们全年的一个时间节点，秋收结束，寺院会给我们一整套死亡教育，告诉你人会死亡，死亡时会见到什么。法会的最后一关，是从阎王爷的唐卡底下钻过。法会结束，来到十二月，我们就相互串门、结婚、乔迁。也有很多人去世，因为开始入冬，有老人家熬不过那个时候……生活很有秩序、节奏，不像现在很多人的生活，一年四季都在忙碌，完全不知道活着的真正意义。

2017年开始，我正式带队进去，到现在五年，每一年都在往好的方面发展，我也带社长去见一些高端旅行社，希望他们走小而美的线路。村子小，确实不适合走大众线路，没有那么多时间空间来接待，我们也不想把自己逼到像有的村那样，因为游客太多，忙到连自己过节的时间都没有，连正常生活都被打扰。

成为银杏伙伴后，我也和另外两名银杏伙伴——裘水妙、朴河——一起申请了一笔四万元的小额资金做尼顶村社区调研。水妙一直致力于乡村助学与教育，我邀请她在尼顶村做一套适合夏令营的课程研发，后来我们做出了一套适合各个年龄段的阅读课程。朴河是香港中文大学的博士，专门学过做芳疗油、酵素等，我请她教村民做酵素、手工皂。还邀请了另一个好朋友缪芸，她做社区人类学研究，和我认识多年，熟悉当地，也了解我们。但她不是银杏伙伴，就请她来做一个客观的观察者，也做一点记录，观察外来者和我作为藏族人的身份，如何和本村发生联系。

走进社区里，村民觉得我们做的事特别重要，是在帮助他们，不想收我们费用。我们有资金，简单的衣食住行能支付，但最后他们只象征性地收了一点，于是有了剩余费用。我们用那部分费用出版了一份计划外的尼顶村农事历，用这份农事历呈现他们有秩序、有节奏的生活。里面的文字，是缪芸2020年在尼顶村观察完我们的工作后整理的。

各种可能性

最初因为每年十万元的奖金而想要入选“银杏伙伴”，后来真的进到银杏才知道，那十万元啥都不算，银杏真正的帮助，是给了我一个特别好的平台。

银杏每年会在全国精选出十多个银杏伙伴，他们做着各行各业的事业，教育的、健康的、性少数群体的，伙伴里有消防员、医生等等，各种各样的人在一起，本身就是学习。

我们每年会有一次春天聚会，一次秋天聚会，还有一些小项目，像尼顶村的社区调查，大家可以合伙申请，叫合作基金。每年还有两次海外参访的机会，去哪里，学什么，自己来定，可以自己联系，基金会也能提供帮助。我后来去日本、英国，都是借助银杏海外参访的机会。本来还计划去澳大利亚看看真正的酒庄，因为我要去，整个团队的行程中还选了好几家酒庄，但那一年我老公去世，没去成，伙伴们走到每个酒庄都拿详细的资料给我。2022年因为疫情，去不了海外，八月我们去了一趟上海，我们这种小型机构也需要去大城市学习，去看看国内的趋势，也看看大公司在环保、可持续方面怎么做。

我原本觉得自己只是在做民族文化的保护工作，和银杏走了很多地方后发现，这些东西对整个世界都有意义。很多发达国家在寻找解决社会问题的办法，而他们正在找的，正是我们现在做的，我们过着一种非常可持续的生活。出现疫情以后才发现，我们藏族的饮食习惯是非常干净的，大家从来就是分餐制，每个人都有一个终身制的专属的碗，在家里也是，母亲的碗，父亲的碗，都是分开的，这个碗会一直用到他去世为止。只是后来学外面的世界，慢慢变化了。

去日本的时候，我去拜访了盐见直纪老师，还去了他的社区，看到他写的《半农半X的生活》，他说，“一定有一种生活，是不需要被时间和金钱所逼迫的”。我也相信。每次做项目，我们都有一个小目标，但更大的目标是，找到一种小而美的、可持续的生活方式。尼顶村就是我找到的案例。

跟着大家去了那么多地方，我也想邀请大家来看看我们的社区。2021年的春季聚会是在香格里拉举办的，那几天，我带大家体验了很传统的藏族生活，也去了尼顶村，很开心的一次旅行。

基金会对银杏伙伴的资助持续三年，我2016年入选，2019年就毕业了，但之后基金会的活动，我们想参加也是可以的，来回机票自己出，在地的费用由基金会出。

因为银杏基金会的支持，我们做成了很多事情，比如红酒，比如社区的往前发展。刚开始进入银杏时，我就像井底的青蛙，只为了够着那个果子，后来看到了很多可能性。进了银杏，就像进入到一个很大的资料库，如果我们遇到问题，比如垃圾问题，就会调用做零废弃的伙伴帮忙；遇到村民有健康问题，就会问其他相关伙伴；后来想做苹果干，不知道如何处理，有个伙伴做了很多年苹果干，卖得也好，他就快速在网上订购了一批做苹果干的机器捐赠给我们，还教我们怎么做，我们也快速地卖起了苹果干；我老公生病时，有个伙伴的机构是做病友的协助工作，后期我们去昆明治疗，从德钦下去前，他们已经提前联系好医生和医院……大家在一起也很放松，从小母亲管得严，加上我的文化带给我的影响，还是会比较隐忍和将就，但在银杏，我不喜欢的事情就会直接拒绝，那是一个很安全的空间，任何姿态都是允许的。

有了这些经历，再回看在文化社的那些年，也有了不一样的眼光。当初教村民摄像的时候，我们从没想过这些东西要拿给谁看、被多少人知道，而是让大家用摄像机的那双眼睛，聚焦在一个点上，重新观望自己的社区，看到自己的生活，然后来做选择：我希望这样活还是那样活，我希望这个东西继续传承下去还是淘汰掉。

我们找到了一些东西，知道了哪些东西一定要留在我们生命中，而不是放在电脑上。我不懂研究，不太看重这些资料本身，更看重这些东西有没有在村民身上继续延续：弦子有没有再跳，年轻人懂不懂锅庄这些歌词……包括我现在社区里做的手工，比起外出打工，他们挣不到太多钱，为什么乐在其中？他会自己评估，什么是自己想要的，最后做一个选择。有些事情会快速带来钱，但也会带来相应的果子，就像我当导游，挣很多钱，我的童年很贫穷，有钱了，理论上应该很开心，但我开心不起来。

文化社那些年做了很多事情，我们留下很多资料，现在存在两个大的磁盘阵列里。那个时段已经过去，现在应该考虑：这些事能提炼出什么，给未来的人带去什么？我向郭老师咨询，他说这些资料能留到政府部门（档案馆、图书馆等）是最好的，他过去在德钦做调研时，很多资料也是在档案局找到的。资料在我手里，如果我不在了，就没发挥出该有的作用，应该让它们“取之于民，用之于民”。

四十岁，忽然很放松

有时候有点担心、焦虑，想着女儿会不会因为没有父亲而受影响。在我们那边，家里总会有一个孩子留下来当家。我哥哥出家当了僧人，大姐嫁去别的村子，我一直在香格里拉，我二姐就留在家里当家，二姐夫是上门女婿。我老公一去世，我就跟老公家里人说，我不想让孩子很小就没有父亲，我想让她叫我二姐夫“爸爸”，你们有没有意见？他们说没意见。我女儿一直叫我二姐夫“爸爸”，叫我二姐“妈妈”，但她很清楚地知道我是她妈妈。老公生病时，女儿才一岁半，中间没办法陪她，她就在老家，由姐姐、姐夫带着。姐姐的孩子叫爸爸妈妈，她也跟着叫。我们一般也这么叫，妈妈的姐姐，我也是叫“妈妈”。

幼儿园里也是很烦的，什么父亲节、母亲节，今天写爸爸，明天写妈妈。女儿总会长大，总会知道。她有时候看我们的结婚照，会说，爸爸为什么长得跟以前一点都不一样了？她对爸爸已经没有很深的记忆，我老公走的时候也说，女儿应该不太会记得他。

现在一个人，没有特意想过一定要找伴侣或者一定不找，看周围的朋友，她们也过得挺辛苦，很多男的不太照顾家里，一年四季不回家，好像有和没有也没太大差别，只是在人家面前，你有老公。也有人追我，都不是太有兴趣，也没有多余的精力。

现在女儿六岁，刚上小学。我只想着手作坊有正常的销售、制作，有固定的销售员上班，我也不用太紧张，早上把孩子送到学校，白天就出去工作。下午五点半女儿回家前我就先回家，晚上也不约人见面，见面都约中午。

回望过去，二十岁到三十岁那十年，一方面巩固自身，一方面更关注自己的民族和文化，但又掉进另一个以自我为中心的坑里，至少是以我们民族为中心，不太听得进别人的意见。三十岁以后，大多数项目都是我自己决定、完成，才又从原本的文化、社区和固有思维里抽离出来，有了第三者眼光。

前十年在村子里做事，我个人的定位是：我们是被调查、被研究、被问问题的人，没有觉得我们是主导方。后来觉得，我们需要有一些输出，在这个社会的洪流中，我们应该站出来，推崇我们觉得重要的东西。还要和别人共生，不是带团挣点钱，或者当导游而已，我们希望被看见，希望相互影响。

如今四十岁，忽然很放松。过去看起来开朗，但不愿意敞开心扉，特别是和其他民族，防御心很强，会有偏见，觉得别人也有偏见。现在我从最底层接受了自己不完美的部分，接受了现实生活中存在的问题，放下了很多的防备。以前一直在公益机构，对商业有偏见，后来从公益机构出来做商业，认识商圈里的人，对商业的偏见破除了。以前对公务员有偏见，找了公务员做老公，发现公务员也廉洁，勤劳……比起角色、身份，人性、品行更重要。

这就是我的故事。虽然并没有希望自己被那么多人知道，但如果有用，我还是愿意分享的。退一步，其实也只是茫茫人海中某一个人的故事而已。对于读者而言，我是谁并不重要，重要的是，有一个人这么活过。

附录 阿觉娃的一千零一夜

此里卓玛

这是我二十多岁时，在郭老师的鼓励下，根据村子里的故事写的《一千零一夜》。因为大多都是身边的真事，为了避嫌，就假以“阿觉娃”的身份讲述。

时间过得真快呀，现在我都是个小学生的妈妈了，那时，我也还是个孩子呀。

引子

转山（卡瓦格博）的路途漫长，特别到了夜晚，成群的蚊子叮得人难以入眠。人们百般无奈，只得烧起一堆篝火，喝茶聊天，以度长夜。众人轮流说笑，但口才大多一般，讲不了多久，便教人昏昏欲睡，那讲话的人自己也没了兴趣。可在人群当中，有个阿觉娃（转经人）与众不同，她每天必讲一个故事。不管什么场合，只要在晚上的宿营地，都见她被一大群人围着，兴致高昂地讲着。等讲完了，有人说：再来一个吧。她回答：我的故事完了。可第二天，在一个新的宿营地，她又会想起一个新的故事。

竹篮子

很久以前，有个姑娘的妈妈老了，做不动事，帮不了她任何忙。姑娘就用竹篮子把妈妈背到澜沧江边，不顾老人央求，把她扔到江里。她觉得空篮子还有用，就背了回来。

过了很多年，她也老了，她的姑娘也用那个篮子把她背到江边。虽然她后悔当年做的事，但来不及了，她也被扔进江里。女儿又把篮子背了回来。

后来的每代人都这样做，一直到第九代。姑娘依然用竹篮子背母亲到江边，看见妈妈流眼泪，心软，舍不得丢。她心里想，今天我把妈妈从这里丢下去，明天女儿也会丢我，为什么要让这种事情继续下去？她把妈妈抱出来，把篮子丢进江里。从此，这样的事再也没有发生。

我和羊

我们家曾经养过很多羊，小时候，我经常去放羊。

我喜欢和羊闹着玩，不肯像哥哥姐姐那样一打开羊圈门就赶羊出来，我会悄悄打开门，然后来个突然袭击，大叫一声，吓它们一大跳。或者，打开门后，什么话也不说，盯着它们看。羊也奇怪地看着我，不知道我要做什么。我把头慢慢往下偏，羊也和我一样把头偏下来，眼睛还一直盯着我。有时我会轻轻地摇头，羊也学着做，它们的头摇来摇去的时候，就好像那些看羽毛球比赛的观众。有些老一点的羊对这些怪动作不屑一顾，甚至会从鼻子里扑哧呼出一股气，把鼻涕也吹了出来。玩够了，我就大叫一声，羊群吓得赶紧往角落里挤，我得走进圈里把它们赶出来。

早上刚把羊放出来，它们喜欢边走边拉屎，要等到它们拉完，才能把外面的大门打开，放它们出去。一到外面，它们就特别高兴，小羊喜欢边走边跳，像我一样。走着走着，它们还会打起架来。这一架对我们这些牧羊人来说是最重要的，因为有预测作用：要是两只公羊打架，说明今天要倒霉了，会很辛苦；要是两只母羊打架，说明今天会有好运；要是一只公羊和一只母羊打，说明今天运气一般，不好也不坏。

抗日

我们喜欢看电影，以前经常在公社的天井里放露天电影。天井中间摆着一台流动放映机，靠墙的两根柱子上挂了一块白布。放电影的人在门口拦了一根木头作为关卡，比木头高的人收两毛钱，跟木头一样高的娃娃交一毛钱，比木头矮的不用交钱。

我正在读小学二三年级，但瘦瘦高高的，每次都被列入要交钱的行列。我们几个同学约好，趁放映员在跟大人收钱时，赶紧从木头底下钻过去，混进看电影的人群。放映员要来追我们，大人就会乘乱而入，所以他只能在我们背后鼓眼睛骂几声。其实，大人逃票更厉害，公社的天井旁边有个水池，可以从那里爬上来，进入天井。但那里有点高，只有健壮的年轻人上得去。

那时，一部片子会重复放好多天，村民看熟了，还是喜欢看，会说里面的话，唱里面的歌，尽管不懂那些汉话的意思。有段时间，经常放抗日战争的影片，每天看日本人欺负我们的农民，看得大家都非常气愤。有天晚上，刚好放到日本鬼子要刺杀农民的时候，忽然“嘣”的一声枪响——银幕上日本人的头被打了一个洞，露出背后的砖墙。大家吓得“哇”地回头看，一个中年男人正端着一把步枪，气哼哼地在装子弹，嘴里还骂道：“我再来一枪，看你还活不活得成！”

以后每次看电影，不单是日本人，电影中的每个人走到那个位置，头上都会有个枪眼。开枪的人自己取了个汉姓“蒋”，他的两个姑娘也姓蒋，还说除了他媳妇以外，他们都是蒋介石的孙子和重孙子。

三个爷爷

父亲有两个哥哥，但他们不完全是亲兄弟。他们有一个母亲，三个父亲。希望听故事的人，请你不要急着下结论，觉得我奶奶有点那种。请听我细细往下说。

奶奶是个勤劳的人，心地善良，长得也不错，所以没满十七岁，就有很多人来我们家提亲。奶奶有些骄傲，不愿意轻易答应谁。祖母对她说：女人啊，也就只有在没有嫁到别人家之前可以骄傲一小段时间，等嫁了人家，就得做牛做马了。奶奶听后很害怕，她不想嫁人了。

祖母给她找了一个女婿，日子过得还算可以。但好景不长，当奶奶生下一个儿子后，爷爷就去世了，那个儿子就是大爹。

祖母觉得奶奶还年轻，不能让她就这样过下去，就把她嫁到离我们村只有十多公里的村子里，还办了喜事。对方是个年轻小伙子，在这里就暂且称他为“二爷爷”。大爹那时还小，就由祖母养着。

才嫁到那里不久，奶奶就逃回家里来，她请求祖母不要让她离开这个家。祖母很生气，觉得嫁到人家又反悔很丢人，说：“既然已经把鲜花撒到坝子上，那只能让它自由地生根发芽，再没有办法把它们收回来了。”然后叫奶奶的哥哥把她送回那个村去，后来奶奶又逃回来好多次，都被送回去了。

日子就这样悄悄地滑过，奶奶怀孕了，生了一个儿子，那是我父亲的二哥。

儿子的到来也没能抓住奶奶的心，奶奶再一次逃跑了。这一次，她是跟着村里的另一个男人逃跑。他们没有回家来，躲在牛场里。

没过多久，二爷爷知道了他们的下落，他提着一把斧头，背着一些糌粑，往牛场走去。快到奶奶他们住的石头房子时，他把斧头藏在树背后，只背着糌粑进去。

二爷爷没和他们吵架，反倒递糌粑给他们：“你们走了有段时间，肯定没什么吃的，我送一点上来，顺便希望你能回去看看我们的儿子。他生病了，不听我们的话，只想要你。儿子的病好了，你们就可以在一起了，我不会阻止。”一提起儿子，奶奶的心就软了，她马上同意了。

二爷爷让奶奶先回去，他留在那里和他的情敌过夜。晚上，他建议情敌用木头当枕头睡。等情敌熟睡后，二爷爷走出石垒房，拿来斧头，把情敌打死，然后趁夜逃回村子。

奶奶回家一看，儿子根本没生病，她就放心了。半夜，二爷爷回来，他说太想儿子，就回家来了，奶奶信了他的话。

第二天，他背上儿子，带着糌粑，说要去山上住一段时间，让奶奶暂时在家，等他回来后，马上成全他们。二爷爷背上儿子连夜翻山逃到了怒江州，后来在贡山县住了下来，再也没回来过，死在了异乡。

奶奶等了好多天都不见他回来，心里着急，她请村里几个男的到山上砍柴的时候顺便到牛场去看看。那些男的在牛场发现已经发臭的尸体，但没有发现二爷爷。

奶奶失去了她爱的男人以及儿子，被赶了回来。村里到处是闲言碎语，把祖母气坏了，弄得全家人在别人面前都抬不起头来。

我们家住在卡瓦格博脚下朝圣者必经的一个路口，形形色色的过路人都会来我们家借宿。有天晚上，来了一个男人，四十岁左右，是西藏察隅人。祖母故意让他睡在奶奶旁边的一张小床上。半夜，奶奶大声喊叫起来，其他人要起来去看，都被祖母制止了，直到奶奶的哭声越来越小。那个男人强暴了奶奶。

早上，祖母要求那个男人留下来，他真的留下了，成了我的三爷爷。奶奶又给他生了一个儿子，也就是我父亲。父亲两岁多一点时，奶奶去世了。爷爷也离开了，回到他的家乡察隅，与我的父亲隔着一座怒山山脉，这座山脉的主峰叫卡瓦格博。

藏起来的村庄

转山路上，时常会看到人们在一些大石头前面烧香。据说这些石头里面藏着“日告”，意思是“躲在下面的村庄”。

当地有一个流传很广的故事，讲深山里的雨崩村是怎么被发现的：有一个不知从哪里来的人，每年都会背着布口袋来西当村借粮食。人家问他的家乡在哪里，他也不说。这引起了村里人的好奇。有个聪明的村民想了个主意，他在借粮食给那个陌生人之前，在袋子上捅了洞。那人不知道，背着袋子往山上走，一边走，粮食颗粒一边掉出来，那村民便顺着洒在地上的粮食，悄悄跟在后面。跟着跟着，来到一块石头前，洒落的粮食没有了。他把石头翻开，眼前马上出现一个村子。它的四周被雪山和森林环绕，风景如同仙界，它就是后来出了名的雨崩村。

雨崩被外面的人当作香格里拉，而雨崩村的人也说他们的山里藏着“日告”。据说曾经有飞机在雪山上飞的时候，看见山里有七个村子，但派人去找，至今也没找到。

一月，山林的礼物

“给了我们木材盖房子，给了我们烧火的木柴，给了我们肥料，给了我们放牧牛羊需要的草，给了我们药材，给了我们野生菌。”

“最喜欢松树。美观。还可盖房子，实用。”

松树分为两种，结籽的和不结籽的，藏语里分别称为朵木和诺木。松枝有煨桑、堆肥等各种用途。“上到上山煨桑敬奉神灵，下到烧火堆肥垫牛圈满足人畜日常所需，都能用到。”

一起做酵素，村民采来的松针不是特别新鲜。朴河说：“要健康的、精神的。”下午，村民背来了新的松针，捧着松针笑着说：“老师，这是开心的松针！”

二月，公房

公房原来是集体晒粮食的地方，经过大家的一致同意，建成了公房。建公房有政府挂钩扶贫单位给的补助，有大家积攒下来的木料，也有两年中每户两个劳力的投工投劳。村里有好木工，测量好，给出方案。村里的其他男人对木工也不生疏，有了图便能照着做。没有手艺的，家里没有男性的，就做地板打磨等工序。公房里的五十套桌椅都是村里人自己做的。

公房大，大家喜欢。有什么事情都可以在公房里做。“以前家里需要有能容纳很多人的大房间，现在不用准备大房间，家里可以有更多的小房间。”

公房里举办的第一个活动是婚礼。主人在婚礼结束后，把新购置的锅碗瓢盆都留在了公房。之后，但凡在这里举行过婚礼的，都会在公房里留下一些东西。

几口大锅，是另一户人家捐赠的。

价值七千元的垫子，是另一户人家捐赠的。主人说："你们去采购，钱我来出。"

旅游接待是每家轮流承担的，挣得的钱，一部分也用于集体事务，于是，公房有了Wi-Fi，去年添置了洗碗机。

三月，田地

村里的老人常说：珠巴洛河谷的粮食伴着尼顶村的水。说的是尼顶村也就只有水，粮食常常需要靠珠巴洛河谷地区的接济。尼顶村种有小麦，过去没有水渠，完全靠天吃饭，产量很小，水磨坊也离得很远。"夏天水大的时候，家里没有粮食可拿去磨，秋收后终于有一点粮食可以背去磨的时候，水面开始结冰。"要凿开冰，烧着火守在磨坊通宵磨面。有时就睡着了，"有一次烧木炭，睡着了，火把鞋烧了个洞"。

十五年前，政府修建了水渠，有了灌溉水源，旱地变成了水浇地，粮食产量大增，不过偶尔还会有虫灾。虫好像突然而来，又突然而去。这几年的虫灾越来越频繁，去年就有一次。面对虫灾，村民会做法事活动。念经，把甘露水洒到农田里，虫就会自然离开，村民觉得效果很好。

种地，村民有自己的智慧。蔓茎种得离家近，因为要经常割了喂牛。小麦不用经常拿，种得远一点。青稞离家近一些，因为要经常浇水；黄豆离家远一些，因为不需要经常浇水。

四月，清闲

捡松针的活，可以今天去，也可以今天不去。可以多捡，也可以少捡。

喜欢每天做一点活，而不是把事情快速做完，这样很舒服。比如堆肥，每天堆一点。早上干活，下午有点时间洗衣服、做手工、聊天。

五月，蔓茎与苹果树

蔓茎是尼顶村很重要的作物。首先是人吃。处在高海拔地区，村里的蔓茎味道好，有甜度。冬季最后收割的蔓茎会做成腌菜，在冷天里储存一段时间。蔓茎除了人吃，牛也吃，牛吃了产奶多，在冬季吃可帮助牛保暖。人的脚冻伤，也可以煮蔓茎的叶子来泡脚。

村里适合种苹果，最老的苹果树有三十年了。以前苹果少，现在种得多了，很多家都有五十棵以上的苹果树。苹果两元一斤，卖得便宜，但大家还是有点不好意思卖，不知怎么卖，基本都是送给其他地方的亲戚朋友。今年有车来收，在村里待三天，让村民多摘。可那三天村民还是没有因为钱而忙碌，三天之后，村里还剩下很多苹果。

六月，房子

过去村里都是木头房子。山上就地取材，木头最便宜。后来山林砍伐有了指标管控，攒木头不容易，石头成了最好的选择。水泥等材料要人从山下运上来，运费贵，石头可以就近取材。而且那些大块的红色石头坚固、美观、有特色。以前建房子大家互相帮助，除了自己村，邻近村的人也来帮忙，不仅不要工钱，来干活的人还得自带午饭。后来条件好一些了，建房的人家可以为来帮忙的人准备午饭。

现在建房，互相帮忙的情况不多了。一是有时工程承包给了外来人，所有的事都由外面的人来负责。二是用了挖机等机器，需要专业技术。三是现在出外打工，每户人家人手少，大多数又是老人，想帮忙也帮不上。但大家说，“现在和过去一样，大家愿意互相帮忙，需要帮忙的时候，还是会来的”。

七月，好生活与好村子

“谷仓里有粮食，冰箱里有酥油，圈里有鸡和猪。”

“可以和家里人待在一起。”

“幸福有两种，物质的和内心的，外在的无法主宰内心。物质再多，内心不平和，也是不会幸福的。尼顶村现在不是特别的富有也没有特别的贫穷，恰到好处的幸福。”

“财富再多，关系不好，见面不说话，也不开心。”

“再好的山水，人不好，意义也不大。”

“在城市里帮女儿带娃。邻居见面都不说话，笑一下就走了。”

“你戴着佛珠，你念经，可你出门遇到的是和你关系不好的人，心里有憎怒，你念再多的经也没有意义。”

“大家越团结，就会有更好的福报。”

八月，水源地

村里有三个水源地。

因为有了灌溉用的水源和饮水用的水源，最初的水源只用作展示了。这个水源的水，最甘甜，最好喝。据说，水源的主人是一只青蛙。青蛙顺着水槽出来的时候，意味着水要涨了。青蛙进去的时候，意味着水要变少了。大家不会把水弄脏，也不让小孩弄脏它。村里曾经建过一个水泥的水池，大家觉得不好看，又恢复成原来的样子。水槽比以前小很多，但仍然有三层。最上面的一层是给佛菩萨享用的，每天早上供圣水就取最上面一层的水，中间一层是供人日常喝水用的，下面一层做得最低，供来来往往的牲畜们喝。

九月，松茸

尼顶村就长在松茸窝里。出门就可以捡，村上村下，村的周围都可以捡，连苹果园的地边都有松茸。过去大家吃菌多，不稀罕。菌子多的季节，天天吃。有时遇到菌，一脚就踢开了。现在松茸是每家重要的收入来源之一，但请大家排列他们认为最重要的作物，村民的排序依次是：小麦（产量稳定，关乎人的生存）、蔓茎（对牛重要）、松茸。

大家也并不喜欢八、九月份捡松茸的季节。捡松茸需要一整天，早上去远一点的地方，中午回来吃饭，下午去近一点的地方。有了雨，才有菌，松茸季节也是雨季。在山上经常会淋雨，容易生病，又要跪在地上捡松茸，时间长了容易得风湿病。每日早出晚归，又要忙田里的活，又要忙山上的活，家里有人生病也没人照顾，还要担心会遇到熊。

尼顶村在山顶，松茸多，邻近的村子没有松茸。村里的僧人鼓励大家允许附近的村民免费来捡松茸：“松茸不会因为你们的分享而变少，你们的福报却会因为分享而变得更多。”刚好松茸刚出来的时候，尼顶村在忙着收小麦，而下面的村子收完了玉米，有空闲。作为感谢，邻近村的村民也给尼顶村的村民带来自己种的蔬菜和水果，关系变得比以前更好了。而尼顶村的村民也发现，松茸并没有因为更多的人来捡而减少，自己的福报却因为分享而增加了很多。

十月，僧人

“以前的扫盲班，不仅是学藏文，僧人、格西也来，更重要的是在教我们做人做事的方法。”

“僧人在社区很重要。讲众生平等，告诉大家要团结和睦；有戒律，是持戒者；生老病死，都问他们的意见，遇到问题有个去处。”

“佛学院和学校，都是学习智慧的地方。佛学院学习的是修心，成为更好的人，学校里学习的是竞争，成为更强的人。回到社区，僧人会更受到尊重。”

十一月，集体的事与个人的事

妇女小组经常在一起做事。

用植物做酵素，大家一起做比较安心，不仅可以分工协作，而且不容易出错。各成分的比例，你不记得的我记得。

做一些布艺玩偶的定制品，本来是可以各自在家做的，可大家把缝纫机都搬到了公房。除了大家一起做热闹，大家擅长的各有不同，有的使用缝纫机厉害，有的做手工是强项，可以互相帮忙。

“农田里干活，个人可以随时去做的事，属于个人的事。”

“集体事务和个人是联系在一起的。盖房子、修路这样的事，既是大家的事，也是为自己。为自己的生活便利，为自己积累福报。”

“为众生，自己也是众生中的一个。”

十二月，跳舞

在外来人的印象中，藏族人能歌善舞。有游客来时，很多村子便会组织活动和客人一起跳舞。有些村子的人喜欢跳舞，不是为了客人，是自己喜欢，跳到满头大汗也停不下来。尼顶村的人不太爱表现，喜欢静。

在藏族村子，发生不好的事情，就不适合跳舞。在人多的村子，如果有人家里发生了不好的事，需要跳舞的人家就会拿着茶叶和哈达去请求，跳舞还是能正常进行。尼顶村人少，只有十二户人家，一有事情发生，大家就不跳了。有人生病、有人去世，拒绝跳。过去有更严格的做法，邻居死一头牛，全村守丧三天。做生态旅游的卓玛说，把村民擅长的事放在这里做，歌舞晚会可以放在另一个村子做，这个村子更适合坐下来聊天讨论。

龙仁三十天

陈莉莉

2012 年，我在龙仁乡中心小学待了一个月，说是当老师，其实是当学生，后因身体原因而离开。

茶馆的名字叫老光明，很有名，在拉萨的一条巷子里。

门口的摆设，看上去古朴，与周边浑然一体，甚至有点因时间而生的沧桑与破旧。当然这是在我，一个第一次来到这里的人看来的，或许我这样的人需要的也正是这种异域沧桑感。看上去窗明几净的店铺里，几乎都是衣着光鲜的当地年轻人。

拉萨旅游没那么热的时候，据说都是当地人去那里喝茶。后来很多游客慕名而去，理由也是当地人都在那里。不过，那时候，茶馆里更多的也都是老人了。

我第一次去老光明茶馆的时候，就跟一个当地老人聊了好久。他汉语说得很溜，一点磕巴都没有，而且有那种母语是汉语的人不会有的某个语音拐角处突然发生某种抑或者扬的变化，这种突如其来没有规律可循的变化，在我看来有着不可言说的魅力。他当然说了很多内容，但我记得住的是，他来自曾经的藏族贵族。他还说，内地过来很多好东西，但也有很多不好的东西。

他戴着眼镜，是带链子的那种，链子在颈下，自有一种复古的味道。衣服不新，但整洁，看得出过往的生活习惯。

这位老人是我第一次进藏时遇到的。第一次进藏，我出发前的目的地是距离拉萨城二百多公里的当雄县城一所乡级完全小学——龙仁小学。

第一次进藏，我是坐火车去的。那是2012年的阳历二月初。

那时报刊亭还遍布北京各个角落。临上火车前，我就在北京西站西北角的报刊亭里买了当时最新一期《收获》和《当代》。那期《收获》主打文章是陈希米写的逝去没多久的史铁生，字里行间都是肝肠寸断。那期《当代》封面文章是杨志军的小说《西藏的战争》，小说里的主角是带着武器出现在西藏的英国人和不知所措的西藏僧俗。

二月的北京春寒料峭，踏进火车，明显感觉火车里比站台上要暖和多了。

与我同车厢的八号铺下铺，是一个中年男人。长得好看，干净、清爽的那种好看。后来的旅途中，他表现得适度健谈。在他的谈话里，我知道他是北京对口援藏的一名公务员。

他把行李放好后，走出了车厢。站台上有一对母女，显然是在等他，看他走出车厢后，就迎上去，他也加快了脚步。他们的身体都是往前倾的，比脚更早一点接触到对方。

抱一抱，再抱一抱。孩子还小，一直在妻子的怀里，扎着两个小辫子，粉色的外套，衬得脸也是粉嘟嘟的。他一次拥抱就是抱两个人，他胳膊的长度明显不够用了，在妻子的背后，两只手够不到一起。

我也是有人送行的，是他把刊有《西藏的战争》的那期《当代》放进了我的书包。他说，要去的就是西藏啊。

晚上八点，火车准时出发了。哐当哐当，奔向远方。

火车行在夜色里的大地上，于第二天中午经停兰州。按路线来讲，我们穿越了平原、盆地，但在车里的我们感知不到有什么不同。

也许因为下一站就是西宁，到了西宁就进入青藏高原，火车在兰州停靠的时间有点长。每个铺位上都探出了头，整个车厢弥漫着跃跃欲试的味道，前几站都没有这种现象。

兰州的空气并不新鲜，就像从车站一眼望过去那种“灰蒙蒙”的城市印象一样。

兰州火车站跟很多地方的火车站不一样，至少在当时，我在车站没看到很多人，周边建筑也有陈旧感，这种陈旧感带给我“荒凉”之感。

站台上站满了人，也许正因为站台上站满了刚来又要走的人，这座城市更显荒凉。那位援藏干部也在人群里，他像我一样，来回踱着步子打电话，手里拎着站台上买的东西。

我买的是当地产的凉皮。从塑料包的外面看过去，量很足的样子，它在里面拐了好几拐，而且包装袋看上去鼓鼓囊囊。实际上拆开来看，也只有几根，而且也都并不长。

格尔木，是在夜里路过的。这是我曾经到过的距离拉萨最近的一座城市。那次我买了去拉萨的票，最终因为没能在夜里起来，错过了火车。那次错过，似乎就是为了把进藏的机会推到这一次。

过格尔木后，我开始入睡。不知什么时候，我头疼、胸闷、出汗、心慌，辗转反侧睡不着。早晨醒来，走廊里的人们议论昨晚睡觉的情况，他们说，应该把速度调整一下，夜里路过那里，都睡不好，那个地段应该在白天经过。原来不是我一个人头疼得睡不着。

这时车厢里开始广播，说火车正在翻越唐古拉山脉，海拔四千多米，并提醒大家注意高海拔给人带来的影响。

那曲是火车进入西藏的第一站。这时已经快中午了。我有点激动地跑下去，车站上很冷，这种冷与北京的冷不一样，风也大，吹在脸上有点疼。但空旷、高远的蓝天白云会让你忽略这些，也让你真切地感觉到自己此时此刻是在高原，与你以往去过的任何地方都不一样。

我想跑起来，跑到“那曲车站”的“那曲”两个字跟前，有人在身后提醒我说，这是高原，不能跑。

下午四点多抵达拉萨。我是车厢里最早背上包的，早早地站在车门口的那个人。想象着车门一开，我就跑下去。车门一开，我像以往一样，闷着头，急速前行。

出站时，有电梯和台阶可以选。我等不及电梯，从台阶上跑着下去。正跑着，旁边传来一个人的声音：不要着急，这是高原，不能跑。还是在那曲火车站提醒我“这是高原，不能跑”的那个人。

我放慢脚步，慢慢走。回头一看，发现只有我一个人从台阶上下来，旁边的电梯则是满满当当的。

那位同车厢的援藏干部是从电梯下去的，下去后，他在电梯旁等我，让我把东西放在他的拉杆箱上。他像那个劝我不要跑的人一样，声声念：这是高原，不要着急，不要快，不要剧烈运动。

出站后，我们分道扬镳，有人开车接他，我去公交车站，等提前联系好的旅馆老板说的14路公交车，我要去拉萨城关区一个叫“北郊菜市场”的地方。车来得慢，一路走得也慢，车厢里很多穿着藏装的乘客，报站用的是藏语。藏语真好听啊，抑扬顿挫，很有美感，虽然我听不懂。公交车里有一只羊，我很好奇，但这个现象对车里的其他人来说好像稀松平常。

到拉萨好几天了，这座城市对我来说，依然更多还是一个意象。即使我到了拉萨，她对我来说，还是想象中的拉萨、资料里的拉萨，总而言之，那是别人的拉萨。

那么，我的拉萨是什么样的？

我在这座城市的每一步，是提前找了资料，一步一步去走的。去布达拉宫，去八角街，去大昭寺，去小昭寺，去人们惯常的转经路线，我去印证，而不是去发现。后来有一天，我转了一下不知道是什么地方的地方，看到一面通体黄色的墙，由此进入仓姑寺茶馆。而后，这座高原上的城市对我来说真正生动了起来。

我的拉萨印象不是来自布达拉宫，不是来自大昭寺，而是来自仓姑寺，而且不是寺院主体，而是供养仓姑寺寺院的茶馆。

仓姑寺距今有近六百年的历史，里面都是女性修行人，据说解放前一些贵族会将女儿送进仓姑寺修行，为的是逃避嫁女时所出的高额嫁妆。人们会说这里的尼姑与其他寺院的尼姑相比，“有一些世俗生活的绚丽”。

发现仓姑寺以后，它在我这里成了“拉萨”的代名词。除了茶馆，仓姑寺还有一个诊所，茶便宜、好喝，诊所我没进去过，但价格应该也不贵。茶馆和诊所的收入用来维护寺院的周转、运营。

仓姑寺距离大昭寺广场不远。从茶馆里出来，十多分钟，就是热闹的大昭寺广场。这里聚集着远道而来的朝圣人，他们从各个方向涌向这座城市。他们的动作自然、流畅，此起彼伏，像海上的波浪。脱鞋、摘帽、除手套，解掉身上能解掉的束缚，双手合十，从头顶、额间、颈、胸间一一掠过，身躯匍匐在地，伸着的双手、裸着的额头，还有咚咚跳的心脏，与大地亲密接触。

我坐在千万双脚踩过、光洁的石质台阶上休息。两个女人在不远处聊天，用的是汉语，其中一个说，真没想到，他是那种人，另一个说，是啊，他对女朋友也太偏心了。一个说，就是啊，就是他把那个鸡头给我们吃，我们也不会吃的。说完，她们站起身来向里面走去，那里有两个她们早已放置好的垫子，她们开始像穿藏装的人一样磕着长头。

一个磕长头的阿妈脱了鞋的脚，是红色的袜子和黑色的字，字是“踩死小人”，每次匍匐在地时，“踩死小人”向着外面，立起时，“踩死小人”又被踩到了下面。

一个藏族老阿妈在我身边坐了下来，一边向我笑，一边摸着佛珠说着“唵嘛呢叭咪吽”，每说一次拨动一个佛珠，然后从怀里掏出一串佛珠，问：买吗？她说二十块钱，我给她五十块，找给我二十块钱以后，她就没动作了。我笑着说，还有十块钱。坐了一会儿，她教我拨动一个佛珠，念一个“唵嘛呢叭咪吽”。她问我话：老家哪里？爸爸妈妈有？工作有？我发现这是很多人找你聊天的内容和顺序。

她做着手势，比画着说，七十八了，指着眼睛，意思说眼睛不好使了。

停了一会儿，她扶着我的胳膊站起来，拍拍我的肩，双手合十，说句“扎西德勒”，一拐一拐往广场外围走去了。

除了仓姑寺，拉萨还有一家茶馆，就是老光明。比起仓姑寺，它声名在外。一水深颜色的衣服，多是青壮年男性，当然还有老人。他们聚在一起玩西藏的传统游戏掷骰子，有规律地传出声势浩大的吆喝声。

我第一次进去的时候，看着那一屋的雄性气质，有点想退出去，但又想再坚持试试，于是四处张望，想看看有没有同类。很显然，并不好找，茶馆里早已没有合适位子了，只有靠着窗口的桌子还有位子空着。我遵循茶馆的规矩，取来一只空杯子放在桌子上，服务员很快过来，随着她手里壶身的倾斜，我的空杯子就被注入了热气腾腾的甜茶。我那时候更喜欢甜茶，很久以后，才喜欢了酥油茶，曾经有所介意的酥油的味道和那淡淡的盐味，反而成为我喜欢它的重要原因。

桌子是长方形的，两侧都坐满了人。我的对面坐着一位老人，老人身边的人没多会儿就走了，他建议我坐到他旁边去，说那里要方便一些，他可能看到我这边的拥挤了。

我赶紧把我正使用的杯子和包连人挪到了他的旁边。他跟我聊起了天。

他告诉我说，他七十一岁了，还想再活两年。他说，这些年，内地和西藏都发展得很好，每天都有很多内地人到拉萨，带来很多好的东西，也有不好的东西。

这时，对面的位子上过来了一个姑娘和一个小伙子。姑娘穿着粉红色上衣，染着黄色的头发，皮肤很白。她声音很大，带有醉腔，冲着服务员喊“姐姐”，让同行的男生帮她使劲往藏面里放辣椒。她掏出烟，让那小伙子给她点上，然后像是对我们又像是对空气说，这是她曾经最爱的男人最喜欢抽的烟。她说，昨天晚上刚下飞机，去麻辣空间吃了火锅，回到入住的青年旅馆与同房间的人聊天喝酒至凌晨。今天，她就开始出来四处逛，她说她要喝甜茶，她像是问我们，也像是自言自语，甜茶是不是就是奶茶？对着新冲上的一杯甜茶，喝了一口，大声地说，好喝，比奶茶好喝。

我旁边的老人掏出烟，她马上将自己的烟递了上去，让老人抽她的烟。老人直摆手，她也蛮坚持，大概老人也被劝得没办法了，就把烟盒拿过来看了看说，中南海呀，就从里面取出了一支。粉红姑娘用她的打火机帮老人点着了烟。

大家谈歌曲，说到《嘀嗒》，被称为“丽江神曲”。刚从丽江、大理方向过来的姑娘说，丽江还有一首歌，被称为丽江之歌，“歌词有点黄”，说着她唱了起来，“如果我老了，不能做爱了，你还会爱我吗？”她连着唱了几遍。

旁边桌子递过来一个眼神。我身边的老人道了声“我还有点事，祝你们一路平安”，就走了。

刚才递眼神的那个人第一时间坐到了老人的位子，用他的方式跟那个女孩搭讪。他的方式就是，从怀里掏出一张十元钱人民币，递向那姑娘，说是要跟她换零钱，姑娘说她零钱只有九块五。那十元钱被他收回去了，重新放进口袋中。他身着传统藏装，拿着转经筒，目光炯炯，皮肤藏黑色。

姑娘给我看一张照片，她问这个女人怎么样。我说还不错，她说你应该说不好看。为什么呢？我问她。她说，她是我前男友的现任老婆。她笑得花枝颤抖，又喊了声“姐姐”，要服务员给她倒茶。

那个要换零钱的男人，估计看到了即使自己再搭讪，也不一定有什么他想要的结果，也走了。

接着有认识粉红姑娘随行男生的人陆陆续续走进来。他们从身后蒙上他的眼睛，示意我不要作声。他们聊起了情人节，他们都收到了祝福，来自妈妈的。一个男生收到妈妈的祝福是“情人节快乐”，即使她知道儿子刚恢复单身；另一个男生收到妈妈的祝福是：儿子，今天你应该去买束花。

另一位北京来的姑娘，戴着线织的帽子，两绺长发服帖在脸颊，脸半仰着，眼睛向下，听到粉色姑娘呼唤服务员高亢的“姐姐”，斜看了她一眼，对我们做出“喝茶”的手势，带着一个男生就走了。走到门口的时候，她回头冲我招手，我也跟着一起走了。

大昭寺广场，他们在传说中的“艳遇墙”席地而坐，很快都熟悉了起来。我熟悉不起来，还是决定走路去。

有一个男生随我一起绕着大昭寺走路。他有点喋喋不休，说他会随时随地带着杜拉斯的《情人》，他认为内地文坛只有安妮宝贝可能会是王安忆的接班人，“她的《莲花》好极了，写的是墨脱”。他说他正在想写一本书，与情欲、暧昧有关，就是缺一个与多个城市多个男人有关的女主角。他认为，情欲不好写，暧昧不好写，女人不好写。

他开始介绍自己，他说真正的他与表面上的他不一样，真正的他属于冲动型，姐姐在北京开公司，母亲从政，父亲是老师，家族里很多人都是老师。他说他在北京的工作是与党政出版物有关的出版社，“年前刚刚摇号可以买车了，单位有食堂，我妈希望我结婚，我有女友也有房子”，但就是“生活里缺少了什么”。多年前他从高二退学去了新疆，那时他以为自己手中的钱可以过很久很久，因此影响了高考，在老家河南肯定考不上大学，于是凭关系入了内蒙古的学籍，由此得以与姐姐一样，考到了北京。

在拉萨待了一个多月，他说他花了一万多块钱。每天什么都不干，就是坐在那里晒太阳。“坐吃等死，这也是一种生活，你可以说不负责任。”他说，“也许你认为我这样的属于很少数的那种，其实有很多内地人在拉萨都是这样。”

在他的叙述里，有一种内地人在西藏是移动状态，去西藏很多地方，叫“藏漂”；也有很多人就待在拉萨，哪里都不去，叫“拉漂”。“很多‘拉漂’身上早就没有钱了，他们会聚集在新的‘拉漂’周边，直到新的‘拉漂’身上也没钱了。好多人跟着我蹭吃蹭喝蹭打车蹭泡吧，我现在也快没钱了。”

他说他去了福利院，觉得福利院的消费真高啊，“那些孩子很调皮，会抓住你的相机不放，在按不动快门的情况下依然使劲按”，“如果你第二次再去，必须要带上你第一次去时拍摄照片的冲印版，即使那样，那些孩子依然还如第一次一样，使劲玩你的相机”。

他说准备在拉萨工作，去一家报社，不过工资不高。在他看来，拉萨也不是没有高收入，他一个来自长沙的伙伴，2010年到拉萨做销售，每个月能有五千元左右的收入。

他说他有好几个关系很铁的女性，她们一直在路上，搭车旅行，去了好多个国家和城市。为证实所言不虚，他当着我的面，电话其中一个女性，开着外放。他说，我写你的故事可以吗？对方说，可以，反正又不要钱。

“我在拉萨不敢接听与北京有关的电话，不想听任何与北京有关的口音，听着恶心，不舒服。”他问我，“你还回去么？”

我说，回啊。

他说，你真勇敢。

我在拉萨待了半个月后，当雄教育局局长电话过来了。他确定了我要去的学校的名字：当雄县龙仁乡中心小学，校长名字叫巴桑次仁（后来我们称他为“巴洛”）。在局长的介绍里，龙仁小学距离当雄县城二十多公里。学校里有二十多个老师，四百多个学生。

局长的电话放下没多久，校长来电话了。我跟他提出申请说，我想住在学生家里。他说，不现实，目前形势不是很好，必须得住在学校里。

三月的拉萨，如果是晴天，白天的温度很宜人。我查了龙仁乡中心小学的信息，海拔四千多。

接到电话后的第一件事，就是去拉萨火车站买去当雄的火车票。空空荡荡的火车站，武警比乘客多。

拿到火车票以后，坐在返回旅店的车上，想着即将要开始的小学老师的生活，我心里有点雀跃，想到读小学时遇到的外来老师，他带给我们太多美好的记忆。那时小，不知道分别意味着什么，很多时候，人生中的分别就是一辈子再也见不到面了。

拉萨市里的孩子已经开学，比乡村的孩子提前半个月，我后来知道那是因为拉萨暖和。

从火车站回来的路上，路过一所学校，人声鼎沸。正是放学时间，孩子们一个一个从里面出来，外面有很多家长在排队等着。一个背着蓝色米奇大书包的男孩，走在我的前面。无论怎么看过去，那书包对他来说真的是太大了，他时不时地耸肩，调整角度，只有那样，小小的肩膀才能背好那个已经快要拖到地面的书包。

孩子脸上有两团明显的高原红。我说，小朋友，我给你照张相吧。他就停住不走了，站在那里，等着我给拍照。

我问他几岁了，他说，七岁了，上一年级。他还说他不是本地人，也不是藏族，“是甘肃人，回族”。因为妈妈在拉萨做生意，爸爸回老家了，所以没有人接他放学。小朋友眼睛小小的，细长形，表情不是活泼外向的，你不容易看出他是开心还是不开心。但即便他很开心，你也会在他表情的某个边角看到些许愁容。

我特别想跟他多聊天，但是担心他的妈妈会担心，就在巷口分别了。

回到旅馆已经晚上九点多，旅馆主人是一个细心的人，在拉萨生活了很多年，他认为我应该准备去学校的东西了。知道我要去的是当雄县龙仁小学后，他就说，那里这时候零下二十多度，你要准备厚棉衣和睡袋，那里应该会有虱子，你要准备杀虫剂。那里烧牛粪，海拔高，这一切，你都准备好了吗?

我一早就列了一个单子，里面有糖果，有巧克力，还有一些文具。

临出发去学校前，这一天下午我出去得很晚，照去不误的还是八角街，照例要做的是去仓姑寺喝茶。姑子们对我已经有印象了。我也觉得自己要去告个别。坐一坐，喝一喝茶，就是告别。

交十块钱取到了喝茶和吃面的票。取茶时，那个收钱的人把找的零钱给我送了过来。然后，又聚过来几个姑子，她们看着我笑。她们都是寺院里的修行人。对别人来说，衣服、头发最能看出来，对我来说，是表情。她们的表情都是和善的，眉宇间有一种淡淡的笑意，这种表情在这里其实并不突出，因为看上去很多人都是这样，慈眉善目，尤其她们身处喝茶的人群中。但她们还是有一点不一样，到底怎么不一样，我是很久以后才意识到，她们的善与笑是轻的，空灵的，而世俗生活里摸爬滚打出来的善与笑，生活的痕迹和磨炼，从他们的笑里就流出来了。

快六点了，茶馆里来往的客人不多，姑子方才有空余的时间。她们坐在我跟前，摸我挂在包上的物件。那是一个可以收放的小包包，我打开给她们看，她们以为是帽子。

她们照着我的脸比画了一个轮廓，又指着我的鼻子、脸颊、额头、下巴，可能是嘴唇也可能是牙齿，竖起了大拇指，又指了指我的耳朵，竖起了小拇指。

我问别人那是什么意思，对方告诉我说，大拇指是“好”，小拇指是“不好”。

寺院里有一只猫，它悄不声儿地坐在我的腿上，闭上眼睛，把头缩在脖子里，不一会儿就睡着了，发出轻微的鼾声。

要收拾去学校的行李，得早点回去了。顺着小路，把披肩买到了，还买了给孩子们的礼物。走在巷子里的阳光里，暖暖的。真舒服啊。

对面走过来一个人，她冲着我笑，我们相错时，她伸手过来摸我的胳膊。不知道这是什么意思，我感受到的是友好与善意，是虽然陌生但有温度的连接。

校长打电话过来跟我确认说，龙仁小学三月五号开学。

那天早晨我八点二十从拉萨出发。八点多的拉萨，天还是黑的。

在拉萨，出租车可以陌生客人共同搭乘一辆，如果司机师傅觉得顺路。那天我搭到的是一个藏族司机，开车的时候，嘴里念念有词，细听下来，是在念经。偶尔还用手拨动佛珠，看到路边有人招手，他敏捷地把车停了下来，听到那人说“错了”，他说一句汉语粗话，又念起了经，开车走了。

二十分钟后到了火车站。火车站人很少，建筑就更显得突兀、冷清。

排队上火车，火车上的人也很少，三三两两，更多都穿着藏族衣服。我的座位对面一个有城市生活痕迹的藏族姑娘把帽子拉下来，再拉下来，直到帽檐全部遮住脸。帽檐下的她应该是闭着眼睛的吧。

从拉萨到当雄，一共需要一小时十分钟。下火车要验身份证，他们问我，你是从北京来的？跟我们县委书记一起的吗？拉萨的对口援建城市是北京，每年都会有体制内的人到这里工作，一个周期后再回到原来的城市。

在当雄县城唯一一家农业银行门口，等到了开着皮卡车来接我的巴洛校长。他身材高大、魁梧，穿着很挡风的冲锋衣，全身上下看上去裹得很厚实。

一路聊天，半个小时左右到了学校。蓝天白云，视野开阔，所有的场景，让我以为自己在美国公路片里。

从公路片里的公路到学校，要经过一片荒芜的草原。学校是一处平房区，有一种切换到了西部片的感觉。

可能看到了我的疑问，校长说，过段时间就搬到新校区了，那里环境要好很多。

我应该更早看到的是新校区。车子刚拐进草原时，校长就给我指了指路边那处还没完工的楼房，校长说，这是新的学校，现在天冷，还不能施工。等天气暖和，楼房盖起来了，我们就搬过来。

进了学校，校长带我去分配给我的宿舍。那里曾经是一个卫生室，写着“卫生室”字样的柜子还摆在屋里，两张病人用的可升降床靠在角落，上面绿底白字写着“重庆捐赠”。

学校的海拔比拉萨要高出一千多米，我有点头疼，赶紧躺到床上。屋里有两床被子和两床褥子，我用了其中一套。

迷迷糊糊，感觉过了好久，又好像刚刚睡下。有人推门进来，睁开眼，是校长。他把另一床被子盖在我的被子上，边盖边说，高原反应吧？两床被子都是你的，跟你一起住的是一个新分来的汉族老师，她家在拉萨，自己带被子来。

又晚一点的时候，跟我一起住的汉族老师王红来了。随她一起到的还有一个家属团，爸爸、妈妈，表姐、表姐夫，还有男朋友。她的到来让本来只有一个人喘气的房间里突然多了好多张嘴。我觉得空气更稀薄了，便出去透透气。

回来后，发现屋里的摆放换了新格局，包括我的床，他们给它调了位置。洋娃娃、小首饰占了房里很多空间。

王红叫我“姐姐”，“姐姐，我是藏二代。爸爸妈妈在拉萨做生意”。

对这里的陌生和一无所知，撑起了我强大的好奇。我希望自己能抓住所有的一切，让它们沉淀在我的生命里。

校长说，你来教五年级二班，汉语。我问，他们快要小升初了，会不会有不好的影响？校长说，不会。

原本以为到了学校就开课。巴洛校长说，慢慢来，先给老师开会，开会以后再正式上课。

但我还是在没正式开课的时候就看到了我的那帮孩子们。也是误打误撞，一个老师说要去五（2）班教室看课堂表，我也跟着去了，发现我们去的那节课正是我的汉语课，那堂课的汉语老师暂时没来。我们一进去，孩子们的眼睛刷刷地看过来，我也特别欣喜地看向他们。

校长召集所有的老师开会分课堂，分班级。校长说当一个校长不容易，当一个好校长更不容易。新来了三个老师，很多课程都得重新排，其他老师有意见，她们对新来的三位老师说，你们来了，我们压力就更大了。

新来的三个老师，一个是跟我住在同一房间里的汉族姑娘王红，另外两个是藏族姑娘，拉姆和群措。我不属于她们的分配范畴。

不管她们三个人中的哪一个，讲述自己考进教师编制的故事，听上去都漫长又艰辛。

拉姆大学毕业后，从事过“三支一扶”，在比这里更偏僻的地方当幼儿园老师。拉姆说她不喜欢教学生，只是喜欢小孩。王红在一个建筑公司当过绘图员，群措做过警察。她们并不满意这所学校，“但是能到这里，也是要凭考试成绩和关系的”。

群措是三人中对学校认知度比较高的一个，她的家就在当雄县城，丈夫在县城当警察。群措说她的下一步计划就是三年后找机会调到县城里。她很高兴自己有一个得力的关系，她差点说出那个人的名字和官职。

中午该吃饭了，拿着饭盒去学生食堂，我想着不跟学生挤在一起，便去得稍微晚一些。食堂负责人告诉我说，没有菜了，只剩了一些米饭，她说没人告诉她，我要在那里吃饭。

下午狂风四起，沙子满天飞，还有小石子被吹起来。我们宿舍里没电了，有工作人员帮我们修了线路，晚上校长送来一台电暖风和一个暖水瓶。这台暖风机让我超级开心，好像终于可以在没进被窝前就能先把衣服脱掉了。没有这台暖风机，我的解决方案是进被窝后再把衣服一件一件脱下来，再一件一件拿到被子外面。

群措老公帮我从县城里带来了一些生活必需品：盆、棉拖鞋、洗发水（错买成了精华素）、老干妈、馒头等。虽然方便面和水壶忘了买，但对我来说，总体感觉好多了。前一天用喝水的杯子喝水、刷牙、倒水洗脸，新买来了脸盆，有盆洗脸，也有牙杯刷牙了。

第二天似乎活跃了许多，前一天新来这里的不适应感消失了。在拉萨等待时偶尔产生的焦躁感，因为到当雄有了学生以后，开始安定下来。只是快走几步就会意识到，这是高原，还是不能剧烈运动。

狂风，寒冷，但天蓝，云白，牦牛黑宝石一样镶嵌在冬天的草原上，起伏不断的山脉，披着白衣的雪山，好多好多亮晶晶的星星，好大好大圆圆的月亮。它们让我有点词穷了。

三八节了，全校女老师都说一句话：今天我最大。说的人和听的人都喜气洋洋的。

这一天，学校给女老师也有切实的福利，就是下午半天不用上课。在一间办公室里安排了一场茶话会，热情洋溢的老师们用藏语玩麻将，聊天，我也听不懂，喝了一杯青稞酒，就回宿舍了。

外面又是风沙满天，听得到它们的声音，尤其是有些被卷起的石子会砸到别的东西上，再落下去，叭、叭、叭。

宿舍里的炉子，在学校工作人员的帮助下装上了。我从别的老师那里看到了一个生活经验，就是用纸盒子装牛粪。纸盒子很好找，我找到一个方方正正的硬纸盒，抱着它就去学校围墙边拿牛粪。这也得益于我之前的观察，总是在一天的傍晚时分，看到老师抱着牛粪回宿舍，他们都是从我要去的那个围墙边过来的。

牛粪是学校老师从附近村民家买来的，每个老师都会有自己的牛粪堆，一堆一堆地堆积在学校的围墙边。我也不知道哪一堆我可以拿，就找了一堆大一点的。一个学生看到了，跑过来告诉我说，老师，你拿的牛粪是校长家的。

我知道，过两天，我也要买牛粪了。

牛粪干干的，轻轻的，高寒地带，牛粪没有异味，甚至还会有草的清香。我对用牛粪烧火、取暖做足了心理准备，结果是一场不异于惊喜的意外。

生火是有讲究的。学校里可用的东西并不多，但废纸还是很多。找到一些废纸，点燃后再将牛粪放在上面，房间里开始暖了起来。王红说，姐姐，我们宿舍有了家的味道。

终于可以在房间里大洗了，洗披肩，洗外套，洗头发，洗脚。生活开始有了滋味，也开始对未来有了更多的期盼。

新来的这几天，拉姆每天都在那里说想离开，不想当老师。群措则安静很多，很多时候，她都跟老公打电话，用藏语说，我听不懂。她手机里有很多照片，一张是她的孩子抱着一头小羊。她说，藏族人生下来，就会找一头喜欢的小羊一起长大。“小羊也要取名字的。”她说。

坐在床上，看着牛粪在炉子里若有若无的火光，房间里因为烧着牛粪，会觉得很呛。

深夜，王红接到男朋友要求分手的电话。而黄昏时，我们几个女老师还根据她的讲述感慨她男朋友真好。她当时说，很多人都说他好，让她觉得配不上他。晚上她接到的这通要求分手的电话，让她突然间失了分寸，对着我哭，停不下来。

她说她男朋友的意思是，门不当户不对，不能给她想要的幸福，让她清醒一点，现实一点，放手吧。王红说，不嫌弃他的家庭，只知道他是一个好人，而她也相信日子是两个人的，未来两个人的打拼肯定会很美好。

电话那头的男孩一直坚持自己的想法。

夜很深了，王红的哭停不下来。

我也只能对她说，可能是男孩一时冲动，明天会好的。

她哭着说，姐姐，你不知道的。

第一天正式上课的体验还不错。学生有点调皮，带来的一个结果是：课堂氛围很好，我差点没收住，一堂课下来，有点意犹未尽。

但只上了一节课，我的嗓子就有点疼，因为要大声说话，因为平时不说那么密的话，也因为这是在高海拔。

我把买来的铅笔给孩子们分了下去，一盒二十四支，但班上有三十二个同学，所以有那么几个孩子没有铅笔，我用笔记本替代了。当时我要买钢笔时，老板问我是几年级的学生，我问有什么不同吗？他说不同阶段的学生写藏语时，要用的笔尖粗细不一样。我就没敢贸然买钢笔，用铅笔替代了钢笔。

中午时间，一个孩子到我房间门口，送给我一样东西，用纸折成的鞋子上面写着“五（2）班旦增多杰”。

这只鞋就是我们的见面礼了。

下午课间，我问一群孩子的其中一个叫什么名字，周围很多孩子七嘴八舌地说了起来，他们说她叫“尼玛……尼玛……”，看他们说不出来，我笑开了，他们还在那里努力说着“尼玛”，同时也在努力想着“尼玛”后面的两个字。

下午了，又起风，很大，同样伴有沙尘暴。晚上，没风。夜晚特别美妙，星星很亮很多，月亮很大很圆。

粗犷的铃声每天早晨沉重有力量地响起，或者午后、黄昏后，它突然间响起，就像一声惊雷，让听到的人皱皱眉转过头再睡一会儿，或者“嗯”一声，继续手里的活儿。

我第一次听到它的时候，是刚到学校有高原反应、头疼得躺在床上时，那种感觉可想而知。

铃就安装在我们由卫生室改造而成的宿舍的右上角。这个卫生室，有天晚上，附近的一个村民过来问，这里有药吗？我当时并没有应对的能力，不知道那个村民后来买到药了没。

这天下午，教孩子们读课文，《春》《燕子》《牛郎织女》。

孩子们的问题很多。

老师，蜂窝是什么意思？

老师，什么是柔柳？

老师，什么是阻力？

老师，嫂子是什么意思？

让孩子们用“破”组词，一个孩子说“破鞋”。然后他自己又问我，老师，破鞋是什么意思？我想了想，还是说，破鞋就是坏了的鞋。

孩子们问，一千米有多远？是不是学校到拉萨那么远？学校到拉萨，需要走一段绝对没有车路过的一个半小时的石子路，到马路边，如果顺利搭上路过的交通工具，半个小时到达当雄，再坐上近两个小时的火车。

我说一千米不是这么远，然后告诉他们，多远的距离才会是一千米。

有早自习就有晚自习，相比白天，晚自习时孩子们闹得更欢。我完全掌握不住，反而是被他们带动起来。我想，我们教室是整个学校里声音最大、笑声最大的吧。

孩子们的作业完成得还可以，作业本呈上来，字看上去都很秀气，女生更明显。

临下课前，一个女生哭着走过来，另一个男生告诉我说，她的爸爸去世了，有同学说“她是个没有父亲的孩子”。我把哭得不成声的女生揽到身边，对那个闯祸的男生说了半天，要尊重别人，不能提别人伤心的事情。

说完以后，我也在想，我这样说有用吗？

我到学校的第五天，我们有了有别于以往的新的交流。

教室里，满满当当，三十二个孩子。有一个空座位，于是我问，怎么会有一个空座位？

扎西多杰，就是孩子中最话多的那个，他坐在自己的座位上，边比画边说，他死了。我很奇怪，也以为是他表达错了，就问，怎么回事？他说，放假，他不好好吃东西，喝黑水水，吃鸡的腿，后来就死了。

另外一个同学解释说，黑水水是可乐。

课间的时候，巴洛校长问，还习惯吗？孩子们好教吗？我说，还好，就是在说同学去世的时候，他们好像没有什么感情。巴洛说，我们学校刚走了一个老师，很年轻，平时心脏不太好，走得很突然。那个学生也是寒假中走的，听说进城吃了鸡腿，喝了可乐。校长说得也很平常。

我问孩子们，大人死了以后，是什么样的葬法？扎西多杰说，人去世以后，放在拖拉机里面，拉到龙仁乡曲天六组，还有一个地方，不知道叫什么名字。拖拉机里面有两个和尚，两个和尚将尸体适当处理，然后放在山顶上，大鸟来吃……

“大人和小孩都这样吗？”

“大人是这样的。小孩不知道。”

“那这叫天葬？”

“是，天葬。”

“有没有把去世了的人埋在地里面，地上面鼓出一个包，你想的时候就去看一看？”

“没有。”

“爸爸妈妈在吗？”

“妈妈不在。”

“想她吗？”

“想。”

“想了怎么办？”

“不知道。”

“看过天葬吗？”

“看过。”

“害怕吗？”

“看的时候不害怕，晚上睡觉的时候，哥哥这样的。”他缩了脖子，肩膀往前偻着，在那里发抖，他在模仿他的哥哥。“发抖”这个汉语词，还不在他的语言表达系统里。

扎西多杰十二岁。他的哥哥十五岁。

我告诉扎西多杰，我们那里，人去世以后，会有一个地方埋着他的尸体或者骨灰，还会放上照片，写着名字和生死日期。还有专门的时间是用来看望他们的。如果不能回到他们身边，就冲那个方向磕头。

我语速应该有点快，那些个词，比如“磕头”之类的直接这么说出来，也不知道他能不能懂。我说完了以后才想起去看他的脸。

我看出了他的一脸茫然。

我就停了下来。

与内地学校的上课规律不一样，西藏很多地方都是上十天课，休息四天，龙仁小学也不例外。校长告诉说，是因为很多学生的家距离学校很远，如果上五天课休息两天，孩子们刚放学到家就又该回学校了。

一般的时间安排是，从周一一直上到下周三，其中的周六周日上下周四、周五的课。

早读：7：50–8：30

晚读：19：30–20：10

上午：9：30–1：30；下午：3：30–6：30

刚开始我有高原反应，觉得很冷，后来几天感觉异常亢奋，再后来又觉得寒冷异常，一个正常的周期或者反应对我来说，好像正在来临。

牛粪炉子让人觉得暖和，但是灰怎么办？不同于木头，作为燃料的牛粪燃得快，每次感觉一小会儿它就变成灰了。炉灶里的空间小，如果不及时掏出来，很容易堵上，一堵上，炉火就烧不起来，屋子里就要冷了，像冰窖。

我和“藏二代”王红都没有这方面的经验。每次把炉灰弄出炉膛时，屋子里灰土飞扬，人被弄得灰头土脸，所有的东西上也都落上一层灰。

我们边摸索边总结经验，经过了几次灰头土脸后，发明了一个减少牛粪灰尘的方法，就是每当有灰尘下来时，就在炉子底部洒上一层水，有水分压在它们身上，当它们有重量的时候，就不会轻得到处飞了。

牛粪燃得快，待在房间里的时候，隔个十分钟、二十分钟，就要看看烧完了没有。如果烧完，就再放牛粪，然后再掏出粪灰。

除了粪灰，牛粪烧火取暖还有另外一个问题：湿度。房间里总是有一团火在那里烧着，是会干燥的，尤其是高海拔的地方，本来更干燥一些。我们就放了一盆水在屋子里，希望它能调节房间里的“温湿度”。不知道它最终有没有用，但在我们心里，那盆水是一直都在的。

这天下午，五（2）班的一个学生被六（2）班的学生带过来，说他生病了。我问他的症状，说头疼，肚子疼。我摸了摸他的头，有点烫。带他来的那个学生说，他穿的衣服太少、太薄了。我把自己备着的感冒药给他冲了一包。

晚自习下课后，那个学生又过来，说生病的学生吃了我冲的药，吐了。我特别害怕，不知道是药的原因还是别的什么，担心自己想做好事，但会不会做错了？我跟着他一起去宿舍看生病的学生，这时已是晚自习下课后的时间，宿舍里没有开灯，黑漆漆的。我看不到那个生病的学生躺在哪里。让学生开灯以后，也没看到那个孩子。

看到老师来了，孩子们还是很高兴的。有热心孩子指导我，他睡在上下铺的上铺，盖的被子有点薄，人又很小很瘦。我踩在下铺的梯上，看到了小小、薄薄的他。

那个叫我来的孩子，让生病的学生坐起来。叫了好几遍，他才有点吃力地把上半身从床上抬起来。看到他病弱的样子，我不知道该怎么办了。这时我也才发现，他床下面的地上放着一个盆。有个孩子把盆拿起来，给我看，意思是，那是他吐出来的东西。

这时其他老师也知道了，给他送了衣服过来。“他的衣服太薄了，别的孩子都是羽绒服，他还是秋冬天的外套。”赶过来的校长说。另外一个老师说，他就是被冻病的。

他盖在身上的是一床被子和一条毯子。我刚到这所学校时，校长给我的是两床被子，两条毯子。我是大人，他是孩子。我也安慰自己说，可能他们对于冷的承受力比我厉害，因为用凉水洗碗，不管在哪里，我都有点接受不了，而我明明看到很多孩子在凉风中用凉水洗碗，甚至还会直接喝下去。

但这个自我安慰并没有让我安心。

孩子们喜欢一切新鲜的玩意。比如说相机，再比如电脑。即使是课间十分钟，以调皮的旦增多杰为首的几个学生，也会跑到我宿舍里，他们争着要看电脑，要看动画片。我拿着毛巾，对他们说，把鼻涕擦了才能看。即使是零下十几度，如果孩子多了，又在一个稍微封闭的空间里，房间里就会有一种异味，但在这里洗澡是一件非常不现实的事情。

玩电脑前要洗手，吃饭前要洗手。我说。擦完鼻涕和洗完手的孩子，已经迫不及待坐到我的电脑跟前了，惹得那几个还没完成仪式的孩子生恐错过了什么，我的“要洗手、要洗脸、要擦鼻涕”此时显得不合时宜。我从北京过来时，下载在电脑里的《蜘蛛侠》已经被他们看过好几遍了，他们都知道要看的打斗片段大概在什么地方，直接用鼠标拉过去。

上课铃粗糙得像一声惊雷，把他们从电脑前惊起来。看两眼，再看两眼，然后忙不迭地向教室跑过去。

另外一些内敛羞涩的孩子，进到我房间，直接奔向水桶，看水桶还有没有水，如果没有水，他们就提着空桶出去，再提一桶水进来。还会把炉子上的水壶提起来，看炉子里还有没有火，如果没有火，他们就点燃废纸，把牛粪放上去。

他们做这些事情，远比我熟练得多。

连着上了五天课，孩子们开学回来从家里带的东西快要用完了，学校里陆续有家长过来，穿着藏袍，背着尼龙袋。男的戴帽子，女的围着围巾，只露两只眼睛。

我问群措，女人为什么都会把脸蒙起来，有什么讲究吗？群措说，只是为了更少地晒到太阳，“她们也要漂亮哩”。很多孩子家长都镶着金牙，她们趴在教室的玻璃上，笑着，露出漂亮的金牙，看着坐在教室里的自己的孩子。

家长来学校的日子，孩子欢腾雀跃，家长对这样的日子也是翘首以待。家长来了以后，立刻可以在孩子身上看到不一样。他们身上装满了零食，有雪碧，有方便面，还有一种零食叫“南京板鸭”，火辣辣的包装，孩子们可能很喜欢，因为学校里随处能看到被扔掉的包装袋。

旦增多杰为首的那帮孩子又过来了，怀里揣着那些美食，问，老师，你吃饭了吗？我说，没吃。他们拉着、推着，要把我带到学校的小卖部，“我们买方便面给你吃，我们请客”。

这晚，深夜了，王红说，姐姐，我怕黑，我想去厕所。我穿好衣服和她一起出去，我们要在黑暗的风里跑五分钟左右，才能到那个黑暗的厕所。然后再努着劲跑回来，进到被窝里，又要很长时间才能将自己暖和过来。是的，得跑，因为太冷了。上一次厕所，来回，像爬一次山。我们躺在床上都是气喘吁吁的。

我之前的睡觉习惯在这里行不通，不能完全脱了衣服，只能捂一会儿，觉得可以试着伸展了，才慢慢将有温度的裤子褪下来，包裹在很长时间没有温度的脚上。

做完这些，这个觉可以接着往下睡了。

这里的春天，每天都会刮风。

现在，我的嘴唇是紫色的了，隐约可以看到更紫的斑。

这天早晨起得晚，孩子们早读结束后“咚咚”过来敲门，我真生气啊，太冷了，想在被窝里多睡一会儿，但不回答是不行的，他们会以为你出事了，因为他们知道我没有别的地方可以去，不是在教室就是在宿舍。所以就大声跟他们说，门没锁。进来三个孩子，他们把炉子点着了，又问，莉莉老师，要不要水？我让他们帮忙看看桶里有没有水，他们说有水。我说，那中午我们一起捡牛粪吧。

孩子们上体育课，他们的体育课就是从教室里出来，站成一排排，在老师的一声哨响后握着拳头，跑起来，嘴里喊着“一、二、三、四”。跑到空阔的操场上，就自由活动，操场上有一个歪着的单杠。他们给自己找乐子。

他们邀请我“打足球”，我说，不是打足球，是踢，踢足球。他们说，体育老师就告诉他们说，你们打足球吧。

他们问我，老师，你玩么？那是一个废弃了的塑料醋瓶。我说我玩不了，我跑不动。“给我”“接着”，那个瓶子在他们的脚底下被踢得满操场跑。

女生唱着“找啊找啊找朋友”，跳皮筋。

最活跃的两个男生，坚才和他的好朋友没在“打足球”的行列里，又去给他发现的那只小狗喂东西了。

有一天，他们看到校园里有一只狗，很喜欢，就经常给它东西吃，有时也会叫上我，我们一起给它起了个名字叫“藏獒多吉”。慢慢的，我们发现它有一个习惯，会把给它的食物埋起来，分散地埋在不同的地方。

我们猜想，那是它怕将来会饿到吧，如果饿了，没有人给它东西吃，它就去把它们拿出来。

有一天坚才说，想把它带回家。但是离回家的时间还有好几天。坚才说，老师，把它放在你家吧。坚才口里我的家，就是我的宿舍。但是我要征求王红的意见，王红不喜欢这件事，这事就没能成。

后来它就一直躲在校园的一个角落里，每每课间，坚才就会过去，和它一起玩，给它东西吃。

终于等到放假回家了，坚才抱它在怀里，跟着爸爸一起走出校门。

他们仨的那个得意劲儿，尤其是坚才，我真羡慕他。

这一天阴冷异常，狂风依旧肆虐。早晨，校长问我，过两天要不要回拉萨。我说回。他说，可能学生放假，老师不放假。

中午和学生们一起吃学生食堂。圆白菜肉、土豆肉。饭后，有了困意，但就是睡不着。

嘴唇紫得厉害，无论怎么遮挡，怎么涂防晒霜，都没有用。每天晚上睡觉洗脸前，都会觉得刺痛。

一个长期在高原生活的人建议我说，买一包烟和一壶酒，每顿饭只吃七成饱。他说，烟能消除瘴气，那是高原上在地面流动的毒气。酒能增加血流速度。他说，这些对在高原上的生活有帮助。但是想着自己抽烟、喝酒的样子，我就头痛，最终也就没用那种办法。

高原上面，电池的使用时间减短。我的手机电池原来充满一次电，可以用上三天，现在只能用一天。电脑的电池也一样。这一切让我有点毛躁；另一个毛躁是孩子们的汉语基础有点弱，我们只能进行最基础的沟通。

即使是最基础的沟通，也不乏吉光片羽。

这一天，孩子们问我，会不会说六字真言？我说，会啊。于是把我学到的六字真言说给他们听。

扎西多杰说，错了，你念错了。

于是一群孩子在那里说起他们与六字真言的故事。他们说他们刚出生学说话的时候，就要学说六字真言，跟阿爸阿妈一起学。他们纠正我说是“唵嘛呢叭mei吽”而不是“唵嘛呢叭bei吽”……

扎西多杰又问我，老师，你知道轮回转世是什么意思？

我说，我不知道。

孩子说，是说人是有灵魂的，灵魂是不死的，会一直都有。从这里到那里。他向上指了指，又向下指了指。

他在这样的表述里没有障碍。

早晨醒来，身上特别凉。用手摸摸脸，皮肤没有了最起码的手感。这本来是我对自己身体感到自喜的不多的地方之一，但短暂的不到一个月的高原生活，也已经让它消失了。

孩子们又在一大清早跑到我的宿舍里来。王红都烦了，烦得她都不愿再继续藏着自己的表情了。

孩子们又让我播放手机里下载的音乐，但他们只让我重复播放里面邝美云演绎的《大悲咒》。我的手机是一台诺基亚E63，在到龙仁小学之前，我在里面下载了一些自己喜欢的音乐。他们也早就把它们听了好多遍，《大悲咒》是他们听了以后的选择。而这个曲子，我同样给内地与他们同龄的小朋友听过，他们是要马上切换的。

中午和学生一起去食堂吃饭，还是昨天一样的饭菜，圆白菜和已成土豆泥的炒土豆。和学生们一起排队打饭，排在他们的后面，打好饭的孩子很多不回宿舍，他们坐在外面，或者食堂里，他们看着我笑，也会窃窃私语，然后再笑一笑。

在这里，我像是一只被观望的猴子。

这种被观望的感觉，并没有让我难为情。

在学校里，每天都会觉得很饿。午饭刚过，我又想吃东西，于是去学校里的小卖部买方便面。只能这样，没有别的选择。小卖部在与我们宿舍并排的一间房子里，没有字样，看到外面有人站着，于是掀帘走进去。那是一个藏族大姐开的商铺，消费对象来自全校师生。一进门，我就哈着双手说，真冷啊，怎么这么冷啊？那个藏族大姐在那里看着我笑，一边有个正在买东西的女生回应我说，很冷么？我说，你不觉得冷吗？她说，都习惯了。她买了两个发夹，送给了我一个，说把它夹在头发上，很好看的。我推辞着不要，就说，那我也要送你一样东西。这次是她坚持不要，“不用啦，这就是我的一点心意”。

我在这里已经遇见过好多“心意”，虽然不能说是随时随地，但明显多于我之前接到来自陌生人的“心意”的频率。这些“心意”常常让我觉得温暖。

学生每天午饭会发一盒牛奶，那天坚才把牛奶送到我房间，我没喝。这一天，我把坚才叫到我房间，把他给我的那盒奶给他。他指着头说，喝奶，头就生病了。我找一个地方问扎西多杰，坚才不能喝牛奶吗？扎西多杰说，他喜欢喝牛奶啊。

一节课下来，我需要大口大口喘气才可以缓过来。那种感觉就是，要有专门的时间用来将稀薄空气中的氧气吸到自己肚子里，如果没有这个专门的时间，我就会喘不过来气。

班上有个学生，额头处有一疤痕，深色的，横向的，扁长的，我摸着它，问他这是怎么了。他汉语不好，不知道有没有听懂我的话，也没说话，就是看着我笑。旦增多杰在旁边说，老师，他这样去拉萨。他做出磕长头的样子。如果你仔细留意，西藏孩子里有很多这样额头上有疤痕的孩子。他们会随父母从遥远的家乡磕长头去拉萨。

这种痕迹就长在他们的身体里了。

这天夜里，一夜有梦，梦里是扎西多杰那天说的天葬。

一早，孩子们很早在门口喊“报到”。他们要帮我们点火，如果你不答应他们，他们会一直站在门口喊“报到”。

也不知道是谁告诉他们去见老师，一定要喊“报到”，无论是教室还是老师的宿舍。

让他们进来，生好火以后，他们又在房间里闹了一会儿，这里摸一摸，那里看一看，然后就看着你笑。

推开门，门外雪白，下雪了。

校长说，考虑已经连着上了十天课，如果不给学生放假，他们会想家里人，不安心上课。但是又因为是特殊时期，所以学生放假，老师不放假。之前我没有这种意识，所以我的口粮已经不多了。我说得回去一趟，校长说他正好要出去开会，于是我坐在他的车上，回到当雄县城。

还想坐火车回拉萨，校长指着那路边的商务车说，坐这个回去没事的，很安全。我们经常坐。

上午十一点半，小车等满了人，开始发车。下午两点二十左右，到了八角街附近。

同车身边一女孩，一路都在讲她的故事，说起在当雄公安局当公务员的老公，说他对她管束太多，说她不想被管束，说她渴望去鼓浪屿过那种“很潇洒的生活”。

到了八角街，走在琳琅满目的街道上，近乎贪婪地看着每一样东西，每一个人。那些东西我不买，它们跟我没有任何关系，但前十天在龙仁小学的生活让我意识到，拥有选择权也是一种幸福。

去仓姑寺喝了很多的茶，吃了藏面，觉得面真的好吃。我仿佛吃到了浓浓的牦牛味，它们汩汩地进入我的身体，给它注入了无穷的能量，似乎突然间强大起来。

我要准备回学校的物品。第一要务是买药。我之前带过去的药早已没了，这次要多备一点，尤其是感冒、发烧药，即使我用不到，孩子们也一定会用到。我并不知道附近哪里有药店，移动互联网并没有现在这样发达与顺畅。迎面走过来一个藏族小伙子，我问他附近哪里有药店，他给我指了一个方向，然后上前靠近我问，劳动要不要?

劳动要不要？我没琢磨明白。后来问在拉萨生活了很久的汉族人，他说可能是男人与女人之间私密性的动作，这有点对应我最开始猜出来但又打回去了的想法。但也许人家问的是，你要不要我带你过去呢？

晚上在旅馆主人的朋友家里吃饭，他们在拉萨做生意。吃到一半，主人问有没有觉得饭有点夹生？我说没觉得，很好吃。他们看着我在那里边说边吃的样子，笑开了，我想我有点狼吞虎咽吧。

是啊，即使是真的夹生，也比在学校里的饭菜好吃。

回到拉萨，比起在龙仁，我可以轻松地小跑了；比起在龙仁，晚上睡觉的被子薄了。在龙仁，每晚睡觉，都被被子压得难受，心想真重啊，重得翻身都不方便。但是如果不够重，又不够暖和。

从北京到拉萨时，觉得旅馆里的被子厚。从龙仁的学校回到拉萨时，觉得旅馆里的被子薄。

痛痛快快洗了个澡，找个地方坐下来喝茶。

对面来了一个老人，要了一大壶茶，一大盘包子，包子摞放在一起，堆得很高。我问他，多少个包子？他听不懂，旁边一个人告诉我说，二十四个包子。他示意让我吃。我摆手说不吃，只是好奇怎么能吃这么多。旁边那个人翻译说，他早上没吃饭。再后来一个奶奶过来坐在他旁边，也是同样一大盘包子。老人将他没吃完的几个包子让给那个奶奶。他们开始聊天。我认真地看他们。他们开我的玩笑，那个奶奶指指我，再指指那个老人，说我是他的老乡，我说我听懂了，我们笑了起来。他们看我的茶没有了，用他们的壶给我添过来，喝完他们的两壶茶，我也买了一壶茶放在他们面前，他们连连摆手说不要，但我放在他们面前就走了。

去了路边的一个厕所。没有门，是薄薄的布帘，男厕的门帘已经完全被撩了起来，女厕所还算遮挡住了，但是掀来掀去，也是相当于没有遮挡物。找了一个靠里面的位子，看到门帘被掀起来，但是进来的是一双男人的脚，我赶紧发出声音，好让他知道里面有人，请他出去。他也立刻就出去了。

布达拉宫广场前的一片翠绿，让人看到了拉萨的春天，柳树发芽了，我用手机拍下来，这样回去后就可以告诉孩子们，什么是“柔柳”。

一次上汉语课，我们读到《燕子》这篇课文。他们问：老师，柔柳是什么。其实书上是有图片的，但是相比照片，还是不一样的。

龙仁没有柳树，孩子们对他们在生活里没见过的东西好奇。如果说松树、牦牛，他们就是行家了。

回到拉萨两天，感觉脸暖了过来，脸上的皮肤是柔和的。临出发回学校时，我有点怕。怕什么呢？我问自己。怕冷，怕焐不暖的被窝，怕早晨蜷在裤筒里的脚冰凉，怕房间里牛粪的灰，怕流鼻血，怕皮肤没有手感，怕脸上每天都刺痛。

但是又想，想什么呢？想那种在生活里的感觉，双脚站在泥土里，踏实的、无与伦比的感觉，想坚才抱着流浪到校园里的狗走出校门时的得意神情。

这次我还是坐的商务车从拉萨出发，车只到当雄县城。没有公交车从当雄到龙仁小学，而包一辆车需要二百块钱。我决定搭车，这是我新学到的技能。在人们常说的加油站出口候着。

笨拙地招着手，没人停。太阳晃晃的，有点累了。再过来车时，不再好意思去招手。

终于一辆车慢了下来，阳光很好，晃眼，车打着右闪，看不太清楚，是一个干部模样的人。我问，到龙仁乡小学吗？他说不到龙仁乡小学，只到龙仁乡。我说，搭我一段可以吗？我到龙仁乡再想办法。他说上来吧。他说他是部队的，部队要开始种地了，他来龙仁乡某村看羊粪。他说他老婆也是小学老师，在当雄完全小学教六年级。他本人在南京上过一年学。

他在车里放藏族歌手的歌曲，他指着一个歌手问，这个人像不像刘德华？他说，你们内地很多地方，很多男娃娃娶老婆都娶不起，要有房有车，藏族不是这样，藏族的人只要双方相互喜欢就可以。他说他刚上六年级的儿子将来的婚事，他就一点都不管，也一点都不操心，但希望对方最好是个农村女孩，因为“城市女孩不行”。

路两旁的房子修葺得崭新、漂亮，我连连赞叹。他说，那都是政府给修的，但老百姓并不怎么喜欢。老百姓更想过自己原来的生活，在牧区放牧，过来住新房子，原来的生活就被打乱了，也没有地方让他们像以前那样放牧。

龙仁乡很快就到了。他问我，一个女孩怕不怕？我说，怕。他说，刚才你打开车门上车的时候，是不是哭了？上车的时候，不小心碰到了额头，我用手摸头被他看到了。

他说，龙仁乡还是要好些的，要是去别的地方，更是连车都没有。当雄相对其他地方要稳定很多，没有那么多不好的事情。

下车时，他祝我好运，让我安心。我把旅馆老板塞在我包里的一个苹果留在了他的后座。祝他平安。

从龙仁乡到学校还有十公里，我完全没有方向感，只能再次拦车，依然是没有车停下来。

一个藏族老人一直跟在我左右，我以为是因为他在旁边而没有车愿意停下来，因为我们看起来是一个整体，万一一辆车只有一个座位，人家可能就不会停下来。我对他用汉语说，我们要不要离得远一点？事实是我们还是离得很近。

走过来两个小伙子。我上前问他们去龙仁小学怎么走？要多长时间？他们问我，是不是老师？我说，是。其中一个小伙子说，他帮我问问有没有人去那里。在路边等了一会儿。那个小伙子从一户人家走出来，同时还有一个女人走出来，那个小伙子招呼着让我过去，他说“有人去学校”，让我去他那里，那个女人说，来吧，有人。

到了他们身边才知道，那个小伙子要借那个女人的摩托车。走到他们跟前，小伙子打开车，说是没油了，“你等我一会儿，我去加油”。

等的过程中，那女人让我随她进去，在房间里等。外面冷。她说。我把剩下的另一个苹果给了跟在她身边的小女孩，她眼睛睁得大大的看着我。我把在拉萨买的大白兔奶糖给了她，后来她的哥哥从楼上下来，我抓了一把奶糖给他。那女人告诉我说，不要给他们那么多，她说她有三个孩子，“给完了，你没有了”。

一直坐在旁边桌子上打牌的女人，“啪”一声甩出一张牌在桌子上，然后向我这边看过来。她也是看着我笑说，我还有两个孩子在这里呢。给完了，你就没有了。那个大一点的孩子把糖果拿上楼去，边上楼梯边说，来吃糖。楼上传来孩子们因为高兴而扬起来的声音。

这时，刚才去给摩托车加油的小伙子回来了。

我坐在摩托车的后面，他让我抱住他的腰。原来，去学校，还有另外一条路。这条路的不同就是要在草原上多走很长时间。这次经历带给我的是，我看到了草原上随处都有的洞穴，还有一种动物从洞里露出头。小伙子对我说，别怕，那是老鼠。然而它们好像不怕人，也不怕疾驰而过的摩托车。我们从身边过时，它们依旧不慌不忙地在那里吃草，眼睛还望向我们。

一路很颠。每一次颠得厉害，我都要抓紧他的衣服。

可能感觉到了我的害怕，碰到路不是那么颠的时候，他的一只手从车把上拿下来，放在我的胳膊上。他告诉我说，不怕。他说，能带着老师，他很高兴。他还说，他在县城里画画。

他有很多话，都是问号。

你是第一次坐摩托车吗？

老师，你的家乡在哪里？

学校里有你的朋友吗？你的爸爸妈妈和你在一起吗？

老师，我能不能要你的号码？

老师，你几岁了？

我们到学校门口，他随我一起下车。他说他的弟弟妹妹在学校里读书，“我跟你一起去，我还要看一下我的弟弟妹妹”。

踩着下课铃声进了学校。孩子们看到我，飞奔过来，给了我一个又一个结实的拥抱。

上课铃声响了，我催他们去上课。他们在那里嘟囔着说，是汉语课。啊，原来就是我的课。他们已经帮我找出教科书，并把水杯拿在了手上。走到教室那里，发现班主任从另一个方向走过来，我摆了一个手势说，不需要他们帮忙代课了。

那天戴着在拉萨买的带着辫子的编织帽子，孩子们看着帽子，指着我的头说，老师，帽子。我问，好不好看？他们齐声说，好看。我问，今天还上不上课？他们说，不上。我说，干吗？他们说唱歌吧！

他们唱了以前的一个支教队伍教给他们的一首歌，“可曾记得那年夏天你的笑脸，对我诉说长大要与牛儿为伴，不曾忘却雪山脚下我的承诺……”

扎西多杰说，今天没看到你，我们以为你走了。他说教他们歌曲的那些老师，也是很快就回去了。

当初来学校时，校长介绍过那个支教团队的到来为孩子们打开了一扇窗户。他们是一个团队，你是一个人，不过，相信你也能为我们的孩子打开一扇窗。校长说，说实话，我们很多学生家里不穷，到底是什么原因让家长不愿让孩子读书？可能是意识、观念。

那段时间有检查，校长最大的任务，就像写在学校墙外面的一句话，“保证入学率100%”。校长认为，“控辍保学”是每个校长都头疼的事情，“不是说仅仅家长没有意识，孩子们也不愿读书。有些孩子的家长吓唬孩子会说，再不好好放牛，就把你送到学校去”。

有时为应对检查，临时把一些本不上学的孩子抓到学校里来，“充数，那是没办法的”，而那些从来没有上过学的孩子坐在教室里，就像我出现在排队打饭的孩子群中一样，我们都是被观望的。

龙仁乡与当雄县城不一样，风大，更冷。龙仁乡小学与龙仁乡又不一样，风大还有沙子。一切的一切都与拉萨不一样，与我所熟悉的别的地方都不一样。

西藏这个地方，过了一个垭口，就是完全不一样的天地。仅是十公里的距离，也会有很大的不同，带给你的体验也是完全不一样的。

中午一点半，下课铃声响起。也是午饭的时间。

依旧是去学生食堂吃饭。旦增多杰看到我拿着碗问，老师，你去哪儿？我说，我去食堂。他问，什么是食堂？我说，你们平时吃饭的地方怎么说？他说，餐厅。我说，好，我去的就是餐厅。

学生的餐厅里，一条桌子，两排椅子，还有一台电视。低年级的孩子打完饭后坐在那些桌子边吃饭，高年级的孩子要回自己的宿舍。那台电视，每周五晚自习时，孩子们都会从那里享受一段电影时光，从他们的表情看过去，他们是喜欢这件事情的。

我排在孩子们的队伍后面，一个二年级的孩子，让我排到他前面，我说不用的，他应是听不懂我说话，但是显然明白我的意思。他走在我的前面，不时回头看我和他的距离，如果没有紧紧跟着他，我和他之间有比较大的空隙了，他就伸手拉拉我。

在那支队伍里，我依然是一个被观望、被旁观的人，他们都排成队看着我。那些高年级的学生也站在操作间里打开了门看。工作人员把门关了，他们又把门打开。

打完饭后，我准备回房间吃。刚才排队站在我前面的那个小男生又过来拽着我，将我引进他们坐着的队伍里。另一拨学生，在那里叫着“阿姨阿姨”，同时做着招呼我过去的手势。

在注视和嬉笑中，我们完成了午餐。

这次回来，孩子们中有很多感冒的。教室里咳嗽声一片。有一次搭校长的车子路过草原，看到干枯的草原上积着早晨刚下的白雪。校长说，下场雪就好多了，学生们生病的就会少了。那些天干燥得厉害，风沙大，刚刚开学，由家里的环境再到学校里的环境，自然是不一样，学生们纷纷生病。我离校的前一天晚上，校长还在操场上给学生们分发阿莫西林。校长说，那是从乡里卫生所拿来的。

夜里，梦，无数。

梦见了一直在寻找，寻找什么？不是那么清晰，但是是寻找主题的梦。

早晨起来，一口带血的浓痰，鼻子里流出带血的浓稠的鼻涕。

天气渐渐暖了起来。想来，北京或者南方一些城市，已是春暖花开。这里也开始漾着春的气息，不再像刚来的时候那样，每天冻得伸展不开，更愿缩在某个角落里，蜷蜷的，就像条狗。

格尔木的朋友说，格尔木暖和了，我说这里离格尔木还有好远好远。

孩子们想看电影，晚读时，又给他们在教室里放了《蜘蛛侠》，校长从教室门口走过两趟，他肯定是看到了教室里的样子。我的电脑摆放在讲台上，很多学生跑到前面来，还有很多学生站在或坐在桌子上。

晚读结束后，旦增多杰来到我的宿舍不愿意走。我一边批改作业，一边跟他有一搭没一搭地说话。他说他想要我的手机，睡觉时玩游戏。我说不可以。校长在门口问，老师，有没有学生在你这里？我说，有。校长进来，旦增多杰出去，他们俩碰在门口。校长装作要打旦增多杰的头，我以为是真的打，赶紧说，不可以的，不好意思是我留住了他。校长说，没有，是我没管好学生。

这一天，孩子们的家长陆陆续续走进学校。他们穿着藏袍，搂着自己的孩子，有的直接将孩子夹在腋下。是的，夹在腋下。他们脸上的表情都是很享受的。前两天送东西或者钱过来，更多是母亲，接孩子放学回家的，则都是父亲。

学校门外停着摩托车、小汽车，还有三四马，那些都是接孩子的工具。校长说，摩托车上能坐两个孩子，马上能坐两个孩子，小汽车里能坐五个孩子。指着那辆皮卡车，校长说，那辆车能坐很多个孩子。

孩子们离开学校前，给宿舍做大扫除，扫地，洒水，结束后，他们再收拾行李。孩子们三三两两聚在一起，像是一趟很长时间的出远门，因为他们会整理出很大的行囊，多是尼龙袋，他们双手一抡就背到肩后，弯着身子走，前面挂着有点破旧的书包。有的家长会帮孩子拿着那些东西，有的家长则是跟孩子并排走着。

校长给家长开了一个会议，藏语版的，我一句都听不懂。后来问校长会上说了啥。校长说，无非就是让家长看好孩子，保证开学时再给送过来，保证他们让家里更小的孩子将来要读书。

校长说，有些观念要随时跟家长说。

待学生全部离校后，老师们才可以离校。老师们多是自己开车，或者搭坐别的老师的车，本来车子是有限的，老师也就那么些个，惯常里谁坐谁的车，也都是有数的。相比之下，我这样一个人也是突兀多出来的。我不想增加麻烦，也想在草原上走一走，就自己一个人背着包走出学校，走在那大草原上。东瞅瞅，西看看，这边弯下腰，那边再试着蹲下去，想看看那天坐在摩托车上看到的老鼠是什么样的，好像比内地的老鼠大多了。这比坐车走过草原要有意思得多，就是效率太低了。

有车开过来，在我身边把车停下。我一看，是学校里管内勤的老师。如校长所说，“这里是大草原嘛，车可以随便开”。他让我上他的车，我伸头一看，车里都坐满了。我说，不坐了，我要找老鼠。他就在那里笑。

校长开着那辆皮卡车也过来了，他对那位老师说，陈老师上我的车。我还在那里装，说我要找老鼠。这时，他们已经过来帮我把包从身上拿到车里了。

任何一辆去拉萨的车，任何一个到拉萨的人，都要被严查很多次。路上，校长把我们的身份证都收了过去，说是统一查询时方便。校长拿着我的身份证说，我还没看过北京的身份证。警察看着坐在车里的我和我身边的背包问，旅游？为了方便，我说：嗯，几乎同时，校长说：不是。另一个老师补充说，工作。警察问，援藏？我说，嗯。他让我取下口罩，通过。

校长打了一通电话，在快到拉萨的地方停了下来。校长下车，给站在路边等他的老人一沓钱。再上车时，校长说，那是学校以前一个老师的父亲，那个老师很年轻，也没听说有什么病史，在学校里突然去世了。校长说，那是政府给老师的抚慰金，一万多块钱。

每到学校放假的时候，学校里没有一个人。对学校工作人员来说，终于有时间可以回去和家人在一起了。校长说，有的老师家在当雄县城，有的在拉萨。这四天，是老师们好不容易能出去透气、添补物资的时候。

王红的家人来接她，她列了很长很长的采购清单。另外一个汉族老师，要和男朋友一起回拉萨去耍。她祖籍四川，出生在青海，读书工作在西藏，烧一手好菜，偏川菜。她说，在这个地方教书，都是这样的生活模式。

还有一个男老师，由原来的汉语老师到了“管理电教室”，与王红一样，是“藏二代”，每次放假回拉萨是他认为“进补”的最佳时机。他们是学校里仅有的三名汉族老师。

跟校长的车回拉萨时，校长说返校那天他会给我打电话。原本定在那天上午十一点集合，后来，校长说有很多东西要买，改为下午三点。

我在大昭寺门口坐着等校长的电话。拉萨城很小，一个电话，十分钟就赶到了。遇到了两个“藏漂”，他们凑过来搭讪说，一看就知道你是刚进藏的，理由是：你捂得很严实。“十年前我就你这种装扮，后来就没所谓了，也就晒得很黑很黑了。”他说他来自内蒙古，可以把我带进大昭寺，只要交给他八十五块钱就行了。我说带我进去布达拉宫吧，两块钱的那种。他鄙夷地看看我。我说，现在票不是那么难搞，只要排队就可以买到的。他说，你排队自己去买吧。有一天，市面上一千六都买不到票，你找我，我可以帮你一千四搞一张。我同样鄙夷地看看他。

周边全是磕长头的人。我也像他们一样，试着将额头紧紧贴在冷冷的石板上。

校长开的皮卡车厢里装得满满的，有菜，有书，还有笤帚。校长看着它们，说这些是学校其他老师要的东西。再过几天，老师就有食堂了，你也不用去学生食堂吃饭了。

车里坐着一个老师，六年级一班的数学老师。她说，前段时间她都没在学校。她的妈妈刚刚过世了，六十一岁，身体一直好得很，她们都以为她的妈妈可以活到七十多，但突然间就去世了。“我一直没在学校里，是因为我们这里有七七四十九天的说法。”她说她压力很大，要是没有学生考进内地班，“就惨了。”

她对我说，我听她们说了，你对学生特别好，不要对学生太好了，这里的学生与城里的学生不一样，他们得到过一次，就会一直找你来要。还有，不要再把你的药给学生了，你要是病了，就没办法了，那附近没有医院，也没有好的医生，孩子们的身体比你好。

后来有一天，我像虔诚的藏族人一样，转经在八角街。当终于累了，坐在一个小店里，看那顺时针的人群时，见到了人群里正在走路的那位数学老师。她神情落寞，眼睛下垂，盯着脚尖向前走。她究竟转了多少圈，我不知道，只知道直到我坐着都累决定回旅馆的时候，还看到她在那里眼睛看着脚尖，不停地走啊走。

满满当当的东西和几个要同事的人，一起在车里，穿行在拉萨到当雄的路上。校长的老婆也在车上，她是学校里的职工。车停在路边，校长老婆下去解手。没一会儿，她叫我说，陈老师，看，野鸭。我赶紧取出了眼镜，从车里跑出去，真的看到了鸭子。

他们时时在照顾我，他们自己早已觉得不稀奇的东西，但考虑到我可能会稀奇，就会随时提醒我、告诉我。

一直忍着，终于到了县城。下了车，奔向那个很脏的公共厕所，这是我第二次去。第一次去的时候，是我刚到这个县城的第一天，我进去后直接就退了出来，但现实情况是找不到第二个公共厕所了，只能再回去。

上厕所这个问题是我在那里生活的一个大难题，因为公共厕所没有那么多，而好不容易有的一个，卫生情况确实又不太好。我真希望拥有随时随地就能上厕所的能力，就在一直纠结如何提升这一能力的时候，我看到了学生的妈妈，蹲在学校门口，也看到了一个藏族老阿妈在县城的路边。她们有一个随身携带的再自然不过的屏障——藏袍。宽大的长长的藏袍，是她们可以随时随地解决很多问题的秘密武器。我充满羡慕地看向她们。

后来一个飘雪的寒冷的晚上，我回学校，草原上四处无人，像那次终于学会搭车一样，我学会了在草原上解手。

学校里的老师经常问我以前在北京是做什么工作的，告诉她们以后，她们兴奋起来，围在我身边说，来说一说你见过的明星。我说，我没见过明星。她们说，你不是在北京么？那些明星不也在北京么？

学生们回趟家，再回来，看上去轻装了不少，很多鲜艳的颜色也被他们穿了出来。旦增多杰穿出来一件夹克，女班长穿过来一身翠绿。

一个以前认识的朋友来电话，说她辞职了。她说周边很多人都是这样，辞职跳槽的特别多，经常感觉“咔，换了；咔，换了”。她说她可能会去公关公司，只是还在纠结。

天气一天比一天暖和。走在大草原上，即使草未绿，芽未发，但它的辽阔已向你展示各种生命力。一头形影相吊的牦牛在我前面走着，我走得快，它就走得快，终于，它不再那么抵触，尝试着回头看我，再后来，我们两个开始对视。

它流着鼻涕。我问，你感冒了吗？它把头转了转，也许是在回答我。

那一天回来，再出现在孩子们的课堂上，我问孩子们，你们的理想是什么？

坚才举手说，我想放牛，放牛挺好的，我就喜欢放牛。

旦增多杰说，我想当一个藏歌歌手。

女班长说，我想当一个医生。

我说，我也觉得放牛挺有趣的。

有趣？老师，有趣是什么意思？孩子们笑着问。我说，就是有意思，好玩儿。他们问，有意思，好玩儿是什么意思？我这时觉得他们是故意的了。

我问旦增多杰，想当哪一个藏歌歌手？他说了一个人名，为加深我对那个人的印象，他唱了那个人的歌。我说，那你知道，他也会汉语的吗？

旦增多杰把眼睛睁得更大，看着我说，老师，我也会汉语啊。

六年级一个男生，有一天我们相碰在他赶着牦牛回家的路上。他说，老师到我家里去。跟着他一起回了家，看到了他的妈妈、弟弟，他说，“哥哥的，第一名，当雄”。你知道他要表达的意思是，他有一个哥哥在当雄上学，是第一名的好学生。那天在他们家里，我吃到了叫不上来名字的好吃的零食，也把我身上带的吃的放在了他家。

再看到我，他说，老师，给我礼物。边说话，边把手伸在兜里，看到人很多，他说，老师，家里去。他们把老师的宿舍称为老师的“家”。看到老师的家里还有那位老师，他说，去我家。也就是他的宿舍。走到他的宿舍里，他还让同伴赶走跟着我们走进去的一帮孩子。他把外套脱了，换上藏袍。这时，学校集合铃响了，他就带着我去了操场。然后，他还说那句话，那天，老师给我礼物。后来别的藏族老师说，那孩子意思是，老师给了我礼物，我要给你一个回报，穿上藏装给你看。

即使是被认为汉语很好的孩子，对汉语词汇的掌握也很单一。

有一天，我对扎西多杰说，今天周四。扎西多杰问，老师，什么是周四？就是星期四。他“哦”了一声跑走了。

再有一天，我对女班长说，把你手里的扫把给我。她看看我，愣在那儿。我说，把笤帚给我。她把它递到我手上。

学校里同学交流是藏语，老师与同学交流是藏语，汉语老师教汉语，除了要教的那个字或者拼音，其他全是藏语，比如说“跟我读，这是A”，除了字母A以外，其他几个连接词也是藏语。校长开会时，用藏语对孩子们说，你们要好好学习汉语。

因此，那些孩子对于一个完全说汉语的老师充满了好奇。

我觉得身体有点不舒服。果不其然，早晨醒来，感觉鼻子里有东西，伴随着鼻子里有东西，感觉喉咙里也不对。出到门外，看到纸巾上的是血。

我立刻就有点慌了。怎么办？流血了，同时伴随着干呕，往返房间与严寒的外面多次，刚进到房间里，又想吐。吐又吐不出来，咳得差点嗓子都咳出来。再一说话，嗓子哑了。不知道身体怎么会这样，只知道，我很疲，浑身没力气。

那天我有早读。教室里的孩子们咳嗽声一片，我又一次没听劝地把感冒药给了班上一个感冒的学生。也跟那位老师说的一样，当我需要吃感冒药的时候，已经没有药了。

上课，有一篇课文叫《捉鱼》。文中，小妹妹把哥哥抓过来的小鱼给放了，因为小妹妹想“小鱼多可怜啊，它需要去找妈妈”。课后练习里，一个问题是，小鱼欢快地游走了，小鱼的心情是什么样的？同学们回答说，是开心的，高兴的。

孩子们问我，老师你吃鱼吗？我说，吃。

他们说，我们不吃鱼。吃鱼，恶心。旦增多杰做了一个恶心的动作。

我问旦增多杰，为什么不吃鱼？旦增多杰说，吃鱼，鱼就在肚子里游啊游。他双手比画着鱼游的样子。

我说，你吃牦牛就不怕牦牛在你们肚子里跑出来？旦增多杰说，牦牛是被杀死的。他指着另一个孩子说，老师，他吃鱼，拉萨的吃。其他孩子齐刷刷地看着那个孩子，他看到同学们的目光，低下头。我笑着问他，鱼好吃吗？他说，好吃。其他孩子开始笑起来。

伴随着鼻子流血，痰中有血块。情况有点严重。不想说话，也不能说太多话。

自我怀疑袭上心头，七七八八的念头都跑过来，这种自我消耗也特别损神伤筋。我好像突然间没有力气了，也没有心劲了。

看我蹲在宿舍门口，一个女职工走过来。平时在校园里总能看到她笑盈盈地看着每一个人，她围着一条很宽、很厚的毛裙，她说，她的围裙九十块钱，属于好的，能穿两年，有的五十块钱，只能穿一年。她说，陈老师，你也买一条，这里太冷，这个要穿的。

她问，陈老师的妈妈在哪里？陈老师想妈妈吗？顿了一会儿，她说，这里除了天气不好，天气要是好的话，就都很好。然后，她又说，陈老师，以后大星期，回拉萨的车子很多，你不要自己一个人再走了，要跟着车子走，那些回拉萨的车子都有位子的。我说，就是想走一走。她说，你要是想走一走，可以五一以后，下午课结束的时候，天还没有黑，可以出去走。她又问我，春节假期回去吗？二十多天，另外一个假期两个多月。她说的是暑假和寒假。时间在她的嘴里好快，划拉划拉，三个月过去了，再划拉划拉，就到春节了。

天气依然是上午晴好，下午狂风。我在龙仁的每一天几乎都是这样的。

因为要庆祝西藏解放，所以孩子们不上课，校长说有领导要过来检查，孩子们也要举行唱歌比赛。各种宣传资料摆放在操场上，有各种图片。孩子们穿着学校发的那种节日般的民族服装，笑着穿梭在展板周边。

色彩鲜艳的民族服装，女生粉色，男生黄色，特别好看。孩子们都系着红领巾。看到我拿着相机，孩子们凑过来，争先恐后地排队，摆造型，等着拍照。

寒风里，孩子们分班级盘脚坐在地上。班主任站在所在班的后面。孩子们铆足了劲儿唱，一个班级唱《我的中国心》，高音没能很好地提上去，其他班级的孩子一片哄笑。我后来听到了《学习雷锋好榜样》《社会主义好》《北京的金山上》《红旗飘飘》。

我们五（2）班唱的是《草原上升起不落的太阳》，是王红教给他们的歌曲。有一段孩子们没能很清楚地用汉语唱出来，囫囵着，得了第四名。班长看着班主任，眼睛红红的。

语文教研组的那个男老师，看我一直望着黑黝黝的山发呆，找我聊天。他说再过一段时间，到六月份这里可美了，对面山上的草绿了，山洼洼处还有虫草。在他的讲述里，每到虫草出来的时候，老师和学生一早起来就去挖虫草，然后再做登记，每个学生挖了多少。这里的学生老实，不会撒谎，不像有的学校，明明挖了五根，会说挖了三根，其实他们是把虫草藏到老鼠洞里，然后找时间拿出来，再去小卖部换东西吃，换也只能换五块钱的零食，实际上交给学校，学校也是给五块钱。学校用那些收上来的虫草再去换一些钱，主要用来给学生添置衣服或者学习用品，老师也用，但是学生用的是绝大多数。

他还在那里重复着说，一到季节，这里可美了，Windows桌面就是我们这里。另一个老师在一旁做证，他说季节到的时候，就能看出来了。“真的，”他怕我不相信，就指向那山和那云，“你看看是不是。”

他说，一到季节，这里就会有很多帐篷，会有朗玛厅，还会有卡拉OK，会有很多人在这里通宵地打麻将，然后，你会看到到处都是垃圾。但是，他刚开始来到这所学校时，学校里没电没信号，还没有车，晚上想去看录像，都是步行一个多小时走到龙仁乡，有时候还会被告诉说停电了，他们就再步行一个多小时回来。

说到这里，他们就笑，那是他们共同经历的事情。

其中一个老师说，当年厕所在那里，他指着靠近学校门口的地方，而这些，他踩踩脚下说，这里都是草地，每次上完厕所，在那条小溪里洗一洗脚，就可以直接赤着脚走回宿舍，现在不能了。“很多原生态和很多美好，没有了。”他又在那里说，“以后不要自己走了，有车回拉萨的。”说得我都不好意思了，我说我是想找找老鼠，拍拍照片。他说以后你有的是机会拍照片，现在拍出来，别人会问，这是哪里？是沙漠吗？

六月，孩子会有很多节目，因为虫草假的原因，一般是将六一儿童节放到近六月底才过。他说，我是藏族，但是在内地长大，跟着爸爸妈妈来到拉萨，刚到拉萨时，想吃米饭，但那时没有，有一次我饿得都哭了，开始吃糌粑，觉得也很好吃。

他说学校的历史，那时很穷，校舍和宿舍都是老师一手一手给糊起来的。他在当雄十七年了，换了好几个学校，刚开始的几年，政策上允许两年换一个地方，“因为西藏下面的学校条件都太苦了”。他想着，这样也挺好的，每两年换一个学校，趁着这个机会，把很多地方都去一次，再生活一段时间。就在他到了现在的这所学校想再转出去，转到羊八井（靠近拉萨）一所学校时，政策取消了，“所以只能一直在这里干下去了，要在这里干到退休”。

“现在条件好多了，以前你要是看到学生睡觉的时候，你会掉眼泪的。孩子们就是把藏袍脱下来，放在地上，把鞋子再脱下来，放在上面，然后头就枕在鞋子上，把藏袍其他的地方盖上来，就这样睡觉。”他说的时候，我在心里已经流出眼泪了。

也是有怨言的，他觉得学校的制度太严了，学校领导就是将拉萨一些学校的制度直接搬过来，“但是明显不合适嘛！如果严，待遇好一点嘛，待遇就那么一点，然后还那么严”。

原来学校很小又穷的时候，老师们很团结，很多老师坐在一个老师的家里，可以吹牛吹到很晚。但是，现在不一样了，学校好了，老师又不团结了。放学后直接回自己家里，不再出来。“我跟校长是同一届的，我们以前关系很好的。”他顿了顿，“也只有你不是需要常年待在这里，所以有些话才能对你说一说。”

从早晨开始，那个穿藏袍给我看的男孩，一直跟在我身后。他说，哥哥来了。他在县城读书的哥哥。我说我不想去，太冷了，我缩了一下脖子，指一指那天他带我去的山上，我是想告诉他，前两天在山上跟他一起的时候冻着了。他也指指山，摆手说“不去”，指一指他家的方向，“哥哥来了嘛”。

也只好跟着他去他家。门是锁着的，他边拍着门，边兴奋地从门缝向里看。我对他说，家里没有人，你看，门是锁着的。他看着门缝说，人，有的。他傻笑着，然后说，来了。

我想象着一个什么样的哥哥站在我的面前，一个从这里走出去上初中的藏族小伙子是什么样子，那个让小男生表现出那般崇拜和好感的哥哥是什么样子。

依然是黑红着的脸，圆圆的，戴着帽子。是个女孩，帽子后面有一个辫子。

女孩懂事，汉语水平也很好。我说，你弟弟说你是哥哥。她不好意思地说，他不好好学汉语，不会说。我说，他很崇拜你，说你是第一名。我学着那个男孩在我面前竖起拇指的模样，她别过脸去。

我们站在那里聊天。她说，她们这次放假一周。“爸爸妈妈很支持我上学，我对我的老师说了，我想上研究生，老师说工作不是最重要的。以前爸爸在家时可以去校车下车的地方接我，昨天我是和同学边聊天边走回家的，有点累。”小女孩说，爸爸识一点藏文，全靠自学，爸爸的口算很好，妈妈不识藏文，所以一直很支持她读书。妈妈说，作为一个藏族人，连藏文都不认识，心里挺难受的。她在家里想帮妈妈干活时，妈妈总是说，你做作业去。

她对我说，她的小弟弟其实很聪明，数学成绩很好，就是语文成绩差了点。我说你小弟弟的汉语表达比你大弟弟都要好，她说主要是因为大弟弟当时太调皮了，不愿意学习，所以给耽误了。而小弟弟的汉语本应更好，只是因为一年级的汉语老师不太好，所以小弟弟的汉语成绩也不太好了。她的小弟弟在龙仁小学读一年级。大弟弟就是穿藏装给我看的男孩。

聊了很久，我说我得回学校了。小女孩坚持送我走到门口，我问她，当年是不是差一点考上了内地班？小女孩说，差五分。走了很远，再回头，她还站在门口。我挥手让她回屋，后来我再回头，发现她还站在那里。再然后，我就不回头了。

回到学校里，想坐在墙角晒会儿太阳，但没有凳子，我就蹲在了那里。一个小男生看到了说，我有办法，他跑去他的宿舍，把他的箱子拖了出来，把我摁到了他的箱子上。箱子里面装着他们从家里带过来的或者父母给送过来的吃吃喝喝的东西和衣服。

我刚坐下来，周围就聚围过来一小群人，其中有几个六（1）班的学生。六（1）班是龙仁乡小学的重点班，全班二十五个学生，男生十五个，他们被认为是进内地班的优秀选手。

2011年龙仁乡小学有两个学生考进了内地班，一个去了上海，一个去了浙江。一个男生告诉我说，他想考去上海，因为听说那里很美。我说，你们这里更美，蓝天白云，上海的美，是高楼大厦，你喜欢高楼大厦还是喜欢蓝天白云？一圈的孩子，齐声喊起来说，高楼大厦。

还有一个男生对我说想考进福建，为什么？因为以前一个支教老师在那里，我想见她。我问另外一个男生，将来你想不想见我？如果想见我，你就考到北京去。紧接着我问他，你想考进哪里？男孩低头，抬起眼睛看看我，再看看围在一边的同学，低下眼睛说，北京。周围的孩子哄笑起来。

这帮努着力要为明天拼搏的孩子，每天都要比其他人晚睡一个小时，早起一个半小时。他们教室的灯，是学校里亮得最早、熄得最晚的。二十五个学生中，能有几个顺利考到内地？校长说，考到内地的比例不到一成，考到内地班，学校和任课老师都会有奖金。那个教数学的老师，去年领到了五百块钱奖金。

考到内地以后，十几岁就开始一个人在一个语言不通、生活习惯不一样的城市里生活，初中要读四年，因为要补习汉语，这四年不能回家，家里也很少有人能过去，往来靠电话、邮局。

学校里那个藏二代汉族男老师，每天捧着iPad，昂着头走在学校里。他对其他老师说，他手里的东西是最先进的。有一天他看我想把U盘插在学校的电脑上，就说，电脑里有很多病毒，不能放在上面。他说，他父母都是援藏干部，现已都不在了，他和妹妹生活在一起，住在拉萨的一条街道上，“我出生在西藏，考到内地班，在吉林上大学，2004年毕业，有过一个在北京工作的女朋友，现在单身一人，在这里教书”。

他看着手里的iPad，再看看我说，这里就是有点无聊，我们很少看书，能看的也就是《鬼吹灯》。他问，你不觉得无聊吗？我把你的事跟我妹妹说了，我妹妹很奇怪，问你为什么会来这里。“这也是我的疑惑。”看着那群风沙里跑动的孩子，他说，我要是有一年半载的假期，会选择国外度假。

我低着头，踢着脚边的石子。

下午漫步那个人烟稀少的村庄，孩子们赶着牦牛和羊回家了。它们所到之处，尘土飞扬。看到我给羊拍照片，那孩子指着落在后面的那几只羊对我说，它们是“cha羊”。他嘴里的cha就是“差”，“差羊”类同于“差生”的表达。

身体的不舒服越来越厉害了。

上一堂课，累得喘不过气来，扶着墙，捶着胸口咳嗽。孩子们围上来，扎西多杰把杯子递给我。

要去当雄县城找医生。走了一个多小时，终于到公路上。招手拦车。

第五辆车停了下来，一辆小中巴。一开车门，味道很重，那种很膻很膻的味道，一只手伸过来，把我拉进了车里。一路上，也有其他人陆续搭上来，车里开始变得拥挤，我尝试着把肩膀缩起来，不让自己挤到别人，也不让别人挤到我。车里就我一个女人，他们看着我笑，然后对其他人用藏语说话，接着大家哄笑。我看着他们笑，车里笑成一团。

他们开始陆续找我说话，汉语和藏语夹杂着。一个人问我，“ci pei”怎么写？这时候的我，已经知道他问的是一个人名，他要将这个名字存到他的手机上。我把两个字写在我的手机上，递给他看，他看看我，再看看我的手机，把他的手机递到我手上：“你来。”

一个人将手机递到我手里，说，不响了，不响了。我问，什么不响了？他说，没有了，没有了。我明白，他的意思是，手机没有声音了。花哨的屏保设置，按键也看不清楚，凭着感觉操作，也还是给调好了。他的手机模式是“会议”，我给改成了“室外”，再打电话，手机响了，他们都笑起来。

当时是中午十二点多，两个递过来的手机，一个显示的时间是十四点，一个显示的是十八点。想问他们时间要不要改过来，不知道怎么表达更多的，也就算了。

他们用的手机多是山寨机。声音是那种炸耳朵的响，响起来的也都是藏语歌。

司机把我们放在农行门口，每个人收了二十块钱。他说他晚上还要回去，还可以把我们带回去。他说他采购完东西以后给我们打电话，留了我们每个人的电话号码。

那个藏族医生，让我输液。看着他的白大褂上面黑点点很多，似乎快要变成黑大褂了，我有点害怕，赶紧摇摇头，说我不病了。

找到隐藏在叫“清江宾馆”院里面的那家甜茶馆，找个可以享受到阳光的地方静静地坐下来。第一次到这个茶馆是校长带过来的，他说这是当雄县城最好的一家甜茶馆，很多“有工作的”都会到这里来喝茶。第一次跟着校长在那里喝茶的二十分钟里，有多群人过来打招呼，每走一批，校长都介绍一下他们的工作背景，老师、警察、医生等。

县城真是一个没有什么个人秘密的地方，虽然与校长一起喝茶不是秘密的事情，但喝个茶的时间里，就有那么多熟人打招呼，我也真是不适应。

严格来说，当雄县城就是一条马路两边有功能性的建筑物。比如医院、银行之类的。来喝茶的人，更多是三两人一起，很少独自前来，更少有一个女人来。尤其是在这样一个到处都是熟人的县城里。坐在有阳光的地方，有同伴的同性传过来不解的目光，也有异性探寻的目光。他们可能觉得这个陌生的女人，一个人喝茶好奇怪。

人越来越多，人又越来越少，唯一不变的是身后传过来的烟味。这个地方可以望到窗外，那个用白灰写着“洗手间”三个字的洗手间，一个只能遮挡一部分空间的木头门，带着真真假假的味道摆放在那里。

茶馆的玻璃上开始有了一层薄薄的雾水。渐渐的，房间里的热气开始散去，附着在玻璃上的热蒸气变成水珠，一滴一滴从上面滑下来，可以很清晰地看到它滑下来的痕迹。

外面逐渐明朗起来。找老板要了电源线，因为要用电的原因，我坐在正对着门的地方，这样就能看到每一个进来的人，每一个进来的人也能看到我。

一个穿着粉色小衣服的小孩兴奋地在茶馆里走来走去。她开始走到我的面前，模仿我打字的样子。她在这里这么熟悉，拿着一本中国移动的宣传画册，在大厅以及后方厨房间走来走去，而且每次路过我的电源线时，老板娘都会提醒一下。听不懂那藏语，感觉出来那是关切。小朋友总能很巧妙地迈过来，迈过去。

以为她是老板的小孩，可一桌客人离席后，把她也抱走了，她冲着所有人摆摆手，并说“拜拜”。一屋子人都在那里开心地笑了起来。老板，看不出来是藏族人还是汉族人，在一个地方生活久了，一个初到的外来者，辨认不出你是很久以前的外来者，还是生在此处的本地人。

不时会有乞讨的人进来。他们有的能讨到钱，有的讨不到。那个一手拿着空空的塑料瓶，一手拿着零钱的人，在那里对着我，用汉语说“我就一个人，我什么都没有”。他站的时间有点长，一直站着，看着我，我也看着他。

茶馆里喝茶的人，中午很多，成批成群地来，每一批每一群的间隔时间很短，他们有着明确的目标，用餐，喝茶，离开，应该是上班一族。

转而下午四点左右，人群间隔时间开始明显长起来。他们也有一个很明确的目标，消磨这午后的闲暇时光。两个多小时过去了，几拨人还在，他们中间或许有人离去，或许有人再加入进来，核心场子不变。

老板娘始终在那里忙碌着，有客人需要时，她穿梭着，递茶。没需要时，她在那里搅拌着一锅热腾腾看起来浓浓的茶。它们被装在一个个很大很大的壶里，静静地待在从炉子伸出来以供温度持久的容器上。有时，老板娘会坐下来，陪着那三位显然她很熟悉的老人一起聊天。每一次路过我的电源线时，都会瞥一下我的电脑，然后摇摇头，表示她不懂。

老板更多的时间是在厨房，人们需要吃的时，往往是他给端出来，除此以外，他就坐在前台处理账务。还有一个姑娘，有着淡淡的高原红，每次与别人目光相碰时，她都要羞涩地低头去笑。不知道是老板雇的工人还是他们家的亲戚。

一个刚刚进来的头上盘着红色绳子的藏族男人，要了一壶一磅的茶，跷着腿在那里吞云吐雾。那大大的锅里的茶被煮好了，分装在各个带有嘴的壶里，然后安静下来。那个带着高原红的小姑娘，开始从厨房里端出来一大盆水。红黑色，是岁月给她们的沧桑，也是高原给她们的特征。

人们聚在茶馆里聊天、打牌、喝茶、抽烟。他们在那里很大声，或者悄声地逗着宝宝，也在那里四处张望；他们聚在那里，或者不时传出洗牌、刷牌的声音。

坐着坐着，他们开始呼朋引伴，更有共同话题的人可以撇开同伴与另一拨人再凑一桌。

最后的格局是，老人聚在一起，男人聚在一起，女人在一起。偶尔抽个空，他们还扭过头看我在那里飞快地用电脑打字，一个未上学的男孩子趴在我电脑旁边的椅子靠背上，就那么歪着头看着。

这里还有如我一样的陌生人。他们可能第一次走进这里，结账时，甚至一头走进那挂着翠绿色半截门帘的厨房后方，被站在前台的老板娘及时发声阻止，老板娘说“嘿”，他们站在那里哈哈大笑，手里仍不忘拨动着透明的水晶佛珠。

这里能听到火车的声音。声势和规模最浩大的那拨人中，开始逐渐有人离席。

再看窗外，又开始下雪了。不知道雪后的草原还能否再行走？不知道雪后的路是否还安顺？不知道雪后的学校是否已被蒙上一层白白的东西？是否那不远处的山已是白茫茫？

依然是咳嗽，依然嗓子很疼。

司机打来电话，说可以走了。我赶过去，发现只有我一个人到了，其他人呢？他皱着眉说不知道。我说，给他们打电话吧。他说，打了，不接。等了好长时间，没有人来。他说，走，不等他们了，他们肯定都走了。

忘记了应该下车的地方，我对他说，把我放在早晨你让我上车的地方就可以了。他的家在距离龙仁乡小学很远很远的地方，家里开了商店，开车到县城采购东西，但车越来越远，越来越像是早就过了我要下车的地方。他边开边说，还没到。我说，我下车吧。他看我有点坚决的样子，也就停了下来。

我下车的地方有一个“禁止偷油料”的牌子，记得中午上车的地方也有这么一个牌子。决定走走看，一辆正准备风驰而过的摩托车，看我招手停了下来，坐在后面的是一个会汉语的女孩。她说你要往回走，你已过了很远了。

逆风，往回走。走在坑坑洼洼的草原上，走着走着，会走不下去，因为面前就是一个很大很大的坑。风大，下雪，路上有车辆鸣笛，他们一定会以为，我是一个傻瓜。一辆摩托车鸣笛，并停了下来。我走了过去。他问我去哪里，我说去龙仁乡小学，我走错路了，只要到龙仁乡就行了。他让我上车，上车后他让我抱着他的腰。途中，他停下来，把他的手套脱下来给我戴。我说不用。他说他穿的衣服袖子长，可以用袖子当作手套。我拒绝不了这么朴素的善意。

到熟悉的路口了，我下车，他说他的爸爸生病了，要不然的话，他会把我送到目的地。我说你真好，我可以拍一张你的照片吗？他把他蒙脸的围巾取下来，露出了鼻子。

走在草原上，回学校。一个穿着显眼的嫩黄色、带有“拉萨护路”字样的人坐在前不巴村后不着店的路上，露两只眼睛。我给他拍照片，他很配合。他站起来，向我走来，说“钱，拿来”。我连连摆手说，我不懂。我往后退，说我要去找我的朋友，他马上就要过来了。我加快脚步走在我刚才走过的路上，一辆摩托车从路上过来，看我招手，停了下来。后座已经有了一个人，还能不能再坐一个人？我指向那个护路工人说，他找我要钱。他们让我坐了上去。一个说，这里有人，不要害怕。另一个说，他几年前也是龙仁乡小学毕业的。

他还说，你给人家拍照片，拍人家的照片要有版权，人家要钱，也没有错。

每到凌晨，同屋的王红就开始与男朋友通话，边哭边说，你把我放在这个什么鬼地方，你就不管也不问我了。现在还要跟我分手。这样的话，她已经说了半个月。他们的分手闹了那么久，最终没有分成。

有一天晚上，她终于不再哭着说那样的话，她对着电话，愉快地说，快点娶我吧，让我赶紧离开这个鬼地方。

我在校园里找了一个学生们用废弃的椅子搭起来的可以坐下来的简易小凳子，盘着双脚在那里晒着太阳，旁边传来孩子们上体育课的声音，他们在那个几乎没有设备的操场跑步，嘴里喊着“一、二、三、四”。他们没有其他的娱乐项目，只能跑步，跳单项皮筋，我跳起双项皮筋给他们看，他们觉得很奇怪。但是，我也只能跳两下，然后就累得喘起来，再也跳不动了。他们扶我坐下来，他们跳给我看。

起风了。这里每天都会起风。一起风，都不能待在外面。

拉姆和群措过来聊天。拉姆喋喋不休地念叨着，这是一个什么破地方，我反正是要调走的，能在这里待多长时间？

我一点都不想当老师，我不想当老师，我不想当老师。群措平静地看着她说，能待多长时间就待多长时间吧。群措教藏语，每次都会有学生拿着作业本去她的宿舍找她。

扎西多杰找我来借手机，他说他要给爸爸打电话，说他想爸爸了。把手机递给他，他在旁边正在用藏语打电话，被语文教务组的老师看到了，大声呵斥。扎西多杰把手机塞到我手里就跑了，老师对我说：学校里有规定的，不能借手机给学生。

我问，为什么？

他说，有些学生不老实，他们打电话骗家长，说生病了，或者说老师打他了，他要回家。就有家长气冲冲地跑到学校里来了。

“牧民比不了农民对孩子上学的态度。很多牧民直接对老师说，我的孩子很笨，笨得像头驴，我们不希望他如何出人头地，不希望他有多大的出息，只希望他这段时间在学校里，老师不要打他，我们都舍不得打他。这些家长只把学校当作寄养孩子童年的一个地方。而且，藏族孩子上学有补助，家长可以领到大米和油。现在季节不好，学生基本上都能到学校里，再过一段时间，学生就不会那么容易来学校了。既然家长都是这样的思想，我们也没希望学生有什么样的学习动力。他们对学习也是有一搭没一搭。所以，他们可能很不听话，也会把老师的一点点体罚都当作很大一件事，或者是当作终于能向家长提出要求的一个理由。”他接着说。

六年级二班，用那个数学老师的话说，“那是一个差班”。老师嘴里的“差班”，只要“不打架、不生是非”就是“最好了”，“他们在学校里待着，保证入学率”。

王红教六年级二班汉语。有一天，她回到宿舍里兴奋地说，她们班上有一个气质很好的男生，“他穿着藏袍，戴着帽子，不声不响地坐在教室里，真是好看极了，像一个王子”。这个“王子”经常到我们宿舍里来，汉语不好，就带着一个汉语好的男生。有一天，他看着王红说，老师，你有十六岁吗？再跑到我面前说，老师，你有十八岁吗？这个“王子”让我们很开心。

有一次放假，“王子”没能回家，被校长惩罚留在学校里，据说是打架了。后来有一天，他把我拉到他们宿舍，他们开始摆造型，让我给他们拍照片，他问我“照片给我们吗”，意思是他希望有一天照片能洗出来放在他们手上。他说，我的家在纳木措，老师你去我家。

咳嗽中有血块。鼻子又开始流血了。

校长出去开会了，没在学校。他电话里问，是不是烧牛粪的原因？我说，听说有村小，其他老师都不愿意去，我想去。帮我找一个村小，越偏僻越好。校长说：村小比这里还要苦，你更受不了。

因为身体，要重新打量我在龙仁小学的时光。

晚读之前，想着要多看看校园，倚在学生宿舍的墙壁跟前，避风，看校园，看学生。

晚读课是汉语。扎西多杰问，老师，可以看电影么？我说，明天你们考试，怎么办？他们说，我们可以的。

出题考试，学校里的老师互相插换着出试卷，学校里就那几个老师，所以，自己班的孩子们要考什么样的试卷，他们很清楚，那个班上的孩子们也就知道了他们要考什么样的题目。我没有去找那个出题的老师要题目，所以我的孩子们也不知道他们的语文试卷是什么样的。但是我问他们，可以吗？他们像想看电影一样回答我说，我们可以的。

他们兴奋地拉着我的手，走向我的宿舍，几个孩子分工明确，电脑、电源线、鼠标，都被搬到教室里来了。

电影还是《藏獒多吉》，他们百看不厌。观影团队还是呈倒“V”字形。一些孩子坐在电脑跟前，一些孩子索性直接站在桌子或者凳子上。他们集中精神瞅向放在讲课桌中间的笔记本。三十二个学生，不可能方向正好、角度正好地看到笔记本里放着的电影，那时，真希望他们能有一台投影仪。

那个乖巧的女孩子，至今不知道她的名字，她也没有职务让我来称呼，比如什么委员。她主动来到我身边，背诵《养花》的前四段。除了有两个地方有点磕巴以外，又是一字不错、一字没落。之前，《燕子》的前四段背诵，也是这样。

学习委员，那个带着妹妹和她一起住，每天戴着浅粉色小帽子、穿着玫红色上衣的小女孩，骄傲地被同学们称为“美女”，拿着同步练习让我帮忙看对错。我看到她已经做得很超前了，《牛郎织女》那一课还没学到，她已经做好了练习。其中一个判断题说：那只老神牛让牛郎把正在洗澡的织女的衣服拿过来，牛郎老实没去拿。她认为是对的。

我夸她做得很好。学习委员笑着低着头，不好意思地指着作业本说，我就是字写得不好看。我说，也好看的。她问，老师，你为什么要走？我说，老师病了。她又问，老师，什么时候回来？我说，老师不回来了。小姑娘依然低着头，问，为什么？

我打开教室的门，走了出去。小女孩跟在我身后，擦着眼睛。这些天，她的眼睛一直红红的。我问她，怎么了？她说，我的眼睛生病了。

她们宿舍里没生火，清冷清冷的。我问，你们没有棉拖鞋么？她们不知道“棉拖鞋”是什么意思。

临走那天，我把洗发水、蜂蜜、护手霜，还有干净的棉拖鞋，收拾在盆子里放在女孩的床下面。再过去送其他东西时，发现那个盆被两个留守在宿舍烧火的女生拿出来放在床上了。我说放在床上就脏了，她们就看着我笑。

学校里早晚温差很大，每天早读和晚读，宿舍里都会留两个学生生火，这样其他孩子回到宿舍里就有热水。他们的早餐是从家里带过来的糌粑，坚才看到我总是咳嗽，有一天拿着糌粑跑到我跟前说，老师，吃这个，好得很，不生病。

那一天是周六。孩子们月考。

早晨起得很早。要赶在学生早读结束前离开学校，不想让孩子们看到我离开。

把校长送我的暖水壶拎着，放在了校门口的帐篷里面。踩在学校大门的那一刻，铃声响了。

前后挂着包，走出校园，走在那无人的草原上。人影长长的，四个放牦牛回家的藏民疑惑地看着我。走了一段，再回头，发现他们四个人齐齐整整地站在那里看着。他们知道我是学校里的老师。

很快到了拉萨。西郊客运站。输液、打针、拿药。输液以后，仍小有咳嗽，但不再有血块。

慢慢感觉有力气回到我的身体里了。

想到在龙仁小学的某一天，我在黑板上写了“人生”两个字，孩子们大声读了出来。扎西多杰说：老师，我的人生很没意思。

“有意思”是在坚才说他的理想是放牛、旦增多杰说他的理想是当一个藏歌歌手时，我们讨论的一个汉语词语。我并不知道扎西多杰是否知道“没意思”的意思，我也不知道他说的“没意思”是不是我理解的“没意思”。我记得的是，他说完以后，孩子们都笑了。

这个场景陪我进入旅馆房间。我插上门，趴在床上，放声大哭。

番薯盛世

杜君立

明清以后，美洲新作物在中国引发的山地大开发，并没有让人走上富裕。

房龙道："人类的历史就是饥饿的动物寻找食物的历史。"换句话说，人类的历史也是饥荒的历史。饥荒的历史要比农业的出现更为久远，在某种程度上可以说，农业或许是人类为应对饥荒而不得已的发明。但农业也没有终结饥荒，反而使饥荒的灾难更加可怕。

事实上，从狩猎采集到定居性的农业，人类变得更易遭到自然灾害（特别是干旱）的威胁，因为食物的储存总是有限的，而安土重迁的农民只能坐吃山空，坐以待毙。另一方面，农业改变了作物的基因结构，这些动植物变得在自然环境下无法生存，只能与人类相依为命。这些被人类驯化的植物，其遗传基因是如此单一，以至于一种新的病虫害就可能摧毁大部分收成，从而造成大规模的饥馑。因此，农业社会的食物基础仍然是不稳定的。

1492年，哥伦布发现新大陆，由此意外地引发了一场农业革命，或者说农作物革命。

在这场动植物大交换中，哥伦布给美洲原住民带来毁灭性的瘟疫，却给欧洲和亚洲带回了美洲的玉米、土豆、花生、番薯（红薯）和木薯。这些生命力顽强的高产作物使欧亚非大陆的粮食产量大增，人口随之也大增——世界人口在十六世纪的增长率为百分之十一点九，十七世纪为百分之四十七点五，十八世纪为百分之八十点六。

木薯这种原产于巴西的作物被葡萄牙人带到安哥拉后，很快便成为西非人的主要食物。虽然奴隶贸易让非洲失去了几千万人口，但撒哈拉以南非洲地区的人口仍然几乎翻番，从六千一百万增长到一亿多。从1700年到1900年，虽然有近四千万人口移民美洲或其他地区，欧洲人口（包括俄罗斯在内）依然增至三倍多，从一点二二亿增长到四点二一亿。同一时期，印度人口几乎翻了一番，接近三亿。

明清时期，中国已经深深地融入全球化浪潮，美洲作物跨海到来，也前所未有地刺激了中国的农业发展，中国总人口从一点五亿上升到四点三六亿；尤其是一些山地和边疆地区，人口增长更是达到数倍到十数倍不等。这不仅彻底改变了中国的人口格局和社会面貌，并在某种程度上塑造了近现代历史。

关于美洲作物的影响，最早引起了经济史学家何炳棣的注意。他认为，中国近千年来，总共发生过两次粮食革命，一次是北宋时因海外贸易输入的占城稻，一次是明朝美洲作物的传入，使粮食作物的品种大幅度增加。

这场通过美洲粮食作物的传播而实现的土地利用和粮食生产的革命，在一定程度上直到今天仍在继续。

美洲四种农作物（花生、番薯、玉米、土豆）传华四百余年来，对沙地、瘠壤、不能灌溉的丘陵，甚至高寒山区的利用做出很大的贡献。今日的中国是全世界最大的番薯生产国，产量占世界的百分之八十三，同时也是仅次于美国的玉米生产国，是仅次于俄罗斯的土豆生产国，是仅次于印度的花生生产国。在中国，玉米是次于稻米和小麦的第三重要粮食作物。

番薯、玉米与土豆

土豆在西方获得了成功，而中国人似乎更喜欢番薯。

这两种高产的薯类作物都是新大陆的恩赐，克罗斯比在《哥伦布大交换》中说："在旧世界，没有哪个大规模的人类群体比中国人更快地接纳了美洲的粮食作物。"

麦哲伦环球航行之后，西班牙征服了吕宋（菲律宾），不久，中国就从吕宋获得了番薯。据清代陈世元《金薯传习录》记载，西班牙人"珍其种，不与中国人"，华商陈振龙费尽周折，终于将番薯种子带回福建，并引种成功。不久福建遭逢大旱，“野草无青，禾无收，饿民遍野”，福建巡抚金学曾立即晓谕闽南各县，广为栽植。短短几个月之后，番薯大获丰收，饥民“足果其腹，灾不为荒”。

就这样，来自美洲的作物使“客家人”对中国东南部山区亚热带森林的改造成为可能。

和土豆一样，番薯非常耐储存，粗生贱养，不怕蝗灾，兼抗干旱，不与其他作物争地；无论是沙土地、丘陵地，还是红土地，根苗入地即活，东西南北，无地不宜。番薯产量极高，上等地一亩约收万余斤，中等地约收七八千斤，下等地也能收五六千斤。福建“田狭民稠”，多是山地，素有“八山一水一分田”之称，常因土地贫瘠、零碎，“秋收甚薄”。番薯的出现，顿时改变了福建的农业格局，“初种于漳郡，渐及泉州，渐及莆（田）”，很快，福建全省“遍地皆种，物多价廉，三餐当饭而食，小民赖之”。

引进番薯的陈振龙甚至因此而被民间封为“水部尚书”，成为福建民众心中的城隍神。

再说玉米。

清代包世臣在《齐民四术》中称赞说，玉米“尤耐旱”，“收成至盛，工本轻，为旱种之最”。种植玉米除了比番薯需要更少的劳动力外，还有其他优点：它可以在一年中的绝大部分时间里进行种植，无论在稻米嫌太干还是小麦嫌太湿的区域，玉米都可以欣欣向荣。

乾隆年间《洵阳县志》中写道：“凡苞谷既种，惟需雨，以俟其长，别无培护。岁稔时每市斗仅值钱三十文，市斗较仓斗一倍有奇，中人日食需钱数文即无饥矣，故熙熙攘攘皆为苞谷而来也。数年地薄则又转徙而之他。”

当时有地方官为劝谕民众种玉米，总结出“十便五利”。“十便”为：“玉米自二月至四月皆可种，不必迸日赶耕，致穷农力；布籽吐苗，叶粗易长，不受蔓草蒙翳，锄可稍迟；苗宜疏散，视高粱更甚，镢锄用力，不致促密受伤；吐穗带苞披缨，狂风疾雨无碍；结实成熟，可俟各谷登场后徐收，不虞黄落；颗粒坚附穗心，不剥不下，易于携挑；收获到家，随便堆放，毋需板廒土瓮；到场滚打，有心无壳，易于收扫，不用筛扬；或舂或碾，或米或面，或将圆秙煮煨，熟食甚易；远路袖带，冷亦可食，可抵糇粮。”“五利”为：“每根每枝可结四五穗，每穗可结实数百粒，所获自多，其利一也；宜作饭糯，可酿酒，可蒸馍，食之易饱，其利二也；粒无粗皮，比他谷糠皮较细，每斗可碾面八九升，余麸一二升，煮喂牲畜，尤易肥长，其利三也；单煮固可饱粲，若以粉伴麦面、米伴稻粱，煮食尤美，其利四也；秙秆可作柴薪，也可垫桥铺屋，其利五也。惟不耐久贮，即舂碾不可过多，为不及他耳。”

玉米恰好位于小麦和水稻的生长带之间，玉米的平均产量是小麦的两倍，而且生长很快，成熟时间不到小麦的一半。光绪三十三年（1907年）《古大坪厅志》载：“早包谷二月种，五月收；迟包谷三月立夏下种，八月收。”

很少有其他植物能像玉米这般，短短一个生长季就能提供如此高的碳水化合物、糖分和脂肪。在整个生长期内，玉米都不太需要人照料，秸秆高大，可以保护它免遭水涝或虫害。玉米收获后，还可以直接挂在房梁上或屋檐下晾干储存，而不需要像麦子、大米那样花钱修建粮仓。其食用方式也很随便，可以在新鲜时煮着或烤着吃，也可以磨成粉食用，还可以酿成酒。玉米芯可以喂猪，所谓“瓤煮以饲豖，秆干以供炊，无弃物”。

清朝中期，许多从平原迁移到山区开垦的棚民“布种苞芦，获利倍蓰，是以趋之若鹜”。

土豆类似番薯，但与番薯不同的是，土豆很少与玉米竞争，因为它能适应玉米和番薯都不适合的气候和土壤条件。

土豆较其他作物需水量更少，低于玉米和小麦。土豆在生长期间最低蒸腾系数（植物合成一克干物质所蒸腾消耗的水分克数）只有三百五十，而小麦和水稻分别是四百五十和五百，那些土壤贫瘠、气温较低、连玉米都种植不了的高寒山区，以及年降水量在三百五十毫米左右的西北干旱、半干旱地区，很适合土豆。在山坡地种植，还能减少水土流失。

就像在东南沿海的番薯那样，土豆可以鲜食，或晒干后磨成粉食用，成为偏远高寒山区贫民的主食。

爱尔兰发生土豆大饥荒时，也就是十九世纪中期，在中国一些高山地区，特别是四川盆地边缘和汉水流域，土豆已成了重要作物。因为土豆相比番薯口味较淡，一般人都不太直接食用。在许多丘陵山地，土豆被人们视为救荒作物，或者作为商品粮。光绪《定远厅志》载："至高山之民，尤赖洋芋（土豆）为生活。道光前，惟种高山，近则高下俱种。春种，则五六月可食。山民有因之致富者。"

十九世纪晚期至二十世纪前期，土豆在黄土高原更贫瘠的地区，如陕北、陕南、山西以及甘肃、漠南蒙古和东北等地得到普遍种植，当地人称为"山药蛋"或"洋芋"。1872年，法国传教士谭卫道住在陕南山区，他每天的饭菜就是土豆，"我们小屋附近种植的唯一作物就是土豆，玉米和土豆是山区人民的日常食粮"。

中国虽然幅员辽阔，但其实水土肥美、适合小麦和水稻生长的平原良田所占比例非常低，为增加水田，古代中国在水利技术方面极其发达，这被历史学家魏特夫称为"水利社会"。相比之下，花生、玉米、高粱、番薯和土豆等都是适合山地、坡地、盐碱地和旱地生长的"低贱作物"，将大量毫无价值的荒地利用起来，对饥寒交迫、青黄不接的穷人和游民来说，无异于雪中送炭，可谓意义重大。

清代有人总结说，山阳适合种玉米，山阴适合种番薯，"岭地，本属荒山，不宜五谷，近来贪利愚民，沿山开垦，法宜严禁。其稍能蓄留水泽遇山水涨发亦不堪坏事者，亦只宜种包谷。取其易于成熟，亦不大需粪力也"（吴树声《沂水桑麻话》）。

实际上，不仅是番薯、玉米、花生和土豆，在当今世界，中国也是辣椒、番茄和向日葵的主要生产国和消费国。对多山的四川和湖南来说，美洲作物影响之大怎样评价都不为过，甚至可以说，没有辣椒就没有现代“川菜”和“湘菜”。

花生虽然算不上重要的食物来源，但它对沙化严重的耕地和盐碱地都有极强的适应性。花生根系有固氮作用，“其田不粪而自肥饶”。花生生长期短，亩产高，尤其是油脂含量极高，属于高热量食物（相当于大米的三倍）。花生含有百分之三十的碳水化合物和多达百分之五十的油脂，是富含蛋白质和铁质的食品。就蛋白质与重量的比例而论，花生高于其他很多作物。

向日葵同样具有这些优势，这对地瘠人贫的北方偏远地区非常有利。

位于胶州湾的山东胶州都是河岸沙地，自古以来因沙地透水而无法耕种，花生传入后，很快就让这些荒地变成宝地。邻近的安丘也是如此，道光年间《安丘新志》记载：“落花生，俗名长生果，嘉庆十年（1805年）以后始有种者，获利无算，汶河两岸废田尽成膏沃。”

人口革命

有研究者认为，明代中后期引进新作物，虽然能弥补一般农产品的不足，总产量本来可以增加，但万历之后的政治腐败日盛，加赋加税，多少抵消了新作物产生的作用。

对这个古老的农业大国来说，美洲新作物在十八世纪的“康雍乾盛世”发挥了明显的作用。

康熙五十一年（1712年），“滋生人丁，永不加赋”，人口数量暴增。为多产粮食，人们一再减少稻米和小麦的播种面积，腾出土地来种植番薯和玉米。到1800年，无论南方还是北方，番薯都已成为穷人的主粮；在多山的山东沿海，番薯常常是穷人近半年的食粮，当地人称为“地瓜”。

在山东很多地方，番薯占到耕地总面积的一半左右，很多原来不适合种庄稼的地方也被种上了番薯。平度的番薯分为春播和夏播，已经做到两年三熟。光绪年间的《平度志要》记载：“野薯蓣，俗名地瓜，麦收而栽，霜降而出，三月栽者，名曰春瓜，最宜沙田，山地，近洼地亦盛栽矣，以其不畏旱潦，易为食，且耐久，兼无弃物，煮而食之，甘如饴。掘地做井，深部及泉，藏于井中可食经年。丰收而不胜食，切而晒之，犹易藏，且易饱。秋叶盛时，茎叶采而干之，可做菜蔬。其蔓喂猪，易肥。山居约十亩之产，率以其半栽地瓜矣。”

中国从公元二年（汉代）人口达到六千万之后，除了相对太平的宋辽金时期，即使如日中天的盛唐，人口也很少再达到这个数字。但从明万历年开始，番薯、玉米和土豆等新作物却使中国人口以几何级数增长。

康熙初年，山东人口只有六百万，咸丰时达到两千三百多万。陕西在“清承闯献之余，户口鲜少……至道（光）咸（丰）时，户口称盛焉”。西北向来是地广人稀，但到了嘉庆年间，宁夏府总户数达到二十一万四千九百九十二户，总人口达到一百三十九万二千八百一十五人，与明末相比，人口增长了近十倍。

四川（包括今重庆）在明末清初的战乱中几乎人口灭绝，成都十室九空，连老虎也大摇大摆地从青羊宫到浣花溪喝水。据《清史稿·王骘传》：“四川祸变相踵，荒烟百里，臣当年运粮行间，满目疮痍。自荡平后，休养生息，然计通省户口，仍不过一万八千余丁，不及他省一县之众。”到清末时，四川已成中国人口第一大省，人口从康熙二十四年（1685年）的一万八千人增长到道光三十年（1850年）的四千四百一十六万四千人。对这个多山地区来说，虽然移民是人口增加的一个重要因素，但适宜山地种植的番薯和玉米无疑发挥了巨大的作用。《玉山县志》（同治十二年）载：“大抵山之阳宜于苞谷，山之阴宜于番薯。”

何炳棣指出，该省肥沃的红壤尤其适宜玉米和番薯的生长。

四川人把番薯叫“红苕”，在蓬溪、盐亭、西充等川北一带，番薯非常普遍，这里被称为“苕国”。晚清士人王闿运从万县到成都，便见蓬溪一带到处都是“红苕”，“土民乏粮，多恃薯蕷芦菔为食”。

就全国人口数量来说，明末天启三年（1623年），在籍人口为五千多万人，而到清顺治八年（1651年），只剩下三千余万。从康熙到乾隆，几乎增长了近十倍，道光时期达到不可思议的四亿。

从魏晋南北朝开始，伴随着长江流域的土地开发、水利设施的修整以及水稻种植技术的成熟，长江以南地区的经济得到迅速发展。宋代引进高产的占城水稻后，一年两熟的南方水田亩产量约为北方旱地三倍多。粮多就人多，据明洪武二十六年（1393年）的记载，相当于今天南方六省地区的人口总数是三千五百万，而相当于今天华北六省地区的人口总数仅一千五百万左右，南方人口是北方的两倍还多。但到了乾隆五十二年（1787年），因为适合北方旱地种植的美洲作物引进，同样这两个地区的总人口数分别为一点零三亿和一点三六亿，北方人口基本与南方持平。

因古代官府都按人丁收税，民间普遍隐瞒人口，但这并不能改变清代人口倍增的事实，而且从中国人口史来看，这种剧增是前所未有的。人口增加了几倍，但耕地面积和粮食亩产并没有太大改变，这在很大程度上应该归功于美洲作物的特殊贡献。

对中国来说，耕地的限制一直导致民食不足。乾隆皇帝担心人口太多，田地有限，人们会越来越穷，“为农者十倍于前而田不加增，为商贾者十倍于前而货不加增”。正因为人口剧增，可耕地仍然有限，为养活更多的人，玉米、番薯便得到迅速推广，以替代的形式排挤了一些中国传统农作物。在许多平原地区，以前种植稻子、麦子、谷子和高粱的田地，现在也都种上了更高产的玉米、番薯和土豆。

作为中国南北分水岭的秦岭，随着美洲作物的到来而发生了剧变。据严如熤《三省边防备览》：“数十年前，山内秋收以粟谷为大庄，粟利不及包谷，近日遍山漫谷皆包谷。包谷高至一丈许，一株常二三包。上收之岁，一包结实千粒，中岁每包亦五六百粒，种一收千，其利甚大。”道光年间，紫阳县令大力推广，“来春山地半种包谷，供本年食粮。半种红薯，照法藏收，……以裕后年接济，愈多愈好”（《紫阳县志》）。

秦岭山下的关中平原也是如此，当时曾流行过这样一句民谣：“苞谷下了山，棉花入了关。”说的就是玉米从山区发展到平原。曹树基先生通过对清代以来山东东部农业史的研究指出，北方玉米、番薯的大量种植，导致作物品种由多样性趋向于简单化。

食物与人，常常互为因果。人口数量的增加，也在一定程度上降低了人们的生活水平，许多人的饮食从“肉食”降为“素食”，再降为“粗食”。如《燕京岁时记》所载，乾隆以后，京中无论贫富，都以煮番薯为美食。

值得注意的是，在顺治至嘉庆道光近二百多年间，米价由每石白银三十三点三九两一路飙升至八十一点零一两。

番薯盛世

乾隆二十四年（1759年），宫廷画家徐扬在献给乾隆帝的《盛世滋生图》题跋中写道："惟我国家治化昌明超轶三代，辐（幅）员之广，生齿之繁，亘古未有。"

一个重要的历史事实是，番薯和玉米等新作物之所以在清代得到大面积推广和普及，完全是清政府不遗余力支持和鼓励的结果。

"康熙时，圣祖命于中州等地，给种教艺，俾佐粒食，自此广布蕃滋，直隶、江苏、山东等省亦皆种之。"（《清稗类钞·植物类》）在政策的推动下，玉米、番薯逐渐在全国推广——根据地方志记录，在二百六十六个府级政区中，乾隆四十一年（1776年）还有一百一十八个府没有种植玉米，道光元年（1821年）降为七十二个，咸丰元年（1851年）则仅有四十个。

为增加可利用的土地，清政府多次发布开垦令。康熙十年（1671年）户部奏准："准贡、监、生员、民人垦地二十顷以上，试其文义通顺者以县丞用，不能通晓者以百总用；一百顷以上，文义通顺者以知县用，不能通晓者以守备用。"因为绅衿地主资财雄厚，无不对垦荒趋之若鹜。康雍乾三代皇帝还采取官方贷予耕牛、种子、资金等措施，鼓励民间垦辟荒地。到康熙五十六年（1717年），仅四川、湖南、山东、河南、江苏、安徽和直隶七省报垦数就达十八万余顷。从全国来看，顺治八年耕地面积为二百九十万八千五百八十四顷，到康熙六十一年（1722年），上升到八百五十一万零九百九十二顷，到雍正二年（1724年）更增为八百九十万六千四百七十五顷。七十余年中，土地增加了整整六百万顷，其中主要是新开垦出来的土地。

康熙五十六年（1717年），汉中府西乡知县王穆建造“招徕馆”二十间，“以备湖广等省招徕之民初到栖止”。乾隆五年（1740年）谕令：“嗣后凡边省，内地零星地土可以开垦者，悉听本地民夷垦种，免其升科。”嘉庆五年（1800年）颁诏：“将南山老林等处可以耕种之区，拨给开垦，熟年之内，免其纳粮，待垦有成效再行酌量升科。”

番薯早就在闽、粤等省广为种植。乾隆时期，人们以窖藏方式解决了番薯种子越冬的难题，并且编入钦定的《授时通考》。接下来，北方也掀起一场番薯热，各个地方官吏不遗余力地称赞番薯的好处。

陕西巡抚陈宏谋发布《劝种甘薯檄》后，很快就有蒲城、潼关、临潼、兴平、略阳、甘泉等县“从江、浙、豫、蜀购觅薯种，并雇有善种之人到陕”。在陈宏谋当政和他离开陕西的几十年间，陕西高原地区的居民确实将甘薯当成了主要食品，甚至在陈宏谋离开很久以后，甘薯在陕西仍被称为“陈公薯”。

乾隆五十一年（1786年），皇帝亲自“敕下直省广劝栽甘薯，以为救荒之备”。在官方和民间的共同推动下，番薯种植几乎遍及十八世纪的中国南北，成为仅次于水稻和小麦的第三大作物，有人因此将康乾盛世称为“番薯盛世”。

有学者估算，在清代，北方有玉米参加轮作复种的耕地，比不种玉米的耕地可增产百分之三十二点七五，南方增产百分之二十八点三三；在同块土地上种植番薯，比不种番薯的，北方可增产百分之五十，南方可增产百分之八十六点七三。

经济学家麦迪逊专门对过去两千年中世界主要经济体的GDP（国内生产总值）进行了计算。按他的计算，1700年时，整个欧洲的GDP和中国的差不多，但在1700年至1820年，中国经济的年均增长速度是欧洲的四倍。所以在鸦片战争前，中国不仅是世界最大的经济体，增长速度也是第一。

经济学家陈志武在《量化历史研究告诉我们什么》中引述龚启圣（James Kung）教授的研究并认为，从1776年到1910年，中国百分之十四点一二的人口增长是由玉米所致。而从十六世纪初到二十世纪初，中国粮食增量的百分之五十五是源于这三项新作物（玉米、番薯和土豆）。按照1776年、1820年、1851年、1890年、1910年几个时间点看，在每个时期，已经采用玉米的县，人口密度明显高于还没采用玉米的县，而且一个县种植玉米的年份越长，其人口密度高出的就越多。种玉米的时间每多十年，其人口密度就多增百分之五到六。经过各种严格计量方法的验证，他们得出的结论为：是玉米带动了中国的人口增长，而不是人口增长压力迫使中国引进玉米、番薯。

清代的农业发展史说明，中国农业在很大程度上，正是依赖这些来自美洲的作物品种，征服了一块又一块原本令人沮丧的土地——花生的种植，让人们开发了沙地；番薯的种植，让人们开发了瘠地；玉米和土豆的种植，让人们开发了旱地。这些美洲高产农作物渐次普及推广，让人们在只有耕牛和铁木工具可资利用的简陋条件下，接近于徒手般地、充分利用因自然条件不是很好而令使用价值十分有限的低劣土地，最终，这场“美洲作物革命”彻底改变了中国传统农业和社会状况。

同时值得一提的是，“摊丁入亩”大大增强了农民的流动性，从而让全国性的移民垦荒成为可能。

棚民与游民

中国农业最早起源于黄河和渭河流域，北方汉民族的兴起与谷物（主要是小麦）密不可分——其实小麦也是从美索不达米亚传入的外来作物。作为海上丝绸之路的贡献之一，占城水稻传入中国后，唐宋以后的经济中心全面南移，“水稻汉人”渐成中国人口的主流，与北方的“小麦汉人”分庭抗礼。

自古以来，中国以秦岭—淮河一线为分界，南方以种植水稻为主，北方以种植小麦为主，又称为“南稻北麦”。与美洲作物相比，小麦是一种极其娇贵和脆弱的作物，而种植水稻需要大量的劳动力投入和积肥工作，两者都严重依赖灌溉。最重要的是，小麦与大米作为平原性贵族作物，产量较低（尤其是北方的小麦），形成不可逾越的人口瓶颈；同时，依靠精耕细作和灌溉农业的汉人，也只能聚居在交通方便的平原或河谷盆地。

美洲作物进入以后，中国人口暴增，出自“穷山恶水”的大量“棚民”和“游民”，形成数量巨大但极其贫穷的“番薯汉人”：他们四处迁移，快速繁衍，在封闭边远原始的贫瘠山区或高寒荒漠地带，以刀耕火种的粗放方式开荒，种植高产高热量的玉米、番薯、土豆、花生、向日葵和辣椒等美洲作物；从习惯上，他们抛弃了节俭惜物、安土重迁的传统，转向对环境的破坏和掠夺。换句话说，中国自古就存在的“城里人”和“乡下人”之外，突然出现了新的“山里人”和“边疆人”，他们依靠美洲作物而生存和繁衍。

近代以来，“番薯汉人”迅速成为中国人口的新增变量，他们以不容小觑的数量优势，反抗古老而精英化的“小麦汉人”和“水稻汉人”，成为改变并主宰时代的新生力量。从某种意义上审视，这种用过即弃的“一次性”和不可持续的生产方式带有强烈的现代性。

同时，美洲作物对干旱荒漠的强大适应能力，使“番薯汉人”通过蚕食原先不适合农业的边远地带，尤其是北方草原，彻底淹没和消解了一直对汉民族构成暴力压力的北方游牧民族。

乾隆初年，漠南蒙古土默特平原的垦殖范围已西达包头黄河边，“山陕北部贫民由土默特而西，私向蒙人租地垦种，而甘省边民亦复辟殖，于是伊蒙七旗境内，凡近黄河、长城处，所在多有汉人足迹”；北至大青山下，“皆山西人携家开垦”，其田地“散布山谷间，山土饶沃”，“开垦无复隙土”。到清代后期，（长城）口外土地全面放垦，山陕口外和大兴安岭以东的大片牧场已全面转化为农业区，以致形成今天所见的农牧分界线。

到光绪六年（1880年），绥远、归化等六厅的汉族人口共计十二万余人，已经远远超过蒙古族人口。光绪中期，卓盟境内的汉族农民在人数上已占绝大多数，蒙古族人在当地只占百分之十五；昭盟克什克腾旗的汉族农民有七万五千人，本地蒙古族牧民不超过三千人。庚子事变后，清廷为拓荒垦殖，充实边疆，大量推行边垦移民新政，漠南蒙古进入了“全面放垦时期”，移民浪潮出现在清朝最后十年。东部哲里木盟（今通辽）八旗，拓殖面积高达三亿七千八百八十五万五千一百三十三垧，西部伊克昭盟（今鄂尔多斯）的拓殖面积合计两万一千一百七十顷左右，“自放垦以来汉人之移居者渐多，凡有可耕之地，皆试行种植”。

在蒙西地区，从乌兰察布至多伦一线以南的察哈尔左右翼南部，可耕地均被拓殖殆尽，伊克昭盟南边沿线和北部河套一带，也基本变成农业区。清末走西口的王同春，依靠开渠引黄河水灌溉，开垦“蒙荒”上万顷，成为富甲一方的“河套王”。河套地区自古是有名的牧场，就这样变成“塞上粮仓”。

移民使汉族人口数量暴增，仅“东三盟”即卓索图盟、哲里木盟、昭乌达盟境内汉族人口，在清末民初就已经突破了三百六十万，占到当地总人口的百分之八十七点五。

从北洋政府到民国政府，移民招垦和军队屯垦的规模更大，在二十世纪上半叶，内蒙古的汉族人口从百万余人发展至五百一十五万人。在蒙东地区，除呼伦贝尔、锡林郭勒盟以及阿拉善旗、额济纳旗等少数盟旗尚保持游牧传统外，其他各盟旗的土地全部或大部分被放垦，其中哲里木盟北部七旗的大兴安岭以东地区，基本成了农业区。

“蒙垦”引发了蒙古牧民一系列抵制和抗争，嘎达梅林（1892–1931年）就是其中一个牧民领袖，后被镇压。随着游牧边疆转向农业边疆，“华夏边缘”地带的一些少数民族也被迫从传统的狩猎和游牧转向粗放式农耕，逐渐转变成“番薯汉人”。

草原地带降水量极低，生态极其脆弱，原有的草地破坏之后，出现沙化，很快就变成荒漠。漠南蒙古草原处于干旱内陆地带，其沙质地层分布广阔，从贺兰山、乌拉山、大青山到大兴安岭西南的几千里地段均为复沙带，上面的腐殖土只有三十到五十厘米，下面就是沙粒层，土地沙化和荒漠化

导致沙暴频发。“草场不旺，蒙民生计甚苦，若再开垦，蒙民实更穷迫。”（光绪《靖边县志》）

在这种半牧半农地区进行农业生产，高寒与干旱也很容易导致庄稼绝收，同时草地的垦殖破坏了草原沙鼠原有的生活环境，人鼠之间的大量接触经常引发大面积的鼠疫流行。遇到年馑时，饥民常常会挖掘鼠洞中的粮食，与老鼠争食，这使鼠疫更容易暴发。

在中国古代，东北（满洲）向来是高寒蛮荒之地，只有少量的女真人和通古斯人在此半猎半耕，人口从未超过百万。清人入关后，东北只留下不到十万人，并以柳条边封禁，以阻止北方流民进入。乾隆时期，华北人口密度达到每平方公里一百二十九人，东北仅为零点七人。晚清时期，大量山东饥民不顾禁令“闯”入东北，这里迅速变成中国的“玉米王国”，与美国、乌克兰并列“世界三大黄金玉米带”。进入民国，“闯关东”达到高潮；到日本败离东北时，这里的人口已经暴增四百倍，达到四千万，占中国总人口的百分之十。接下来的东北直接改变了现代中国的历史走向。

何炳棣的发现

自古以来，中国人与地的关系都非常紧张。明万历年间（1573–1620年），全国在册耕地为八十多万顷，到清顺治八年（1651年），只剩下五十多万顷了。在土地减少的同时，土地兼并也非常严重，康熙后期，“一邑之中，有田者十一，无田者十九”，这在南方尤其明显。

清中期以后，人口压力加大，玉米、番薯和土豆为扩展适合粮食生产的耕地面积提供了可能。除关中盆地和四川盆地，中国传统上只有中原和江南两大中心平原区，近代以来，持续向西南、西北、东北等周边地区进行移民开发，向内陆地区的林区、丘陵、山地、草原扩展，人口分布越来越广。

山地的开发极大地增加了耕地面积，这种剧增也是革命性的。当时的地方史志和文人笔记中记载：“崇山峻岭，尺寸开辟，其不宜黍稷者，艺薯芋杂以为食”；“山头地角，开垦无遗”。

但有一点，人口的增加速度远远大于土地的增加速度。从十七世纪中叶到十九世纪中叶，全国人口总量增长了近十倍，农田总量仅翻了一番。据估算，1661年顺治末年，全国农田只有五点四亿亩，1724年（雍正二年）达到六点八亿亩，1766年（乾隆三十一年）为七点四亿亩，1812年（嘉庆十七年）增至七点九亿亩，但人均耕地面积却大大降低。据人口学家朱国宏估算，1661年，陕西省的人均耕地约为十五点五四亩。到了1812年，已经降低至三点零一亩，只比全国平均水平（人均二点八四亩）高出一点；到1851年，居然跌到二点一二亩，已经低于当时的全国平均水平（人均二点八三亩）。

中国农业自古都以平原为主，这是因为山区的自然生态极其脆弱，不适宜农耕。南方山地森林植被茂密，开垦初期，因为土地肥沃，不需施肥，种植番薯和玉米的经济收益很大，但随着地力下降，灾难就接踵而至。大面积的水土流失，致使山地“沃土无存”，垦种者陷入困境。嘉庆《续修汉南府志》记载：“山民伐林开垦，阴翳肥沃，一二年内，杂粮必倍至，四五年后土既挖松，山又陡峻，夏秋骤雨冲洗，水痕条条，只存石骨，又需寻地垦种。”

何炳棣先生对此有专门研究，他认为，开垦原始的丘陵和山岭的行动，首先由沿海的福建和广东农民开始，逐渐扩展到内地。

江西和湖南的丘陵山区有深厚的红色表土，覆盖着森林植被，在刚刚开垦为玉米、番薯地时是相当肥沃的，这吸引了很多外来移民。乾隆时期，江西从东边的广信府到西边的袁州府，以至境南的赣州府等，都有种植玉米的记载。同治《广信府志》引乾隆四十八年（1783年）旧志：“近日更有所谓苞粟者，又名珍珠果，蒸食可充饥，亦可为饼食，土人于山上皆种之，获利甚丰。”明朝晚期，湖南人口还不到二百万，到民国时已经超过三千一百万。

随着农民从人多地少的平原地区迁往山区垦殖，形成大规模的移民现象，仅江西武宁县在乾隆年间就接纳了十余万湖北移民。由于玉米和番薯在经济上的好处越来越明显，连本地的贫苦农民也向山区迁移，山地原有的林木被砍伐一光。

毁林并不限于江西、湖南。十八世纪中叶之前，浙江西北的山区就成为移民兴旺的农业垦区，这些移民来自浙南沿海粮食紧缺的温州府，他们在这里开辟了大片山地，用来种植玉米、番薯和花生等美洲作物。皖南山区在十八世纪中叶也同样变为玉米产地。

玉米最早在十六世纪由缅甸传入中国，西南地区作为玉米在中国的第一个落脚点，开垦山地、种植玉米的浪潮一直持续到十九世纪中叶。

最南部的云南省开化、广南和普洱三府中，曾以疟疾流行闻名的原始森林，在道光三十年（1850年）前已经被湖南、湖北、四川和贵州的移民砍伐殆尽；甚至在云南最西部与缅甸接壤的地区，直到十九世纪前半期，还在吸收来自长江中游种植玉米的移民。十九世纪广西北部主要由少数民族居住的地区，许多山地也被来自湖北、湖南、广东和福建的移民垦殖。

贵州多山，玉米被视为“农家之性命也”，黔西普安州最早引进玉米，“民间赖此者十之七”。玉米对贵州全省土地利用的贡献是如此之大，以至于让一位贵州文人郑珍写诗歌颂，这首《玉蜀黍歌》中特别写道：“一茎数苞略同橐，粟亦无皮差类稞。棕笋脱绷鱼弩目，鲛胎出骨蜂露窠。落釜登盘即充腹，不烦碓磨箕筛箩。”贵州人口从清初的五十万增加到清末的超千万，暴增了二十倍。

道光年间，湖北建始县经过长期毁林开荒后，“深林剪伐殆尽，巨阜危峰，一望皆包谷也”。湖北房县与陕南接壤，在同治年间的县志中记载：“玉麦（玉米）自乾隆十七年（1752年）大收数岁，山农恃以为命，家家种植。”

列举这些地区性的例证意在说明，这场因美洲作物而引起的土地利用革命，其规模是何等巨大。由于广大长江流域大多是丘陵山地，这里实际上成为种植玉米、番薯的重点区域，由此而新增加的农田总数更加可观。

农业生产是自然的一部分，对汉江和长江流域山地的开发带来严重后果。

玉米属于根系粗大的农作物，汉人是传统的平原和河谷民族，由于缺乏在山地耕作的经验，以深耕、条播方法种植玉米，起初几年很容易就获得丰收，但紧接着大雨很快就会冲走表层泥土，土壤侵蚀和水土流失成为严重而又普遍的问题。正如严如熤《三省边防备览》中说，“老林初辟，土膏肥沃，所种包谷杂粮，收成亦好……耕种既久，挖松之土造山水冲洗，浸成石骨，种粮亦为无收。”

这种后果导致在十九世纪时，皖南和浙西一带不得不禁种玉米，山地全部改作茶园。其实，大面积的茶园同样会带来水土流失。

新作物引发大规模的移民浪潮。明朝时期，陕西、广西、江西、贵州、湖南、湖北、四川、云南等地区的很多山地尚无人烟，清朝时这些偏远地区全部人满为患。晚清士人汪士铎（1802–1889年）说：“今深山穷谷皆成通衢”；“人多之害，山顶已殖黍稷，江中已有洲田，川中已辟老林，苗洞已开深菁，犹不足养，天地之力穷矣”。人口压力之下，中国社会打破了安土重迁的传统，民间自发的移民运动成为晚清的典型现象：河南和山东等北方农民迁往东北，即“闯关东”；山西人迁往漠南蒙古，即“走西口”；福建和广东等省的农民流向台湾和海外，即“下南洋”和“苦力贸易”。晋商、陕商、徽商和甬商的兴起，也与土地匮乏有着内在联系，就连绍兴也出现了出卖智力的师爷群体。

征服秦岭

直到康熙三十九年（1700年）为止，位于秦岭南麓的汉水流域依然人烟稀少，大多为原始森林覆盖。之所以长期未能开发，或许就在于缺乏适宜高山地形的作物。玉米和番薯在十八世纪传入后，立刻引起剧烈的社会变化，大量移民蜂拥而至，位于鄂西高原边缘的当阳，移民建起不少会馆，不仅有河南、山西、陕西、甘肃会馆，甚至还有福建会馆。

最迟到嘉庆五年（1800年），整个秦岭山脉和汉水流域基本都已开发，玉米成为最主要的作物和山民主食，番薯则成为重要的补充。道光《石泉县志》记载：“山农生九谷，山内不然，乾隆三十年以前，秋收以粟谷为大庄，与山外无异，其后川楚人多，遍山漫谷皆包谷矣。”《凤县志》载：“山地阔广，垦辟良便，往者总督鄂公招募客民开种，自是客民多于土著……山地多包谷、荞、芋之属，更番易种……民间日食皆包谷、麦面，杂以辛辣之品。”

乾隆初年，陕南鼓励垦荒：“商州及所属地方的未垦荒地实行官招，无主之地即给垦户为业，有主无力开垦的，定价招垦，给照为业：五亩以下的零星土地永免升科；薄地数亩折正亩一亩；平衍肥沃土地每一壮丁限以五十亩，差地限百亩；荒地就应查出开垦，上有土产收获的，则听民自便。”政府积极鼓励，给地、给牛、给种、减免田税，陕南出现大规模移民浪潮。当时的官方记载：“汉中、兴安、商州各府州属……蜀无籍穷黎，扶老携幼前来开垦者甚众。”嘉庆末年，陕巴老林地区“川、陕无业者侨寓其中以数百万计”。

有关陕南移民来源，以“两湖最多，川民亦多”。周至县与汉中府洋县交界“自召川楚客民开山种地，近年各省之人俱有，虽深山密箐，有土之处皆开垦无余”。汉中府西南院州“大半川湖客民开垦”。汉中府东南定远厅“嘉庆八年新设……向以邻境之安危为安危，近来烟户渐多，川户过半，楚人次之，土著甚少”。汉中府留坝厅“土著民人甚少，大半川楚安徽客民，均系当佃，山地开垦为生”。南郑县南坝“多系四川湖广江西等处外来客民佃地开荒”。商州雒南县“四境环山，平原甚少，山内皆系川楚客民开地亩”。就连关中东边华州也有四川人的痕迹，“近数十年川广游民沓来纷至”。北边韩城县同样“近来川楚客民陆续来此开种，可无荒芜之虞”。

萧正洪《清代陕南的流民与人口地理分布的变迁》显示，陕南地区的褒城、南郑、河县、城固、西乡、石泉、汉阴、商州及安康等十县，从康熙年间到道光初年，人口由四十一万六千迅速增加到二百一十一万七千，而同一时期，除宁陕、孝义、留坝、定远外，其他各县人口由原八万一千迅速增加到一百四十六万一千，人口增长率分别达到百分之四百零八点九和百分之一千七百零三点七，可见清代陕南地区移民入迁数量之大。

秦岭的山阳县“向来树木丛杂，人烟稀少，不过一万余口。近则各省客民渐来开山，加至十倍之多，五方杂处，良莠不一”，道光三年（1823年）人口达到十多万。这在秦岭山区基本是一种普遍现象，所谓“土著者不过十之一二，客民十居八九”（《秦疆治略》）。

乾隆中后期和嘉庆年间，兴安（今安康）州所属六县“川楚间歉收处所客民就食前来，旋即栖谷依岩，开垦度日。而河南、江西、安徽等处贫民亦多携家室来此认地开荒。络绎不绝，是以户口骤增至数十万”。从康熙三十二年（1693年）到嘉庆二十四年（1819年）这一百二十六年中，兴安府共增一百一十八万六千五百零一口人。以平利县为例，康熙五十年（1711年）仅有四百九十二户，一千九百一十三口人，乾隆十九年（1754年）则增至两千三百一十五户，五千五百零九口人，四十余年间人口猛增近三倍；至道光三年（1823年）又猛增至一万七千八百六十口人。也就是说，从乾隆十九年到道光三年六十九年之中，平利人口又猛增三倍多。

唐宋以来，汉中都是国家茶马互市贸易的茶叶生产基地，明代时达到巅峰。入清以后，茶马贸易衰落，外来流民大肆开垦汉中茶园，种植玉米、番薯和土豆，著名的“汉茶”近乎绝迹。清康熙年间重修的《汉中府志·物产卷》中，列举了五百零二种物产（含植物和动物等），竟只字未提茶叶。

到后来，新增移民对秦岭山地开发越来越接近极限，便受到报酬递减之困。

何炳棣在《美洲作物的引进、传播及其对中国粮食生产的影响》中指出：“由于人口压力不断地增加，致百万的各省‘游民’，自乾隆年间起，特别是在嘉庆道光之际，蜂拥进入鄂西、川、陕边境和整个汉水流域的山区。因为对这些被挤到生活边缘的广大群众而言，这个辽阔险峻的区域是中国内地最后的农业边缘了。这区域主要的粮食作物先是玉米，辅之以番薯，不久又增加了土豆，因为只有土豆才可以部分地‘征服’贫瘠苦寒的高山地带。土豆在中国粮食作物发展史上最重要的意义就是它无疑义的是最接近绝对‘边缘’的粮食作物了。”

山地的崩溃

清代中期人口暴增，必然带来对木材的大量需求。当时的房屋和家具都以木材为原料，这些木材基本来自西部山区。西南山区之外，秦岭是中部地区最大的木材来源地。大量流动人口，一方面加快了森林地带的垦殖，另一方面也带动了山区资源开采业的发展，诸如伐木、冶铁、造纸等。

嘉庆《安康县志》载，当地“深山老林多材木，浮溪达汉，岁不胜纪，物产饶富，犹长安之有终南也”。木材在山里不值钱，运出来可获利十倍，且愈远愈贵。因为山路崎岖难行，木材一般都采用顺河漂流的方式运输出山，“木料浮江、汉而下，直达三江五湖”（严如熤《三省山内风土杂识》）。

砍伐木材需要大量青壮年劳力，由此吸引了众多流民进入深山打工。因为粮食很难运入深山，所以这些伐木工都以山区所产玉米为食。这样一来，玉米就与木材发生了一种奇妙的共生关系：砍伐森林—得到土地—种植玉米—养活流民—砍伐木材。

如白居易《卖炭翁》所示，秦岭烧木炭的历史非常悠久。到清代时，烧炭早已不是少数“卖炭翁”的个人行为，嘉庆年间，陕南有大小铁厂十几处，铁产量约占全国总产量的四分之一。道光年间，陕南至少有上百座大型造纸厂，“厂大者匠作佣工必得百数十人，小者亦得四五十人”。造纸多以竹子为原材料，很多人为纸厂种竹子，“藉以图生者常数万计矣”。这些规模化的造纸厂、冶铁场和木炭场聚集了大量工人，他们全都以玉米为主食。这些工厂也因此与玉米息息相关，“山内丰登，包谷值贱，则厂开愈大，人聚益众。如值包谷清风，价值大贵，则歇厂停工。而既聚之众，不能复散，纷纷多事”，“歉岁包谷清风，粮价昂贵，厂主停工，此辈无资以生，嚣然不靖”（严如熤《三省边防备览》）。

秦岭北坡多悬崖峭壁，坡度极陡，灌木丛生；相对而言，南坡则十分平缓，加上气候温暖，湿润多雨，森林植被极为丰茂。明末清初，从李自成张献忠起义到三藩之乱，位于秦岭南坡的陕南屡遭兵燹，“山林未辟，人烟稀疏，户口零落”。康熙中期时，陕南总人口只有大约五十万，至道光三年（1823年）激增至三百八十四万余众。大量人口涌入与粮食产出之间，越来越处于一种脆弱的平衡。

山区气候多变，而玉米受降雨量影响较大，产量很不稳定；同时玉米的淀粉含量较高，难以度夏，不易长期保存，人们也没有长期贮藏玉米的习惯；再加上山区交通不便，也影响了玉米的长距离流通，每当气候变化引发山区玉米减产和绝收，山内必然出现饥荒。这些伐木、冶铁和烧炭从业者就此陷入困境，严重者引发暴动。严如熤在《三省边防备览》中写道："年谷丰登，粮价平贱，各处佣工庶几尚有生计，倘遇旱涝之时，粮价昂贵，则佣作无资，一二奸民倡之，以吃大户为名，而蚁附蜂起，无所畏忌。"道光三年（1823年）军机处签发的一份上谕中也说："（秦岭）南山一带木厢、纸厂、铁厂各工作向多无业游民聚集谋生，全藉包谷、杂粮以资口食，若偶遇荒歉，贫民失业，难保其不别滋事端。"

实际上，太平天国运动和白莲教起义就是这样爆发的。

嘉庆年间，关中无地农民纷纷到秦岭山区开荒度日，商人也在此开办木厂、纸厂和铁厂等，他们仅以很少的玉米便可雇用农民做工获利。嘉庆十八年（1813年），秦岭山区粮食减产，粮价大涨，木厂停产，造成许多农民失业。岐山三才峡木厂工头万五率众抢粮，引来周边山区伐木工加入，变成一场大规模暴动，一年后才被清军平息。

岐山木工起义很有典型意义，玉米正是这场暴动的导火索。

在当时，身处生存边缘的民众为吃上一口饱饭，很容易被动员起来。时人将这种情况归纳为"农之利在包谷，而害亦在包谷"（道光《石泉县志》）。

清代推行奖励垦荒制度，森林覆盖率降到历史极值百分之四，有的地方甚至到了"城中无泉，山中无薪"的地步。

道光《紫阳县志》记载："迩来民生日繁，地日浇薄，谷粮所出，渐见减少。嗟我斯民，困苦将贺所底极也。"

晚清时期，陕南和鄂西北的所有地方志都可以证实，原始森林受到无情砍伐。在山坡上以竖行密集而连续地种植玉米，引发整个汉水流域日益严重的水土流失。《秦疆治略》载："南山一带，老林开空，每当大雨之时，山水陡涨，夹沙带石而来，沿河地亩屡被冲压。"从山上冲刷下来的沙砾、碎石和底层泥土，毁坏了平原地带的传统良田，导致江湖淤浅，无法行船，商运水路断绝，洪涝频繁发生。

这种灾难在多雨的南方山区非常普遍，如徽州山区，"自开种苞芦以来，沙土倾泻溪润，填塞河流，绝水利之源"；"其山既垦，不留草木，每值霉雨，蛟龙四发，山土崩溃，沙石随之，河道为之壅塞，坝岸为之倾陷，桥梁为之隳圮，田亩为之淹涨"。

1793年，大英帝国特使马戛尔尼经陆路回国，中国南方稠密的人口给他留下深刻印象，尤其是浙江和江西交界地带。这位爱尔兰伯爵看到，"只要能耕作的地方都被充分利用起来"，"任何可以利用的山坡都被开垦成梯田，种上不同类型的作物"，而"池塘和蓄水池是一个公众关心的问题"。

有人统计，清朝共发生了一万六千三百八十四起洪灾，其中一万三千五百三十七起发生在长江和黄河下游；从1841年到1911年，清朝每年要应对十三场大洪灾。

这时期，南方山区移民与原住民之间“土客冲突”也非常普遍。

湘西山区向来是苗族人的家园，随着十八世纪汉人移民为开垦而大量侵入，以及改土归流政策，结果出现了对苗人的屠杀。到十九世纪初，汉人移民对土地的开垦已经到达云南最偏远的山区，他们迅速砍伐树木并在山区引入新作物种植，连土著族群也放弃了传统的狩猎和采集。

在东南山区，对山林地带的开垦引发了严重的“虎灾”，即老虎窜入城乡伤人害命。明以前只有杭州、萧山、祁门、福州等少数地区发生虎灾，明清虎患则几乎遍及东南各省。粗略统计，老虎造成伤亡多达上万人。

马尔萨斯陷阱

英国经济学家马尔萨斯在《人口论》中提出，人口按照几何级数增长，而生存资料是按照算术级数增长的，所以生存资料会限制住人口的增长。在工业化之前，人类始终无法摆脱“马尔萨斯陷阱”，中国也不例外。新作物并没有让人跳出陷阱，反而进一步放大了这个陷阱。

美洲作物具有一定的共生性和替代性，玉米、番薯、土豆的种植条件相似，常常可以互相替换，能种番薯的地方同样也能种玉米和土豆，甚至连辣椒都可以作为食盐的代用品，山民完全可以自给自足地生活。曹雨在《中国食辣史》中说："来自美洲的辣椒，可谓中国庶民的'恩物'了。辣椒占地不多，不挑气候、土壤，在中国大多数地方收获期长达半年，口味又重，拿来下饭，再好不过。"因此，在湖南、贵州、四川（重庆）等省形成一个独特的饮食习俗，即山地的粗食者一般也都是狂热的嗜辣者。

明清以后，美洲新作物在中国引发的山地大开发并没有让人走上富裕，反而增加了大量贫穷人口，同时也导致大量天然植被遭到毁坏，并造成严重的水土流失。洪涝旱灾越发频繁，人口愈多，番薯愈多；灾害愈多，饥荒愈多，暴动愈多。这样的恶性循环，构成近现代中国历史的重要主题。

晚清时期，社会流动加大，商品经济兴起，传统农业也发生了巨变。许多良田中，经济作物取代了谷物等粮食的主导地位，尤其是棉花、烟草、鸦片、甘蔗和茶叶，这也大大压缩了粮食空间，引发持续的饥荒。

中国传统的四民（士、农、工、商）大多都生活在平原地区，尤其是作为社会精英的士绅阶层，但在山地农业开发区，很少有士绅存在，社会秩序因而缺乏一种有力的支撑。粗放高产的美洲作物制造出大量赤贫而又健壮的穷人，这既像王学泰先生所说的"游民"，又颇似马克斯·韦伯所说的"贱民"——对他们来说，之所以贫穷，不是自己的错，而是这个世界错了，他们要将这个错误的世界改造为正确的秩序，农业革命遂变成社会革命。

美国汉学家魏斐德在《中华帝国的衰落》一书中专门谈到这个问题。他说，葡萄牙和西班牙海员将他们在美洲发现的粮食作物介绍给中国人，如玉米、番薯、土豆以及花生。这些新的食物资源，在不能耕种的沙土和干裂的山坡上茁壮成长。1600年至1850年，耕地面积增加两倍，人口则增加了三倍，从一点五亿增加到四点三亿。人口稀少的地区，如长江高地，也有人安家落户。数百万南方人移民海外。数百万人（大多是北方人）移民满洲。尽管如此，人口压力仍持续增长。到十八世纪七十年代，人口增长远远超过土地的承受能力。1796年，白莲教起义爆发，尽管起义失败，但这只是一系列重要叛乱的开头。这些叛乱动摇了帝国的根基，打破了农民与士绅之间古老的平衡。

白莲教起义发生在嘉庆年间（1796–1804年），爆发于汉水流域的秦岭山地，由此拉开了一场农民革命的中国近代史。

咸丰年间，广西爆发太平天国起义，贵州爆发苗民起义，山东爆发捻军起义，这些大规模民变的主体都是山地垦荒的流民。实际上，太平天国运动与广东广西的客家人械斗有很大关系，都是为争夺有限资源。其他如同治年间发生的云南民变和陕西民变，也都是底层农民的暴力运动。

在传统农耕模式下，随着人口增多，为争夺有限的资源，战争和饥荒的规模便呈几何级数增长。从这个意义来说，张宏杰将乾隆时代称为“饥饿的盛世”是有一定道理的。尤其是在近代史上，动辄导致数百万人死亡的饥荒比比皆是。在最为困难的1877年至1878年间（丁戊奇荒），中国北方有约千万人被饿死。

1750年，中国土地的森林覆盖率大约为百分之二十五，到1950年时减少到百分之五至十。1840年到1940年这一个世纪中，中国发生了无数剧烈而频繁的旱灾和水灾：1847年河南大旱，1849年湖北、安徽、江苏和山东等数省洪涝，1849年广西大饥荒，1852年黄河改道淹没了山东大片地区等等。尤其是1928年至1930年的“民国十八年年馑”，蔓延至北方九省，五千七百万人受灾，导致上千万人死亡。

中国人民大学清史研究所夏明方教授有一个研究结果：自然灾害导致的死亡人数在1644年至1795年间是一百二十万，而在1796年至1911年间是一千七百三十万。清王朝最后四十年里因灾死亡人数超过了这一总数的百分之六十，因为1876年至1879年间仅仅是大饥荒就可能夺去至少一千万人的生命。

话说回来，玉米和番薯虽然没有消除中国的饥荒困境，至少消除了长期以来的“慢性饥荒”。但这些高产的粗粮作物使饥荒变得规模更大，也更加暴烈。

有学者通过对一些家族历史的研究发现，十六世纪之前，农作物青黄不接之时，农民如涸辙之鲋，食物奇缺，死亡率就会上升，但十七世纪后半期以后，几乎见不到这种季节性死亡率的变化了；与此同时，出现的是死亡率平均化的现象。十六世纪以前，中国社会无法摆脱慢性的饥荒状况，即便丰收之年能够克服，但在歉收的年份，由于营养不良引起的疾病也使死亡率格外高。十七世纪后半期以后，社会逐渐从慢性饥荒中摆脱出来。

除了山地边疆的开垦移民，平原地区的农村在明清时期也发生了巨变。因为地少人多，农民惜地如金，除非万不得已，轻易不出卖田产，虽有豪强，亦无由兼并，这导致自耕农成为社会主流，地主数量变得很少。再加上中国农业社会增加的人口以男丁为主，传统习俗由诸子均分家产，几代下来，大地主就变成小地主，小地主变成自耕农。

历史学家赵冈和秦晖都认为，自耕农是近代中国乡土社会的主流人群，这在北方尤其典型。到了二十世纪，严格说来已经没有几家大地主，农田分散在中小业主手中，百分之七十以上的农田由业主自耕。从分配的角度来说，这是好的趋势，但也因为人地比率迅速恶化，农村日趋贫穷，而这种贫穷是普遍性的，佃农如此，自耕农也是如此。

亚当·斯密在《国富论》中写道："中国一向是世界上最富有的国家，就是说，土地最肥沃，耕作最精细，人民最多，而且最勤勉。然后，许久以来，它似乎就停滞于静止状态了。今日旅行家关于中国耕作、勤劳以及人口稠密状况的报告，与五百年前视察该国的马可·波罗的记述比较，几乎没有什么区别。也许在马可·波罗时代以前好久，中国的财富就已经完全达到了该国法律制度所允许的发展程度。"

《国富论》出版于1776年，即清朝乾隆四十一年，正是美洲作物大面积推广的高峰时期。

历史学家布罗代尔（1902–1985年）在《十五至十八世纪的物质文明、经济和资本主义》开篇中专门写到中国："长期以来，中国人口几乎与整个欧洲的人口基本持平；中国的'人口革命'发生于1680年之后，从1680年的一亿暴增到1850年的四点三亿。除人口向东北、西北和蒙古扩张之外，在其本土的范围内，中国当时正埋头从事极其紧张的垦殖事业，所有的低洼地和可灌溉的丘陵都被利用起来，山区烧荒垦地的情形也日渐增多。由葡萄牙人于十六世纪引进的新作物有了显著的发展，如花生、番薯等，特别是玉米；来自欧洲的土豆要到十九世纪才变得重要起来，这项垦殖事业顺利延续到1740年。后来，留给每人的土地逐渐减少，这大概因为人口增长比耕地面积的增加要迅速得多。"

他说：这些深刻的演变促使中国在经历一场有力的人口革命的同时，出现了一场"农业革命"。

互联网前的互联网

冯 翔

法国曾经是世界上独一无二的、最大的互联网国家。

一对结婚多年的夫妻，早已彼此厌倦，但又离不动婚，于是，他们不约而同找到一个精神出轨的办法——上网聊天。

经过重重寻觅，他们各自找到一个谈得来的网友。从白天聊到晚上，从口味谈到爱情，从文学聊到哲学……没黑没白地泡在聊天室里，他们认定，这就是自己此生的真爱。

终于，发下的山盟海誓到了兑现的那一刻。在约定好的咖啡馆，四目相对。两人都愣住了——怎么，是你？！

这个故事，你可能并不陌生。这是当年网络聊天室里常见的一幕悲喜剧。

然而，有一个国家，发生这一幕比中国要足足早上二十年，甚至也大幅度领先于美国。

这就是法国。二十世纪八十年代，它是世界上独一无二的、最大的互联网国家。我们后来经历的几乎一切互联网故事，它都早一步体验过了：网恋、网购、网瘾、女权主义……

然而，法国的互联网又有自己的独到特点：它是一个由国家控制的局域网，只在国境之内，不跟外界互联。

运行三十年之后，它终于挺不住了。

留给这个世界的，是说不尽的经验与教训。

这是一台小小的电视机，屏幕只有九英寸。

之所以说是电视，是因为它的外形和成像原理都跟电视一样，用一台内置阴极射线管的电子枪打出电子流，在深色的玻璃屏幕上形成图像。不同的是，它还跟一个深棕色的塑料盒子相连接，盒子连着两根线，一根是电源插头，一根是用于连接法国电话网络的标准T形插头。

此外，它的屏幕下方还连着一个小键盘。这个键盘跟我们今天使用的很像，共有六十四个键。但跟今天的键盘不同的是，它还有几个特殊的键：发送、下一步、导览、目录、取消和更正等。

别小看它，这是在法国电信总局该项目负责人让-保罗·莫里的领导下，与法国国家研究中心的研究团队合作设计的。它的环氧树脂外壳十分坚固，经过特殊的蒸汽室测试，在极度炎热潮湿的环境中可以正常运行两天以上；理论上一百年它仍能保持原状，连锤子的敲击都不怕。

按下电源按钮，等待几秒钟后屏幕变亮，再摘下你的电话听筒，拨四个数字：3615。听到连接的铃声后，你按下塑料盒子上一个绿色按钮，将电话听筒放回底座，然后就可以看到，屏幕上开始出现一排排滚动的字母和彩色图像……欢迎来到互联网的世界。

此刻，全世界几十亿人只有几百万人能上网，而你是其中之一。

这就是法国领先世界的互联网——Minitel。

Minitel的含义很简单：迷你电话。因为，它就脱胎于电话。1982年底，法国电信总局宣布，一项新的电信服务将从巴黎地区的一千万人开始推行，预计在不到十年的时间里，为整个法国配备先进的数字电信系统。这项服务，就是Minitel。它以迅雷不及掩耳之势开始蔓延，仅仅七年之后的1989年，法国就有五百万台终端电脑在使用，达全国电话用户的五分之一。

而1982年，世界上绝大多数的人类还不知道什么是互联网，因为要再过十几年，我们今天用的万维网才诞生。

CERN——欧洲核子研究组织，也是万维网的发源地——在发表的报告中将法国称为：世界上最在线的国家。

为什么互联网在法国传播得如此之快，而其他国家却丝毫没有受到触动?

其实也很简单：电脑是免费赠送的。

法国不愧“高利贷帝国主义”的美名。它一开始就想好了推广这套互联网服务的手段：设备免费赠送，靠服务收回成本。每一套Minitel的成本费大概一千一百法郎。使用网络服务，前三分钟免费，之后每分钟一点二五法郎，跟电话使用费一起打到下个月的账单上。这一点二五法郎，三分之一由法国电信收取，另外三分之二给内容提供商，也就是后来我们所说的网站。而法国电信是百分百的政府独资企业。

法国电信总局为这套计费提成系统取了一个形象的名字：报刊亭。

很快，法国人就学会了跟钱争分夺秒。他们拨号，连接，飞快地打字，找到需要的信息，在三分钟内断开连接。然后，再来一次。

八十年代，法国用三大发明证明了自己的雄心壮志，这就是协和式飞机、高速列车和这个“迷你电话”。尤其是Minitel，被称为与随身听、密特朗、里根、核试验和迈克尔·杰克逊齐名的流行文化现象。在它诞生的五年内，法国就出现了一万个网站，并最终达到两万五千个，使用Minitel上网的用户数量最多达到过九百万个。从巴黎到科西嘉，人们用它看报纸新闻、查询股市信息、订购葡萄酒、找汽车修理公司、查询生猪价格和天气，甚至参加宗教活动。如今电脑日常使用的JPEG图像格式，也是Minitel的副产品。

连上网以后，你只要在屏幕上输入“巴黎”“剧院”“门票预订”这几个词，就能自动通过法国电信的一套中央搜索引擎，连接到一个在线预订剧院门票的网站。想搜你邻居的电话号码，也不必再去翻黄色电话簿，只需要输入邻居的名字，屏幕上就能跳出一排候选项。

法国电信自夸说，他们搜索引擎结果的准确率达到百分之九十八。

我们如今都已经知道了，互联网能做的事情绝不仅仅限于生活服务，更在于帮助不同的人找到同类。而让Minitel的创造者完全没想到的是：法国几乎每一种类型的人，都通过它，有了自己的组织。比如3615-ANDI网站，自我定义为“残疾人和他们朋友的欢乐空间”；3615-La Voix du Parano“偏执狂之声”网站，是一帮以离经叛道为乐的青少年；更不要说那些更常见的了，每一个反对党、每一个社会团体都有自己的网站，形形色色的不同论调都在网上大行其道，有人坚持轻视女性的传统父权制价值观，也有人高呼通过性解放赋予女性权利。

另外一项功能，则把Minitel的社会价值和商业价值提升到了高点，这就是网络聊天。

通过Minitel的第一次网络聊天，发生在1982年，法德边境城市斯特拉斯堡。《阿尔萨斯新闻报》的网站后台设计了一项功能，可以让技术人员远程交流，解决设备故障。

报纸的技术总监米歇尔·兰达雷特说：一位年轻的工程师设法向公众开放了这项功能，人类历史上第一次网络聊天就此诞生。

人们很快就发现了这个网站能在线聊天。很多远在巴黎的人连续拨打电话连接它的网站，有时甚至需要打三四十次才能成功登录。根据统计数据，有人连续等了一个多小时。

Minitel 系统的诞生原因可以用四个字来形容：内忧外患。

二十世纪七十年代，法国的电信系统是发达工业国家里最糟糕的。在美国，百分之九十九的用户可以在申请后三天内安装好电话，而在法国，百分之九十的用户平均需要等待三年，就连最发达的巴黎也需要十六个月。在法国一档脍炙人口的喜剧节目中，出现了这么一个段子：由于法国电信太烂，以至于从巴黎城区向郊区打电话，必须通过纽约转接。

这个段子也反映出法国对美国技术和资本入侵的焦虑，以IBM为首的美国公司几乎垄断了以电话设备、计算机、网络服务器为主的信息产业市场。时任法国总统德斯坦公开表示焦虑和不满，说IBM是美国霸权的体现。

法国政府决心对电信系统实行彻底改革。

然而，要更换新的设备和线路，就得投入巨资，仅靠电话费不足以收回投资，因此，必须提供新的服务。

就这样，Minitel计划应运而生。

法国政府希望，通过它，不仅能彻底改革一团糟的电信服务，而且政府的大规模订货可以对国内的计算机行业进行助推，最终让法国成为国际信息产业的领导者。

法国是一个中央集权制传统根深蒂固的国家，这样由国家投资建设的宏伟计划，正是它的拿手好戏，于是，短短几年内，法国就成为世界第一互联网大国。当科西嘉岛的渔民都能上网查询今日天气，决定是否该出海打鱼的时候，大部分美国人还不知道电脑为何物。

当然，Minitel也遭遇了强有力的反对意见。

以报纸为代表的传统媒体敏锐地预见，这东西对他们的行业将产生致命的威胁。很快，他们从正反两方面开始高声反对Minitel。一个理由是：它将帮助危险的反社会言论到处流传；另一个理由正好相反：它是政府监控家庭生活的工具，“老大哥”在看着你！

但政府用一招就堵住了他们的嘴：如果用户通过Minitel阅读报纸网站内容，四分之三的收入都归报纸所有，高于普通网站三分之二的提成比例。

很快，政府就以亲身作为证实了报纸的警告不是没有道理。所有的网站在上线之前都必须通过法国电信的审批，而审批权不光在法国电信手里，还在你所属地区的省长手里。换句话说，你得首先让一帮官僚和老头子理解，你做的这个东西价值何在。每一个地区的官僚，理解能力都不一样，有高有低，何况那是八十年代，对于互联网这个新生事物，就连中央部委的部长们也一时转不过弯子来。更何况，就连这项审批制度本身成为普遍认同的制度，都用了好几年时间。

1985年，一家创业公司想创建一个网站，为法国东南部的滑雪胜地格勒诺布尔建立一个在线的旅游指南。法国最大的农业银行很看好他们，同意给予贷款。创业者先找到该地区的一位国会议员请求帮忙；国会议员不懂网络，但也觉得这是件好事，就致信交通部部长，问怎么才能快速通过审批程序；交通部部长也不懂网络，去问司法部部长；司法部部长也不懂，又把皮球踢回交通部……直到两个多月后，交通部的一位法务工作者才解释说，需要企业从省长那里获得同意，然后才能申请。

也许是这件事让法国政府觉得实在没面子，第二年也就是1986年，审批权归了法国电信。

然而，法国电信把审批权下放到各个地区的电信局，这又导致了各地的审批标准极不统一。他们会用各种让人哭笑不得的理由，拒绝新网站的上线。比如，有一个音乐爱好者喜欢“猫王”Elvis Presley——美国摇滚乐的先驱，想建立一个关于他的网站。然而，他的申请被位于法国西南部的电信局驳回了。理由竟然是：Elvis这个词的后半段听起来像Vice——邪恶的、淫荡的。

要命的是，Minitel是通过法国电信的搜索引擎提供服务的。换句话说，域名就是关键词，只要你的域名通不过许可，网友就无法通过这个域名找到你的网站，这样，很多网站半路就胎死腹中。

一位评论家说，Minitel几乎象征着法国精神长久以来的症结：一方面是自由和开放，另一方面却是一个高度中心化甚至封闭的专制系统。

这样一个系统，必然导致腐败。在法国的互联网行业流传着一句话：如果你在“那个圈子”拥有一个“朋友”，很多事情就好办得多。

那个申请开办“猫王”网站的爱好者被拒绝后，不久就听说了一件事：另外一家公司同样申请这个域名，东北地区电信局批准了。

然而，法国严格的互联网审批制度，偏偏对一种网站网开一面：成人网站。

八十年代中期，如果你从巴黎内环线进入它正北方的城门——拉夏贝尔门，离很远就会看到城墙上贴着一大排广告。其中固然有《世界报》这样的报纸广告，但更多的是裸体男女的照片、图画和刺目的霓虹灯图形。这些广告都标有类似的神秘字符串：3615 ALINE、3615 AMAY、3615 CRAC、3615 ENCORE……如果翻译成中文，大概是：3615 阿莲、3615 阿梅、3615 纯情少女、3615 再加一个钟……在这附近，你还会遇到一个小报亭，上面贴着一张大海报：3615 SM。

二十世纪八十年代，Minitel是世界上唯一一个在线成人市场。

由于那个年代的设备技术限制，Minitel无法传送视频、声音，图像也很简陋，因此它能提供的色情服务，主要就是聊天。网站老板雇来大学生，用女性心理学和色情录像带对他们进行流水线式的培训，然后去网上跟男性用户聊天，用露骨的语言挑逗用户。女大学生自然好，男大学生就冒充女性。“3615 阿莲”网站的实际控制人叫克劳德·佩尔德瑞尔。他本来是一家报刊集团的老板，手里有好几家报纸、杂志，如今他靠这个法国成人聊天的头部网站，变成了大富翁。

他说，本来自己是想做一个国际象棋爱好者的网站，结果发现成人网站更有利可图，“每年的聊天最高峰都是12月10日到23日，也就是圣诞假期开始之前，光顾这些频道的人数便会激增，因为佳节到来的时候，单身人士害怕孤单，想要寻找自己的心灵伴侣”。

审批如此苛刻，为啥这些色情网站却能大行其道？

在一次法国电信的会议上，法国电信总局的发言人公开说，成人服务是令人憎恶的。然而，私下里，Minitel项目的负责人让–保罗·莫里却对一个成人网站的老板说，放心，“最重要的是，不要停下来。这是唯一能带来金钱的东西”。

别忘了，Minitel上网一小时的费用就是七十五法郎。

那些年，法国的报纸和杂志经常刊登类似这样的恐怖故事：《忘了拔网线，一觉醒来房子归电信了》。

更夫们晚上用Minitel的成人聊天室打发时间，工人们在休息时间不再待在茶水间而是守在屏幕前，办公室白领更是摸鱼的高手。老板们恨不得把Minitel的终端锁起来。

有一家公司两个月就在Minitel上花了二十二万五千法郎，阿尔卡特的一名员工一个月内有五百二十个小时在线；

还有人在一个成人网站连续在线七十四小时，站方说，最后终于有人注意到情况不对，不得不叫了一辆救护车。

1986年的一项研究计算出，一个色情网站只要有一百五十个活跃用户，每月毛收入就会超过十七万法郎，即每年超过二百万法郎。法国电信全年将获得近八点八亿法郎的收入。

这一年，全法国共有一亿四千万次连线到成人频道。

这种日进斗金的局面，险些被法国电信自己打破：一位工程师发明了类似于后来cookie的程序，它能保证用户每一次登录都可以自动进入上一次登录的网站。不幸的是，配偶和老板也可以用它来抓现行。弊端被发现后，法国电信立即将这一功能取消。

但是，色情交易在法国是违法的，因此，那些想用网站拉客的人成了监管的重点对象。如果一个网站成了重灾区，那么老板很可能被抓，负上刑事责任。警方也盯着聊天室，生怕有人用它串联犯罪。为此，老板们雇了一大批审核人员。这些审核人员二十四小时在线，他们的职责有两个，一是在聊天室里活跃气氛，随时发起带点颜色的挑逗话题，让聊天群热闹起来；另外，他们会随时监控那些可疑的网友，一旦感觉不对，就立即将其踢出。

直到今天，法国还流传着一个关于Minitel的笑话：一个网友，先拨了3619号码，然后输入ETATS－UNIS＋

USNET，以每分钟二点一九法郎的价格连到美国的互联网，然后用谷歌搜到了得克萨斯州威奇托县一家必胜客的电话号码。

能持续盈利的Minitel限制了法国迈入互联网时代的步伐。美国生产的个人电脑日渐崛起时，也有人发现了其威胁，但大多数人并不想改变什么。他们说：电脑对法国人来说过于复杂，俺们用Minitel就够了。

当法国的个人电脑数量开始与Minitel接近时，一个可怕的入侵者出现了，这就是万维网。网民们很快发现，这个www打头的玩意儿不但免费，而且内容还远比Minitel丰富太多。法国电信也察觉到了危机，然而它拯救自己的努力全部失败。

它也可以连到互联网，但要经过那套烦冗的程序不说，还要花每分钟二点一九法郎的网费；不管法国电信说破了多少层嘴皮，就是没有一个国家肯接受接入Minitel的网络。它始终只是一个法国国内的局域网。

在国际互联网上制作网站，是不需要谁审批的，这样，Minitel的站长们纷纷投向互联网。就连Minitel的看家法宝——成人聊天室，在万维网上毫无节操的海量色情内容面前，也成了“大哥大”一样过时的东西。

最后，Minitel成了互联网发展史上的反面典型，被指责为典型的灾难性公共工程项目：中央计划、控制审查，充斥着官僚主义。美国历史学家弗雷德·特纳说，Minitel在硅谷被视为笑话，是“不该做什么”的一个典型例子。而硅谷投资人雅克·瓦利说，Minitel可以说是互联网的反面，“一个无法有机生长的封闭系统”。

然而，一些法国人并不这么看。对他们来说，Minitel根植于一代人的共同记忆中，也是法国社会从传统纸媒时代迈向互联网时代的转折点。一位法国企业家说，我们认为Minitel的终结只是媒体变革过程中一个周期的终结，三十年，在技术上是一段很长的时间，比如今互联网的存在时间还久。但他也承认，Minitel的核心理念已经过时。例如，它在很大程度上依赖于低门槛，特别是免费赠送、操作简单的终端电脑。“从这个意义上说，是什么让这个平台变得伟大，也是什么杀死了它。”

2012年，法国电信宣布Minitel将停止服务。

此时，它仍然有几十万用户，但这些用户主要是老人和农民——一个著名的成人网站，每个月仍有两万五千人在线；法国的主要农业区布列塔尼，有一成的农民仍然习惯使用Minitel。

几年前，一直被诟病既当运动员也当裁判员的法国电信被迫进行私有化改革，政府从单一股东退出，最后只持有百分之二十七的股份。

谷歌公司有一座信息技术博物馆。他们联系了法国电信，请求收集一些有关Minitel的实物和资料。但法国电信回答说：我们并没有保存很多相关的东西。结果只寄过去一点相关的文件资料。

2022年9月，法国人拍了一部纪录片《3615不再回应》，回顾了Minitel的一生。片中还采访了当年那位《阿尔萨斯新闻报》的技术总监兰达雷特，他是Minitel最早的使用者之一。他接受采访的时候，手里也拿着智能手机。

在线拍卖网站上，Minitel已经是文物收藏家们争抢的古董。黑客们开玩笑地改造了十几台剩余设备，把它们连接到现代互联网，像是为它举行一个葬礼。令人惊讶的是，它们仍然很好用。

其中一台曾经被拿去展览，键盘上写着一行字："乔布斯杀了我。"

参考资料：
Minitel Welcome to the Internet，Julien Mailland
《3615 不再回应》，法国国家电视台纪录片
《从法国 Minitel 看国际互联网》，《信息经济与技术》杂志
《为"Minitel"辨明正身》，《法语学习》杂志
《反思世界主义——从法国中心种族主义谈起》，《法国研究》杂志
《法国邮电部"MINITEL 社会信息服务系统"情况简介》，《管理现代化》杂志
《法国电信拟 2012 年关闭 Minitel 服务》，《邮电设计技术》杂志
《法国传奇：拉菲、Minitel 和一代经典雪铁龙》，公众号"autocarweekly"

旧杂志里的青春

朱 七

飞碟唱片四十年了，我想以一个歌迷的私人角度写下些什么，留给这个快速迭代过度消费的年月。

1982年，吴楚楚与彭国华离开滚石唱片，另立门户。名为“飞碟”，大概也有针锋相对之意：滚石滚地，飞碟飞天。后来两家的竞争，似乎直接促成了台湾流行音乐在整个亚洲的红火之势。1991年华纳入股，1994年完成收购，创始人名字从专辑Credits中去除（原来每张专辑内页均有“发行：吴楚楚／监制：彭国华／统筹：陈大力”字样），1995年彭国华成立丰华唱片，1999年华纳全面摘下飞碟logo（还专门出了一套三张的豪华精选合辑来庆祝这件事）。

宽泛地说，飞碟唱片一共经营了十七年，严格点说，仅有十二年。

这十二年间，飞碟旗下，苏芮蔡琴黄莺莺王芷蕾潘越云蔡幸娟叶欢伊能静，王杰姜育恒张雨生郑智化小虎队林志颖东方快车红孩儿，刘德华郭富城林忆莲叶蒨文林子祥钟镇涛吕方，一个个响当当的名字，星光熠熠，百万销量。当然，还有陈志远陈大力陈秀男李子恒陈复明陈乐融陈耀川丁晓雯吴大卫等一众创作高手，更有李寿全苗秀丽翁孝良夏春涌等经营着深度合作的经纪公司。一个流行音乐的商业帝国，完整起落。

歌迷们似乎观点一致，说滚石像一个“艺术家聚集的部落”，飞碟则更像一条“商业歌曲的流水线”，套路不同，风格不同，成绩不同，却都在积极推进流行音乐的流行。多年前，我在写滚石唱片的一篇文章中，对自己的听歌经历做过总结：飞碟是青春，滚石是成长。

我从初中得知有“流行音乐”这个东西，高中通过李子恒老师的词曲进入较为深度的体会，听飞碟，小虎队伊能静郑智化，自学弹琴写歌，再通过一个张信哲抵达滚石，被北京摇滚强烈撞击，大学时期因为“突然听懂了”罗大佑等人而后世界大开，一发不可收，直至今日。

2012年，虾米音乐用一整年时间，将飞碟唱片的旧专辑，混入新专辑首页推荐中，以此来纪念飞碟唱片三十年。我的同事一衣和她的福州朋友Antony，也将多年收藏的部分《飞碟音乐》内容扫描而成图片文档，在我电脑里保存了十年。到2022年新年，飞碟四十年已至，我就开始打字，写多少是多少，不怕短，更不怕长。

让我们来见见，这些久未谋面的旧杂志图片，以及这些图片可能会重新唤起的，属于你和我的青春。

特別報導 王傑V.S.克拉馬

王傑已有6歲女兒真相報導……

第一个报道：“王杰已有六岁女儿真相报道”。《飞碟音乐》这一期应该是1989年，王杰1987年发行第一张专辑《一场游戏一场梦》就已经大红大紫了。因为太红，杂志里必须要有一些王杰的私事，就像经纪公司的官方口径，跟歌迷去解释这样那样的事。透过杂志的报道，我们是不是也能感受到一些艺人当年面对的压力。

作为一种“文案”，我觉得文章写得很好，“王杰是个有过一次婚姻纪录，现在还独力带着六岁女儿的男人，这是一个惊人却不复杂的故事”，“更快的是，服役没多久他便做了爸爸，那时他也不过是个二十岁的孩子”，“昨日的浪子，明日的传奇，今日的巨星”，“九个月前，当王杰还是个名不见经传的小子时，我们为他保留了这段故事”，“听众有必要在歌声之外，接受到所有有关歌者的隐私吗？一任懵懂的妻子，一位有爱的红粉知己，一个太早懂得艰难的女儿，像不像一出刻意安排的八点档连续剧”……

几笔勾勒，浪子王杰。

看完这篇文章，王杰的人设——一个面对生活艰难的略为被动却从未放弃坚强的男子形象，是不是会更坚固更有魅力呢？这一年年初，王杰发行的专辑，叫作《是否我真的一无所有》，悲凉、深情、励志。

就在同一期杂志，报道了王杰和方文琳在一起时候的心情：“和自己相爱的人在一起真的太棒了。”不用说一句谎言，就已经说圆了整个故事。浪子仍是浪子，爱情仍然珍贵。

这，大约就是那个时代，偶像立人设的方式吧。

以前的杂志，当然也是很重视与读者互动的，尤其是娱乐类杂志。《飞碟音乐》的读者来信部分叫作“飞碟广场：有我·有你”。虽然现在的年轻人已经连email都不写了，但什么是“写信”“回信”，肯定还是有所了解的。看，有读者关心王杰的身体情况，也有读者把杂志狠狠夸了一遍，还有读者来信询问我们的张雨生什么时候会发新专辑，看回复的情况，唱片公司已经很有把握了，“预计在10月份推出”，那么，就让我们拭目以待吧。

张雨生于1989年7月推出第二张个人专辑《想念我》，同时宣布入伍两年，暂别歌坛。

飞碟唱片在1989年推出了一个大型策划，《七匹狼》，电影+唱片。

很显然，那是一个全案企划与杰出文案的时代；很显然，飞碟唱片从一开始就与电影界关系密切；也很显然，那些人青春的身影与热血的声音，都已经被成功留下来了。在《飞碟音乐》里，专门出了一期《七匹狼经典纪念特刊》，内容非常丰富，把这件事头头尾尾都提及。

“一部青春的电影 一张梦想的唱片”。一部青春的、温柔的、优雅的、狂野的、猛烈的、热闹的、可爱的、气势澎湃的电影；一张梦想的、奔放的、细致的、热情的、意气风发的唱片。

瞧瞧这文案。

实际上，这不仅仅是一部电影加一张唱片，严谨一点

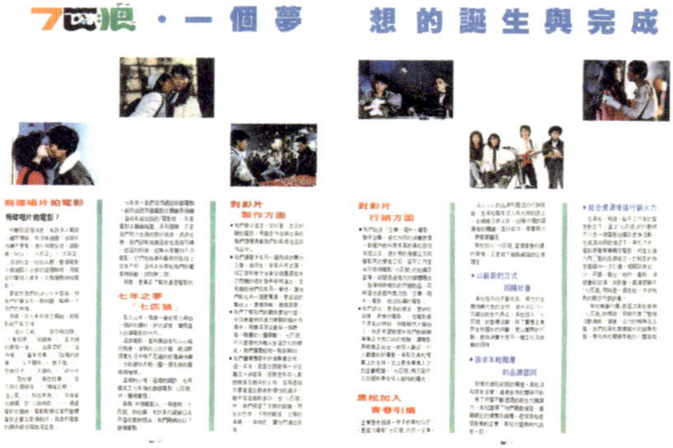

说，应该是：豪华企划＋偶像歌手＋幕后大师＋知名导演＋青春电影＋热血唱片＋卡通漫画＋现场演唱会＋商业行销。

电影的剧透被画成了漫画，故事又不讲完，就很勾人。是软广告没错了。看这个特刊，有一个感受，就好像到处都是广告，都是slogan，然而看得算是蛮开心的，因为文案真的很不错。

除此之外还有参加电影演出的五组歌手的详细介绍，其中“星星·月亮·太阳”作为组合唱了一首歌，太阳金玉岚和月亮马萃如各自又有一首歌，严格意义上说也算七组艺人。每个人有档案+角色文案+艺人介绍+宣传照+剧照，文字内容同步收录到唱片里。这样看，更能清晰地看到唱片公司希望给每个艺人树立的人设，以及歌手人设与电影人物较为统一的关系。

然后是《七匹狼》专辑的详情页，从“歌手”“歌曲”“幕后”三个角度进行阐述。不知道王杰是不是太红太忙又是电影主角所以工作量太大，在专辑原声带里面，完全没有唱新歌，只是合唱了《永远不回头》。张雨生一个人唱了三首，东方快车有两首，此时的邰正宵离“数字情歌的走红”还要几年，也只唱了一首。专辑幕后也是真的重量级，制作人是陈秀男，同时写了三首歌，主打歌是陈志远作曲编

曲，还有钮大可、小虫、翁孝良等鼎力支持。作词也是不可小觑，陈乐融、杨立德、丁晓雯、廖莹如，确实是飞碟唱片很硬的阵容了。

接下来是三个时间点，三件希望你去做的事。后面两件在这个企划里不算特别，3月22日买唱片，4月1日看电影，只是广告文案，但真是写得好看，好像跟现在的我们，也蛮契合的：

“你有多久不曾到电影院看电影了？”

“在大大的黑房子里，看大大的银幕，听HI-FI的歌，掉热热的泪。”

“你有多久不曾和心爱的人排队买电影票了？”

“带一颗不平凡的心脏，看！电！影！”

“4月1日，如果你只能做一件事，那应该就是《七匹狼》。”

第一件事情其实蛮特别的，是导演组召集歌迷去拍电影，想要召集一万人霸占四千人的体育馆座位，画面会被拍到电影里面去。实际上，飞碟唱片在那天是真的为这些参与的歌迷办了一个长达两个多小时的群星演唱会，除了演电影的这几位歌手，知己二重唱和忧欢派对也参与了表演。后来导演朱延平接受采访时说来了得有两三万人，不知道是不是真的，但镜头都被剪到电影里去了，确实是人山人海热情四溢。

这部电影给我的感觉就是“朱延平的电影”，台湾的青春偶像商业片，年轻时候看一看，后来主要就是怀念这几位艺人的年轻时代了。朱延平其实和飞碟唱片合作不少，除了《七匹狼》，还有《异域》《火烧岛》《游侠儿》（小虎队）等，是音乐＋偶像＋电影的实践者之一。

《飞碟音乐》不仅仅有本地签约歌手的内容，由于当时的唱片公司也做国际唱片的引进，所以专辑发行、宣传，或者国际艺人落地的宣传活动，在杂志中都会有所涉及，第三十七期的封面就是麦当娜，还有小虎队。

像我们这个年纪的，对“艺人百科”应该是相当熟悉的。那时的娱乐杂志上动不动就是这种，记录着艺人的生日籍贯身高体重，还有“最喜欢吃的食物”“最喜欢的颜色”“最想去的地方”，好像这个人就从此定格，不会改变了一样。后来，我们认认真真地按照这个格式，在毕业纪念册写上了自己的资料，以及不知道哪里听来的，可以装腔作势的那种座右铭。

你看，小虎队最希望去的地方，是欧洲（吴奇隆）、日本（苏有朋）、日本和欧洲（陈志朋），可这些年，他们是不是都生活在北京？

三位来自电视选秀节目（开丽娱乐，“青春大对抗”），从三千多人中脱颖而出的十几岁少年，在师姐的专辑（忧欢派对《新年快乐》）中搭车测试了一下市场，结果一首《青苹果乐园》以迅雷不及掩耳之势大红大紫。唱片公司在吃惊之余，赶紧乘胜追击，出第一张专辑，做第一场活动，开第一轮演唱会……

女孩子最喜欢看这种问答了吧：“深夜，与三只小老虎秘密约会”。

深夜，还九点，呵呵。

苏有朋有三个闹钟，都是为了叫他起床用的。

陈志朋房间里有一台卡拉OK，会打分的那种。

吴奇隆的偶像是“城市猎人”。

三个人都喜欢中森明菜。

苏有朋怕鬼，陈志朋怕蛇，吴奇隆怕女生。后来，只有怕女生的这位朋友结婚了。

姜育恒，1987年以前已经发行过不少专辑，有着不错的市场基础，待得1987年加盟飞碟，一张专辑就红了，且红遍海峡两岸，那张专辑那首歌，都叫《驿动的心》。到1989年，其间张张专辑的同名主打歌几乎都红了。1988年

《小虎隊私生活大公開》

深夜

與三隻小老虎秘密約會

有《一世情缘》和《跟往事干杯》的他，作为“成熟的偶像歌手”，发行了另一张极具影响力的专辑《多年以后·再回首》。同名主打歌《再回首》，卢冠廷作曲陈乐融作词，是姜育恒另一首毫不逊色于《驿动的心》影响力的歌曲。这歌词在当年也是很特别的，因为副歌用了一个很难反复使用的文字技巧：叠字，“曾经在幽幽暗暗反反复复中追问，才知道平平淡淡从从容容才是真”，依稀记得，陈乐融老师在分享会的时候，也对这段歌词表示过自得。这首《再回首》，先是一首粤语歌，苏芮的《凭着爱》，比国语版早发行大约三四个月，作词是潘源良，粤语词在副歌的这地方就已经是叠字了：“曾在这高高低低弯弯曲曲中跌倒，才骤觉开开心心简简单单已极好。”

看这期杂志的图，你是否能回忆起这张专辑的封面？这张照片，是著名的专辑设计师兼摄影师杜达雄（已于2021年12月离世）与姜育恒一起专门跑去北京拍的，长城、故宫、天坛，穿风衣、打领带、抱吉他。大约是由于“艺人人设”足够清晰，虽然那些年台湾流行音乐很少有“概念专辑”一说，但这张专辑却是风格与内容都相当统一，离开与归航，感慨与追问，回首与展望，确是写下了浓浓的一笔。

一张图，既是杂志内容，也是唱片“文宣”。在黑胶唱片盛行的时代，有很多专辑，除了歌词内页，也会附赠彩色的专辑“文宣”，让歌迷更加了解一张专辑的前因后果，这一张就是。

从小就在唱歌的蔡幸娟，与姜育恒一样，于1987年加盟飞碟唱片，于歌唱形象方面脱胎换骨。

到了1989年，一首《东方女孩》也是唱得家喻户晓，从《中国娃娃》到《东方女孩》，有人在万众瞩目中长大了，标志性的元素也默默地变了。无独有偶，这张专辑，也是歌手专程飞回大陆拍的照片，与姜育恒的北京长城不一样，东方女孩的“东方”落在了上海与杭州，运河与西湖。大概，这是专辑企划与视觉工作人员，对于“东方美”最显性的理解吧：“千万里的胸怀，五千年的色彩，孕育了，东方的女孩。”

专辑制作人谭健常，当时可能并不算太著名的音乐人，但他写过的几首歌是相当有知名度的，比如《三月里的小雨》《故乡的云》《三百六十五里路》《梦驼铃》等。在《东方女孩》专辑里，谭健常包办了主要位置的六首曲子，A面前三首和B面前三首。不过我个人倒是觉得他的曲子和蔡幸娟的甜美乖巧搭配，不见得那么天衣无缝。专辑里，A面最后一首《我最初的爱》，似乎更有民歌气质的那种清甜。B面最后一首歌，则是童安格作曲的《醉别今夜》。

看着这在上海街头骑着自行车，在杭州西湖边飘起白纱的女孩，从形象到歌声，真的很东方，甜甜的东方。

《飞碟音乐》虽然是内部刊物，但也是有广告投放的。在一则平面广告中，出镜的是一个叫东方快车的合唱团，广告主是黑松沙士。

照样是年轻阳光的团体，东方快车第一张专辑叫《就让世界多一颗心》，属于热情励志的歌曲，他们的热情励志也就这样一直延续了下去。我对东方快车的印象其实也较为模糊，早期来自《七匹狼》和《烈火青春》两张合辑，《永远不回头》和《烈火青春》两首歌印象深刻；然后就是《红红青春敲呀敲》，不知道从哪里传到耳朵里，陈志远的曲，就记住了；再后来，就是单飞的侯志坚（图中右二），他以“专业的音乐人”而不是“偶像团体的一员”，从《蓝色大门》和《那些年，我们一起追的女孩》电影原声带中，让人重新认识了一遍。

《就让世界多一颗心》专辑里，我最喜欢的其实是最后一首歌《孩子》。不知道为什么，但凡写这种题材的歌，

大多比较用心，也比较走心。我从小到大，就喜欢这种“非情歌”，以简简单单的木吉他分解开场，第一句词曲出来，我就知道这是自己喜欢的那种歌，那种可能被某些人称之为“民谣”的，普普通通和弦走向的歌。查了一下，这首歌作词安克强，作曲盛子贞，都是我完全没听说过的创作人。然而盛子贞就是这张专辑里唯一有作品被收录的“东方快车成员”，他是乐队的贝斯手。

主唱姚可杰、键盘侯志坚、吉他杨振华、贝斯盛子贞、鼓手郭名虎，这是东方快车合唱团的成员名单。在台湾，“合唱团”或“乐团”，都是乐队的意思，并不是五个主唱的那种合唱团。除了《孩子》这首歌，这个乐团并没有贡献其他的创作，专辑里面的歌，都是以老板翁孝良为主进行的创作，更有周治平王治平的协力。乐手方面，虽然这是一个乐队，但是专辑制作名单里面，键盘还有陈志远与屠颖，吉他还有游正彦，贝斯还有郭宗韶，鼓手还有黄瑞丰，所以，专辑里面的乐器是谁录的，不言而喻了。

当然，姚可杰这位主唱，从歌唱实力与声音辨识度方面，都是非常称职的。

1989年5月，小虎队，逍遥货柜全省巡回演唱会。这是一个传说中的“经典营销活动”。

通过电视选秀一炮而红的三人少年组合小虎队，在师姐的专辑中搭车发歌，直接火遍了台湾。飞碟唱片与开丽娱乐，顺势在三洋机车二十周年的活动策划中，提案针对年轻人市场的宣传活动，获得成功。现在回头看，这与《七匹狼》类似，是一个“全案”，包括了小虎队的第一张专辑《逍遥游》（4月）；包括了全省的商业赞助活动“逍遥货柜巡回演唱会”（5–6月）；甚至还包括三洋机车针对年轻人的小排量低价格的“小虎队联名款”三洋50机车。杂志中说，每场活动，参与的歌迷都超过两万人。

活动策划人之一、《新年快乐》和《逍遥游》专辑制作人陈秀男也说，第一场他在现场，站在台上对着话筒说安全引导语说了一个多小时，因为确实就是人山人海，连脚手架、音箱上都爬满了参与活动的青少年，令主办方非常非常紧张。“人潮汹涌而来热滚滚”，绝非虚言。

网上有一个视频，就是小虎队逍遥货柜演唱会的，确实人山人海。大货车上面喷字，当作舞台背景板，主持人是卜学亮和林佩君，跟着巡回，采访艺人，串场搞气氛。吴奇隆的昵称是阿奇，陈志朋的昵称是志明（ming），苏有朋还是小乖，有他们坐大巴车吃便当以及后台的场景。视频里，他们显然精心排练过的那首唱跳的歌，是张国荣的《拒绝再玩》。身后跟着的那几位伴舞，叫作红孩儿。

看旧杂志很开心的一点，就是能看到一些以前没有见过，又可以充当很好补充的内容。对我来说，从小就很喜欢看到关于幕后制作人与词曲作者的信息。这一期的幕后人物，介绍的就是传说中的“飞碟五陈”或“飞碟七陈”之一、华语流行乐最厉害的音乐制作人与作曲者之一陈秀男。

“喜欢先有歌词，但不要太完整，然后在自由而又有情感的状态下，完成制作”，“可以接触到各种不同的人与

不同的幕后人员合作”，“不只大家怀念木吉他，我们自己也都很怀念那段时光”……那年，陈秀男的制作案成绩单里面，就已经有姜育恒《一世情缘》《跟往事干杯》（《多年以后·再回首》显然正在制作中），叶欢《放我的真心在你的手心》《记得我们有约》，星星·月亮·太阳首张同名专辑，《七匹狼电影原声带》，小虎队《逍遥游》。

这个时候，他甚至都还没开始和陈大力联手写歌，而联手以后，则脍炙人口至极：张雨生《大海》、叶蒨文《潇洒走一回》《选择》、王杰《回家》《我》、刘德华《真情难收》《一生一次》、郭富城《天涯》、小虎队《放心去飞》、林志颖《不是每个恋曲都有美好回忆》、伊能静《萤火虫》《轰轰烈烈去爱》……

后来机缘巧合，我在北京认识了秀男老师。我记忆里有个画面，大概是很难褪去了，在北京苹果社区某出租房，秀男老师从厨房里探出头来：“诶，朱七，我给你搞碗面吧……”当时坐在沙发上的我一阵恍惚。

1989年，张雨生推出第二张专辑《想念我》并宣告暂别歌坛。已经大学毕业的他，穿西服，穿军装，发表自己创作的歌曲，抱着那把新买的Adamas红色葡萄孔碳纤维吉他，一切都是崭新崭新的样子。

实际上，张雨生这一生在音乐上的岔路，从第二张专辑就已初现端倪。第一张专辑《天天想你》时还是新人，只有“老师们”（主要指陈志远和翁孝良）写的流行歌曲，最后一张专辑《口是心非》完成了流行与深刻的高度融合，自在而统一。除了这第一张和最后一张，剩下的所有专辑，都存在“他们写的”与“自己写的”两种状态。以这张《想念我》而言，《想念我》、《我不能一点一点爱你》（feat.陶晶莹）、《当我正想要和你分享》，与《无题》《他们》《没有烟抽的日子》，几乎就是完全不同类型的歌曲。

这位朋友，其实从最初，就知道自己想要的作品该是什么样子的。

张雨生不是只有《我的未来不是梦》与《大海》，而我想跟你推荐的歌，确实就是《无题》与《他们》，这是大多数人都未曾留意过的歌。《无题》是张雨生一位同学陈陆辉的词作，他自己作的曲，写的是坐车时晃晃悠悠的哲思：

“满以为握住这块冰就留住一季清凉，满以为想过该走的路就掌稳一世方向”；《他们》是写给父辈那些参与过抗战的无名英雄，“他们满脸风霜，他们孤独蜷缩……”有的种树，有的卖臭豆腐，岁月拉长以后看人生，大抵如此。

《飞碟音乐》的幕后栏目叫“爱音乐的人”，介绍过词人丁晓雯。

其实这篇文章的作者、每次都兢兢业业采访写稿的工作人员，也是非常值得一提的词人：廖莹如。我很喜欢她在很久以后给伊能静写的那首《河岸》，当然，她还有更红的词作，比如郑秀文的《值得》与孙燕姿的《天黑黑》。

丁晓雯早期的名声大盛，似乎常常与陈秀男捆绑在一起，比如小虎队《青苹果乐园》，日本歌填词，制作人是陈秀男；王杰的《你是我胸口永远的痛》，制作人和作曲都是陈秀男；小虎队《最爱你哭泣时候的眼睛》，作曲是陈秀男……后来，丁晓雯和陈志远一起写了林忆莲《爱上一个不回家的人》，和郭子一起写了张学友的《祝福》，和周传雄（小刚）一起写了《我的心太乱》……完全是台湾乐坛非常重要的词人。

然而除了词人，她其实早早就发过专辑了，作词作曲演唱，早在1987年，和林隆璇一起，专辑叫《走出校园以后》。

“在丁晓雯的生命里，无论如何遭遇，音乐当然是唯一的坚持。”

愛音樂的人

青蘋果&音樂

——都是丁曉雯胸口永遠的最愛

採訪/廖瑩如

18

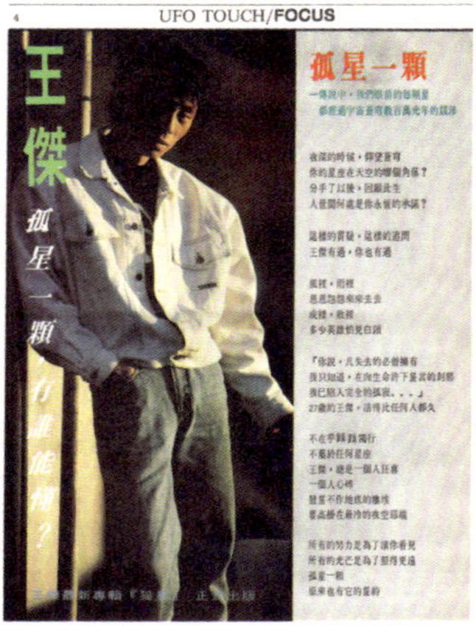

4 UFO TOUCH/FOCUS

王傑 孤星一顆 有誰能懂？

孤星一顆

夜深的時候，仰望蒼穹
你的星座在天空的哪個角落？
分手了以後，回顧此生
人世間何處是你永恆的歸宿？

這樣的質疑，這樣的追問
王傑有過，你也有過

風裡，雨裡
思思怨怨來來去去
成裡，敗裡
多少英雄悄見白頭

「你說，凡失去的必曾擁有
我只知道，在向生命許下誓言的剎那
我已踏入完全的孤寂。。。」
27歲的王傑，活得比任何人都久

不在季節裡獨行
不屬於任何星座
王傑，總是一個人狂奔
一個人心疼
發誓不作地底的礦燈
要高掛在最冷的夜空照耀

所有的努力是為了讓你看見
所有的光芒是為了照得更遠
孤星一顆
原來也有它的誓約

1989年，王杰，第四张专辑《孤星》，制作人：陈秀男。

报道里透露了一些销售数据：一、王杰前三张国语专辑（《一场游戏一场梦》《忘了你忘了我》《是否我真的一无所有》）在台湾地区的专辑销售量，已经突破一百二十万张；二、《七匹狼》的票房，截至杂志写稿时，接近六千万台币；三、7月份王杰去新加坡开演唱会，万人场馆，连续三晚，座无虚席。

当然，再好的成绩，都没有一首一首歌从电台里反复传出来，更能说明问题。

我的中学时代，就是很认真听飞碟唱片的时候，是不听蔡琴，不看杨德昌的。后来，等到我真心为这两位折服的时候，他们早已离婚一人则已辞世各种唏嘘了。幸好，终究未曾错过。

看，照片上三位笑得那么开心。需要科普吗？吴楚楚是飞碟唱片创始人、董事长，也是著名的民歌手，在民歌时代将《红楼梦》里的《好了歌》谱曲演唱，传播甚广。滚石唱片第一张专辑《三人展》也是吴楚楚与李丽芬潘越云三人合作的专辑，他至今还保留着在民歌餐厅吉他弹唱的习惯。杨德昌，是台湾最有才华的电影导演，1947年出生，2007年辞世，自1985年到1995年，与蔡琴有过十年的婚姻，电影代表作是《一一》《牯岭街少年杀人事件》。

图中蔡琴正在录的专辑，应该是1989年10月发行的《谈心》，主打歌是《你是我心中云一朵》，陈乐融作词，陈志远作曲编曲：“枫叶红又枫叶落，相隔几度秋，多么希望再回到梦中。再回头已无可说，天涯莫相送，多少心事都交付夜空。”

◆蔡琴的兩個男人

蔡琴的生命裡有兩個重要的男人？

正在爲新專輯忙碌的蔡琴，前日爲首錄，錄音室裡，這兩個人都出現了，帶給蔡琴不小的驚喜。

第一個重要的男人是丈夫楊德昌，從來没有探過蔡琴的班，楊德昌帶了一束鮮花，在蔡琴不知情的狀況下出現，兩人間的甜蜜浪漫，盡在不言中。

而另一個重要的男人，老闆吳楚楚，也不甘示弱的帶來蔡琴最喜歡的水果一葡萄，這個男人的重要，乃是因爲他是蔡琴這幾年來工作上的親密伙伴，最了解蔡琴不過，葡萄即是也。

楊德昌的處女探班，吳楚楚的葡萄獻意對於沈寂已久的蔡琴來說是個好采頭，左捧鮮花右持葡萄，蔡琴笑得開心極了。

1997年黄磊发第一张专辑《边走边唱》时，陈志远将两首自己的曲拿回来重新填词给黄磊唱，就包含了这首，邬裕康的词，歌名叫《此情此景》，女声合唱：周海媚。

我有时也会好奇，当时有《倒数计时张雨生》这样的“官方杂志消息”，而现在熟练掌握互联网的粉丝们，也都能知道自己喜爱的偶像，在一个周期之内做了一些什么具体的事吗？一页纸列出张雨生入伍前，大概一个月左右所做的事与歌迷分享。

大学毕业后，在这个“不是暑假的暑假”，张雨生都做了什么？录专辑、拍主打歌MV、电视与电台的宣传通告、高雄演唱会、继续电视与电台的宣传活动……入伍前一天才回到台北。

1989年9月，小虎队出第二张专辑了，《男孩不哭》，制作人：陈秀男。

这张专辑是搭配了写真集的，“摄影写真集与唱片卡带同步推出，是只有小虎队才能够大胆尝试的创举”，写真集叫《约会在热带》，摄影师是专辑里面主要几首歌词的创作者：杨立德。这位老师既是著名词人，也是著名摄影师，想来这张专辑的企划方向，“亚热带的男孩”，便是杨立德与制作人陈秀男一起商定的。

我以前一直以为，是小虎队年纪到了要暂别歌坛，唱片公司才打造红孩儿想来“接走这些流量”的，看了这期杂志才发现，他们未雨绸缪得好早。1989年小虎队刚刚出第二张

专辑的时候，红孩儿已经成立，通过现场活动导流了，“小虎队在向歌迷问候之余仍不忘提醒歌迷们一本支持小虎队之初衷，继续支持红孩儿”。

我羡慕那个时代，其中一点，是什么都能糅在一起炖。他们也不太分这个行业那个行业，电影、话剧、音乐、诗歌、摄影、绘画，就好像有才华的人都很自然地厮混在一起，然后莫名其妙就发生了一些一加一大于二甚至大于三的成果。

飞碟唱片的开山之作，几乎是台湾流行乐最石破天惊的专辑，苏芮的《搭错车》，就是这样的成果：音乐与电影跨界。而另一个成功的跨界成果则是他们把表演工作坊的相声灌录成唱片拿去销售，结果卖出了二十万张四白金的成绩。

UFO TOUCH/SPECIAL 7

『那一夜』榮獲四面白金

以『那一夜，我們說相聲』成功刻劃新台灣舞台劇文化的表演工作坊，在推出『這一夜，誰來說相聲？』當鑼當鼓之際，再傳佳音。由飛碟企業有限公司發行的『那』劇錄音帶銷售突破20萬張，於9月21日頒四張白金唱片，雖是遲來的榮耀，卻為『這』劇工作人員帶來無比的信心與鼓勵。

「那一夜」創下2項奇蹟

四年前，賴聲川以集體即興創作方式，首度在『那一夜，我們說相聲』中以沒落的傳統民俗相聲型態演出，為傳統藝術文化注入了新的觀念和形式，在逗笑的背後隱藏著深沉的哲思，成功的將傳統藝術與大眾文化相結合。『那』劇創造了二項奇蹟：

1．原先預計全省巡迴演出12場，卻應觀眾要求破例加至20場，打破了近年來舞台劇連續演出的紀錄。

2．由於該劇反應熱烈，連帶的委託飛碟發行之錄音帶也造成空前搶售熱況，上下兩輯突破了20萬張，獲頒四張白金唱片，可謂唱片界至高榮耀，也肯定了舞台劇的商業存在價值。

「這一夜」值得衷心以待

相隔四年，表演工作坊再以相同的創作理念及諧謔的相聲方式，推出今年度大戲『這一夜，誰來說相聲？』，不同的是，『這一夜』相續了『那一夜』的關懷角度而立足於近年來兩岸關係所引發的遐想與沉思，主要演員為李立群、金士傑與陳立華，現場的錄音製作部再度由飛碟全力配合，這次飛碟不僅突破了技術上的高難度，採用最新的多軌電腦錄音設備，並出動製作部全員同步收錄現場原音，音質層次更佳，音效更突出，預計於該劇演出後隨即上市錄音帶，讓看一夜不過癮的觀眾得以珍藏，一夜又一夜慢慢欣賞。

『這一夜』繼續創造奇蹟

那张专辑叫《那一夜，我们说相声》，双碟。

表演工作坊的创始人，就是至今还忙碌在戏剧第一线、常常出现在乌镇国际戏剧节的赖声川。他的代表作是《暗恋桃花源》《宝岛一村》《如梦之梦》……这张图中，是年轻的赖声川，年轻的吴楚楚，年轻的金士杰，年轻的李立群。他们，值得万千掌声。

飞碟唱片，从来就不仅仅是偶像制造机而已。

听过小虎队的人都知道，第四十八期杂志的封面很显然是《红蜻蜓》专辑的内页图片，然而文章的主题并不是“第三张专辑”，而是小虎队1989年全年回顾。他们真正出道，到这时不过才一年。《青苹果乐园》是1989年1月过年期间推出的，历经《逍遥游》与《男孩不哭》两张专辑，一本写真集，一次全省巡回货柜演唱会，两次（其中一次因故取消）万人签名活动，头尾其实一年时间都没到。再加上马上就要发生的，1990年2月的《红蜻蜓》专辑和3月的《游侠儿》电影，忙碌程度可想而知。

仅仅是第一年，确实称得上是市场奇迹了。

我个人很喜欢“红蜻蜓”时期的小虎队，因为从这里开始，三个人变得比之前更不一样了。从造型上清楚的颜色差异，包括每个人抱着的吉他颜色（黑色、红色、原木色），到专辑里开始有个人独唱的部分，也有一首歌是每个人“分句”合唱了（李子恒词曲《让我牵着你的手》），在李子恒担任制作人的细心照料下，他们自己和团体同时在极速成长，三个人的角色定位，大约从这时开始也都已经确认，包括歌曲的风格导向，会一直延续到小虎队解散与复出，每个

人的单飞专辑，直到飞碟时代的终结。

《红蜻蜓》，大概是小虎队最具代表性的专辑，我个人最推荐的两首歌，一是吴奇隆的第一首独唱歌，陈秀男作曲、丁晓雯作词的《最爱你哭泣时候的眼睛》，另一首是永恒的毕业歌《骊歌》，作词李子恒，作曲陈秀男。

“如果你看到香港报纸上有‘阿BBB’出现，可不要以为是打错字，它指的是钟镇涛的宝贝儿子‘阿B的Baby’”——居然用“它”，不过没关系，廖莹如采写的这篇《阿B有子阿BBB万事足》细细阐述的，是钟镇涛当爸爸的心情。

“温拿五虎”之一的钟镇涛，离开以后，加入飞碟，有了一段和其他港星很不一样的音乐旅程。他是很早就发国语专辑且第一张加盟飞碟的专辑（1989年《诗人与情人》专

辑，第一首歌是《只要你过得比我好》）就已经走红了的港星；也是经由飞碟唱片深度参与了琼瑶电视连续剧《梅花三弄》《两个永恒》的港星；是1993年就在上海参加了演唱会（飞碟唱片“飞向未来”群星演唱会）表演的港星。

在当年随后的专辑里，新爸爸钟镇涛写了一首歌，分别收录在国粤语专辑里，粤语版叫作《亲亲小手》，国语版叫《我的小王子》。

“红蜻蜓”时期的小虎队1989年回顾，是第四十八期杂志，到第五十期，居然就已经是下一张专辑，《星星的约会》已经来了。这很能说明那个时代歌手发专辑的频率。

这次，小虎队从游侠儿变身白马王子，每个人也增加了一首独唱歌，变成四首合唱+六首独唱的结构。《叫你一声my love》是红遍了大江南北的，包括几个月以后的粤语版

（张智霖许秋怡《现代爱情故事》）也很红。

有一个细节很有趣，这首歌与第一主打歌《星星的约会》，都是中文夹杂了简易的英文，不知道算不算是把最容易“害羞”的那句，通过更换语言的方式，来获得表白的勇气呢？“honey you know I love you，给我你的星座，一起改变古老的天空”，“叫你一声My love，亲爱的是否你也关心着我”。

这第五十期的封面人物，是黄莺莺。

黄莺莺在七十年代就已经是发片走红的歌手，极具演唱资历。1985年加入飞碟唱片，中英文专辑一起出，到1990年，其实已经是合约晚期。这张专辑叫作《让爱自由》，是黄莺莺时隔十八个月在飞碟唱片推出的最后一张国语专辑，一年后，就要发生台湾唱片史上有一点“赌气”的竞争案例了：滚石唱片从飞碟挖走了大姐大黄莺莺，飞碟唱片也从滚石挖走了大姐大潘越云。

这张专辑收录了黄莺莺在华语乐坛最红的一首歌《哭砂》。林秋离与熊美玲，夫妻创作人的代表作。

我认为黄莺莺是一位很值得尊敬的歌手，离开飞碟后跑去滚石，发了两张文艺兮兮的专辑，都已经逼得李宗盛像陈秀男那样写《宁愿相信》了，也并没有成功中和这群人的玩性大发，诸如《大学生》《八号球衣》什么的。她一转身去了EMI，出了一张叫好又卖座的《春光》，竟是首首动听。新世纪之后市场变动，黄莺莺似乎也就并不那么积极了，却

在2012年又忽然推出一张质感非常好的《摇篮曲》专辑。好像每一张专辑她都有深度参与，这与我们原本对“歌手”的理解是有一些不一样的。

邰正宵是1993年在福茂唱片红的，专辑叫《找一个字代替》，最红的歌曲叫《九百九十九朵玫瑰》，开启了数字情歌时代，从《九百九十九朵玫瑰》到《千纸鹤》到《一千零一夜》。此刻的邰正宵，是签约飞碟唱片的七匹狼之一，销售成绩或许并没有那么理想，会写歌然而专辑里大部分歌曲都不是自己写的那种创作型歌手。他在飞碟发了三张专辑，这是第二张，《痴心的我》。

这张专辑里面有好几首粤语歌重新填词的，《因为有你我不怕》是顾嘉辉作的曲；《似梦迷离》是林子祥作曲，林子祥自己唱过同名粤语歌；《风中之火》是鲍比达作曲，粤语版是陈百强的《疾风》；主打歌《痴心的我》，有吕方的粤语版《不舍得你》。诚实说，这几首国语版，是输给粤语版的。

从香港选曲，是一种另辟蹊径吗？还是另一种审美？

陈乐融，年轻有为的陈乐融，飞碟唱片最著名最重要的词人、企划、文案，这本《飞碟音乐》的总编辑与重要撰稿人，所谓“飞碟五陈”里，唯一一个仅作词的人。

“抒情英雄”这篇报道，说的是上述所有之外的一件事：战国社。当年的飞碟唱片绝不仅仅是一家“唱片公司”，更精确一点说应该是“立足流行音乐的文化创意公司”，你看这个的全称：战国社／生活情报／研究所，“以科技／业务整合的方式……发掘现象、掌握议题……专案合作……出版丛书”。

以及，一年五十首歌词，十二张专辑企划。

如果你不是很了解陈乐融，当然可以用他足够脍炙人口的词作来提醒你，比如姜育恒《再回首》、叶蒨文《潇洒走一回》、欧阳菲菲《感恩的心》、张雨生《天天想你》、蔡幸娟《问情》、小虎队《逍遥游》、郭富城《对你爱不完》、林志颖《不是每个恋曲都有美好回忆》……

郭富城，马上要登场了。

香港四大天王，随着最后一位朋友在1990年登场，终于完整了。

郭富城是四大天王里唯一一位先出国语专辑的人，且出了好几张国语专辑之后才发粤语专辑。由华纳结盟飞碟，陈大力派了陈秀男做制作人，一做就是十张专辑，从第一张就大红大紫的《对你爱不完》开始。

当年的专辑，在当年的杂志里，就已经通报四白金了：“以前，你要看很多的节目，苦守一个又一个的广告，才能看到郭富城。现在，你只要买一卷卡带，随时随地，郭富城都在你身边。”

同年，陶晶莹也亮相了，一个聪慧明朗却不见得有多漂亮的女孩子。对我来说，她其中一个身份是“张雨生的好朋友”，从尚未出道，一直到如今每一次“想念雨生”时，从头到尾，她都在。

杂志这页，应该就是刚刚正式亮相的陶晶莹，与张雨生同门，经纪公司是翁孝良的铭声制作。1990年，她在飞碟唱片发行了第一张专辑《天空不要为我掉眼泪》，然后，不知道是音乐专辑的成绩不够好，还是同时开展的主持人事业太过红火，直到五年后，她才发行第二张专辑，那时的飞碟，早已物是人非。

陶晶莹在音乐上真正走红，要到丰华唱片1999年发行的《姐姐妹妹站起来》，和2000年的《太委屈》。在这个过程中，她一直是优秀的电视节目主持人。此时，我们看着一个充满自信热爱音乐的小女孩，把从出生开始的趣事当履历登出来，大约也是非常契合“有趣”“自信”的女孩子人设了：“温柔文静的小陶子，被幼稚园里的小男生，关在厕所里，过了好久才被老师救出来”；“穿裙子偷爬墙，自以为神出鬼没，没有人看见，谁知对面男生班全班都看到了”；“参加朗诵比赛，获台湾区冠军，评语是说得比唱得好听，不太服气，决定要当歌手”；“任吉他社社长，不会弹吉他”。

陶晶莹的唱功其实是相当好的，音色也很特别。这张专辑，主题曲《天空不要为我掉眼泪》是老板翁孝良作曲，蛮好听的；第二首是张雨生为她创作与她合唱的《你是我真心的执著》；第六首《我的心你看不到》是陈乐融+陈志远的经典搭配。陶晶莹在音乐上的人设，似乎从第一张专辑就固定了下来，大约是“在情感上会有些挫折的，并不漂亮的女孩子”，此后好些年，都会有类似主题的歌。大概，要等到后来真的变美之后，就不再唱这样的歌了。

黄大军，从民歌时代就已登场的台湾著名音乐人，有一阵子一直与同班同学周治平一起出现，比如一起合唱了民歌时代唯一的一首单曲《春天你来》，又一起制作了齐秦第一张专辑《狼》。他只发行过一张专辑，1993年蓝白唱片的《纠缠一辈子》，更多的身份是幕后的创作者与制作人。

看这个标题，“春天你来”（周治平黄大军），“蜉蝣”（齐秦），“爱要怎么说”（伍思凯），这篇文章应该是想把一些幕后的老师介绍给歌迷们，这部分的文章，都是廖莹如写的。

陈乐融采访陈大力，聊了聊《异域》电影原声带。

陈大力是一个低调到四处都找不到资料的领导，确实也

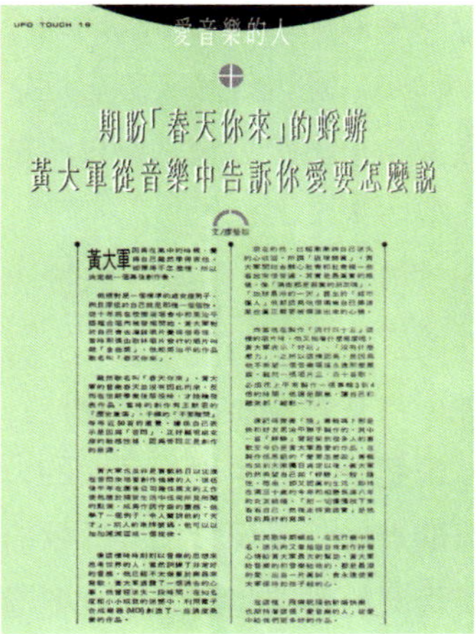
UFO TOUCH 19

愛音樂的人

期盼「春天你來」的蜉蝣
黃大軍從音樂中告訴你愛要怎麼說

UFO TOUCH 10

陳樂融 VS 陳大力

"異域"爲國片原聲帶開新頁

只有在自家杂志里被自家同事为自己做的唱片写采访宣传稿的时候才有可能开开金口。这一次，是一张很特别的专辑，《〈异域〉电影原声带》。

在飞碟与滚石竞争激烈的1990年，飞碟最红的创作歌手翻唱了滚石教父级制作人的歌，这是唯一的一次。王杰唱罗大佑，《亚细亚的孤儿》。后来，1993年，《异域2》的时候，罗大佑词曲演唱《大地的孩子》，也是仅收录在原声带里的歌曲。

这不是飞碟第一次深入电影，但是这张原声专辑破了电影原声的销售纪录，就很值得一提了。“战战兢兢，如履薄冰”，陈大力制作这张专辑时，格局摆得很高，是“国语片的原声带在台湾的现状”的视野，前期筹备了九个月（要知道飞碟最当红的歌手，专辑完整制作周期通常也不过四到五个月），全碟作曲和编曲的Ricky Ho，是飞碟除了陈志远之外最得力的编曲老师，加上陈大力亲自出手填词，仅仅两首歌加八段乐曲，能卖到破纪录，很厉害了。

“陈乐融（笑）：还好你现在没有出来和我们抢生意”，嗯，一年多以后，他就开始了。

1990 年，叶欢，第五张专辑，《珍惜我所有的感受》。

看这期杂志才知道，原来专辑里有一首张雨生词曲的，送给叶欢作为生日礼物的《多么的难》。就像给别人写歌的时候，就必须要逼自己，不能长篇大论不能言辞晦涩，要通俗易懂朗朗上口。这件事，张雨生现在才刚刚开始，几年后将在张惠妹身上大放光芒。

这次，显然是跑去了法国巴黎拍了风光片的，风衣皮箱一个人，租了别墅买了花，异国街头，远走高飞。

时间走到了1991年5月，第五十八期封面人物，是蔡幸娟。

专辑刚刚推出，还热着，叫作《真的让我爱你吗》，是小女子的发问，干脆就以这张专辑收录的歌问遍了华人地区，那首歌叫《问情》。陈乐融的词，搭了那几年实实在在有点火的电视连续剧《戏说乾隆》。

这一年，已经唱了十年歌，有不少代表作的蔡幸娟，仅仅二十四岁。

试穿着从香港和日本买来的衣服，拍着照，打算把现场

的玫瑰花带回家做干花，也打算跟着唱片公司去进军香港和日本的她，大约一下子也不会预料到，刚发的专辑里会有一首歌马上要火遍大江南北。

专辑里还有一首，《两颗心四行泪》，李安修作词，蒋三省作曲，也相当受欢迎。蔡幸娟在飞碟唱片，似是没有与陈大力陈秀男合作的缘分，不过马上，在接下来的专辑里，一首一首主打歌，都是陈耀川作曲了，《秋凉如我心》《别再伤心了，好吗》《相爱容易相处难》《我心已许》，一路到离开飞碟，加入福茂以后，仍在合作，《缘分》《再牵你的手》。

红孩儿，是飞碟唱片与开丽创意，紧接着小虎队之后推出的男生团体。其实时间上贴得蛮紧的，按照《你不能不知道红孩儿已经2岁啰》里说的，成立日期是1989年4月23

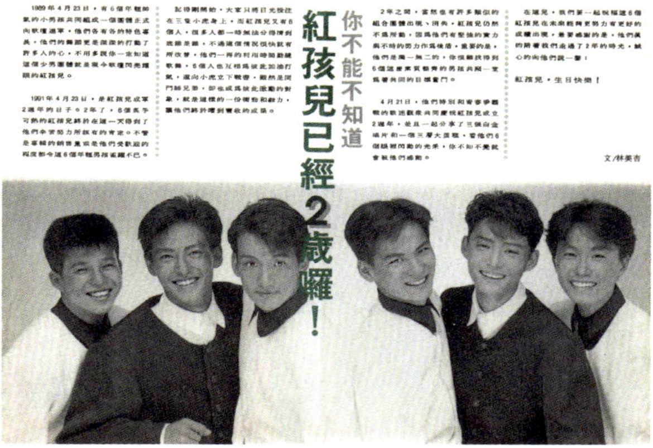

你不能不知道

紅孩兒已經2歲囉！

1989年4月23日，有6個年輕帥氣的小男孩共同組成一個團體正式向歌壇進軍，他們各有各的特色專長，他們的舞蹈更是深深的打動了許多人的心，不用多說你一定知道這個少男團體就是現今歌壇閃亮耀眼的紅孩兒。

1991年4月23日，是紅孩兒成軍2週年的日子。2年了，6個炙手可熱的紅孩兒終於在這一天得到了他們辛苦努力所該有的肯定。不管是專輯的銷售量或是他們受歡迎的程度都令這6個年輕男孩雀躍不已。

記得剛開始，大家只將目光投注在三隻小虎身上，而紅孩兒又有6個人，很多人都一時無法分得清誰是誰，不過這個情況很快就有所改善，他們一再的利用時間勤練歌舞，6個人也互相為彼此加油打氣，邁向小虎立下戰帖，雖然是同門師兄弟，卻也成為彼此激勵的對象，就是這樣的一份衝勁和毅力，讓他們終於嚐到豐收的成果。

2年之間，當然也有許多類似的組合團體出現、消失，紅孩兒仍然不為所動，因為他們有堅強的實力與不時的努力作為後盾，重要的是，他們是獨一無二的，你很難找得到6個這麼素質整齊的男孩共同為一堂為著共同的目標奮鬥。

4月21日，他們特別和青春俱樂部的歌迷觀眾共同慶祝紅孩兒成立2週年，並且一起分享了三張白金唱片和一個三層大蛋糕，看他們6個眼裡閃動的光采，你不知不覺就會被他們感動。

在這兒，我們要一起祝福這6個紅孩兒在未來能夠更努力有更好的成績出現，更要感謝的是，他們真的陪著我們走過了2年的時光，誠心的向他們說一聲！

紅孩兒，生日快樂！

文/林美杏

日，小虎队推出《青苹果乐园》是1989年1月的事，不过红孩儿的首张专辑发行要到1990年了。到1991年年中，他们已经有了三张专辑，1990年的《亮出我的年轻护照》《闪亮的心永远爱你》，和1991年3月的《初恋》。

这个组合好像只有张克帆一个主唱，其他人就都在合唱，大概就是舞蹈与颜值担当。他们与小虎队走了一模一样道路，以电视选秀“TV新秀争霸战”选拔而出，以组合形式签约飞碟唱片，加入合辑推出单曲，再推出专辑的红孩儿，似乎从头到尾都活在小虎队的阴影里。市场大约也不允许同样模式的另一款商品一模一样再流行一回吧。

郭富城的1991年，两张专辑。《郭富城2》或叫作《我是不是该安静地走开》，和《到底有谁能够告诉我》，两首主打歌都是红透海峡两岸的慢歌。在《对你爱不完》之后，

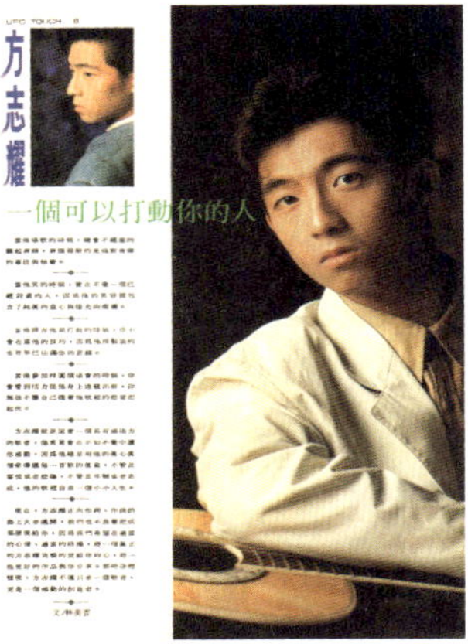

唱片公司并没有对这位擅长舞蹈的大帅哥采用相同的“舞曲或舞蹈手势”策略，竟然换了另外一个角度，用缓慢的、有些委屈的角色感去丰富这个人设。制作人陈秀男在说这些的时候，语气里是有一些自豪的：难道你以为制作人真的就只是写一首上口的主打歌吗？

有时觉得，港星似乎确实“更有架势”一些，一举手一投足，就比较“大明星”，好像每个展现出来的形象都经过了反复练习。拍照时候眼睛的角度，唱歌里每一个字的表情，舞蹈动作某一拍的定格……明星，是应该这样吧。

说来惭愧，我整理这些杂志扫描图，前前后后有三四次，直到看到“一个可以打动你的人”，才隐约记住方志耀这个人。在过去的三十几年里，我完全没有关注到他，我有几位特别资深的港台流行音乐的听众朋友，都对方志耀给予了很不错的评价。我有他的第二张专辑，1991年发行的《留一些空间》，制作人是马兆骏的哥哥马兆骅，确实人声清亮，气质独特，有着浓厚的二十世纪九十年代的偶像烙印。

八十年代末，飞碟唱片在经历了许多成功案例、具备扩张条件之后，搭建了一种可以快速扩张的系统：寻找深度合作的战略伙伴，以制作公司的身份共同挖掘艺人，共享利润，结果是获得了更大的成功。比如，最初的王杰来自李寿全工作室；最初的张雨生、陶晶莹、东方快车来自铭声制作（翁孝良）；小虎队、姜育恒、红孩儿来自开丽创意（苗秀丽）；很快登场、席卷全亚洲的林志颖，则来自夏哥创意工作室（夏春涌）。在林志颖之前，夏哥交出了一位热爱音乐、会弹吉他、性格内向的二十一岁少年，叫作方志耀。

那时，他弹吉他，打鼓，练习作词作曲。

方志耀在飞碟发了三张专辑，1990年《我是个无心的人》、1991年《留一些空间》、1992年《给我一点你的爱》，而后以创作人的身份零零碎碎有作品被收录在别人的专辑里，比如钟汉良《你》、林志颖《无心》、陈洁仪《只哭一天》等，并于2002年离世。内情不详。

林忆莲的1991年。在工作忙碌之余，还跑美国学习去了。

其实飞碟唱片与林忆莲的缘分，说深也深，说浅也浅。说深，第一张国语专辑且大红大紫了的《爱上一个不回家的人》，是林忆莲与飞碟唱片共同努力的结果，主打歌作曲陈志远，专辑制作人陈秀男，飞碟的一线阵容；说浅，他们之间，几乎就只有这一件事的缘分（第二张《都市心》基本全是粤语歌填词，仓促推出）。人们记忆里，《爱上一个不回家的人》之后，就是《不必在乎我是谁》了吧？光看歌名，虽说是两个不同的唱片公司，定位却是很统一的：都会女性的情爱纠葛。想来，李宗盛是不会（也不该）浪费林忆莲之前的家喻户晓的。

制作人陈秀男曾经提过，他几乎唯一一次“并没有在一天内就把一首歌录完”的案例，是林忆莲。制作《爱上一个不回家的人》专辑时，第六首《I Still Believe》，林忆莲邀请好友杜丽莎来录音棚帮她参考，或许是因为二人都对这首歌的录音要求太高，以至于林忆莲泪洒录音棚，这首歌也没有录完。“后来林忆莲就跑去美国修声乐课程了，真是一个对自己要求太高的歌手……”这是林忆莲在飞碟两张专辑之间、演唱会之前的事。

◆林憶蓮　在美悠哉學生行

有好長的日子沒看到林憶蓮了，原來永遠好學的Sandy，利用這段時間在美國選修聲樂、舞蹈的課程，專師名師自我充實，紮實地爲七月份的演唱會及往後的演藝事業奠基礎。

現在的Sandy，在美國過着悠閒如學生般的生活，平時除了研讀練習課業之外，還不忘和美國頂尖的音樂工作者交換心得，互相激盪出更好的音樂的理念。

當Sandy得知她的專輯推出後至今依然廣獲歌迷們的青睞，雖然她人在美國，不克來台與支持她的朋友們作直接的連繫，但不論是藝能排行榜、民生報金曲龍虎榜或是ICRT金曲龍虎榜，都穩居冠軍至今，令她感動於台灣歌迷的熱情，也新寫了她個人的記錄，Sandy允諾，待美國的課程告一段落之後，她一定會飛來台灣答謝這麼多支持她的歌迷們的關懷。

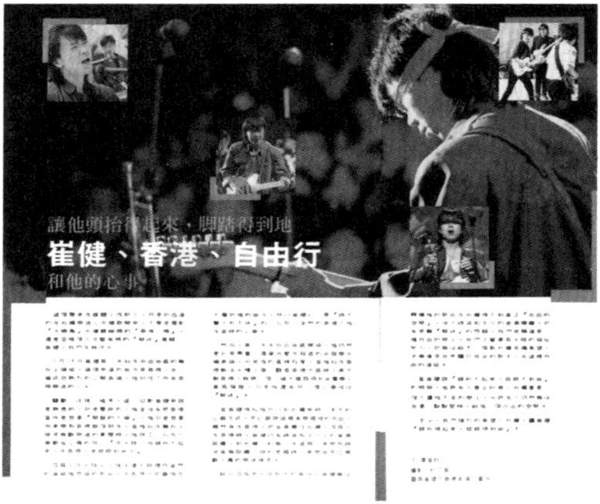
讓他頭抬得起來，腳踏得到地
崔健、香港、自由行
和他的心事

崔健的1991年。三张专辑均已有台湾版，《浪子归》《一无所有（新长征路上的摇滚）》《解决》。看“崔健、香港、自由行”一文的意思，是去香港开了演唱会，但台湾没去成。

崔健在台湾也有很丰富的履历，《浪子归》是BMG与滚石，《火烧岛》是飞碟，《一无所有》是可登，《解决》是EMI。

这几张照片的摄影是杜可风。

天选之子

孙朝阳

本文试图回答：人类文明是不是宇宙中最高级的文明？

定义

人类文明是不是宇宙中最高级的文明？

这句话其实处处有玄机，什么是人类？什么是宇宙？什么叫最高级？什么叫文明？

什么是人类？这个好解释，人类就是人的总称。那么，什么是生命呢？这个就没有人能下定义了，或者说，很多人下过定义。比如这个："生命泛指有机物和水构成的一个或多个细胞组成的一类具有稳定的物质和能量代谢现象（能够稳定地从外界获取物质和能量并将体内产生的废物和多余的热量排放到外界）、能回应刺激、能进行自我复制（繁殖）的半开放物质系统。"

很显然，这是地球上已知生物的定义。但我们并不满足于地球生命，所以势必要开脑洞。

先看个简单的例子：火。某种视角上火可以自我繁殖、生长发育、新陈代谢，但很显然它不是生命，它并没有什么前途。如果换个说法，无论哪种类型的生命，其发展的上限，起码不能低于地球上的低等智力生物。如果某种形式的“生命”，无论环境多么适合，都永远不能产生哪怕最低等的智力或智慧，这样的生命不要也罢——这和火焰有什么区别？要知道地球上的细菌和植物都是有潜力进化成有智力物种的。

这又牵扯到了智力和智慧的定义。这两个概念学术上既没有统一的定义，也没有严格的分界线。不妨这样想，我们虽然无法定义智慧的起点，但发射火箭肯定是智慧生物的行为。假如一群所谓的“生命”，无论条件多么合适发射火箭，它们都不能自发发展到这种地步，便可倾向于认为这东西不是生命。毕竟，虫子都有智力，有智力，大概也能形成智慧。

所以，从无生命到有生命，必定存在着一个东西，有这个东西之前，智慧的产生不能说绝无可能，但也遥遥无期。有了这个东西之后，产生智慧的速度就比之前高了数个数量级。这个能最终进化出智力的，并且能极大加快智力产生的东西，就是生命。

这个定义必然包含了遗传和变异，也一定要对外界刺激产生反应，否则不会有智力和智慧。遗传变异和对刺激产生反应，这两条才是生命的关键。如果某个东西不需要遗传和变异，生来就有智慧，它不应该叫生命，应该叫神。

我们来试着分析一下病毒。当然，关于病毒是不是生命，科学家是有争议的，但这里是从另一个角度分析它。

在细胞里，它是生命。病毒可以在细胞里进行遗传和变异，甚至如果条件合适，它能进化出细胞膜，并脱离细胞，去自然界独立生存，并最终进化出智力。

但假如直接把病毒放到细胞以外的自然界中，它不是生命，因为这东西离开细胞就无法自我繁殖和变异。

如果整个地球就是个大细胞，病毒在上面永远不愁吃喝，这时的病毒也是生命。

其实，判断一个东西是不是生命，一定是和它所在星球的环境有关的。把一只蚂蚁放到遍地是油没有空气的星球，它并不能遗传和变异，甚至无法运动，无法呼吸，顷刻就死。或许它只能临死前做一秒钟的英雄蚂蚁，然后生命再和它无关，它只不过曾经是生命的一堆组合非常精妙的分子。蚂蚁只是相对于地球是生命。这么精妙的组合，大自然是无法形成的，难道不是生命吗？那可未必，万一这是外星人用分子级的3D打印机打印的蚂蚁呢？

正因为生命需要环境，所以判断一个生命，也需要把它放到不同环境里。在合适的环境里，生命才可以叫生命。现在在地球上，机器一般不被认为是生命。但有一天，人类制造的高级AI，能脱离人类自己繁衍的时候，机器也就成了生命。如果这种生命超脱了其母星环境，那么它在所有能生存和繁殖的环境里，都是生命。

所以不能单纯说某个东西是不是生命，而一定要问这个东西在这个环境里是不是生命。

什么是文明？狼群组织是不是文明？

文明是什么？这没有一个精确的定义。什么时候人类进入了文明社会，也难以定义，但能发射火箭的生物，肯定属于文明生物了。

那么，有一些东西，或是语言，或是文字，也许是书籍，抑或是铁器，或是社会分工组织方式，或是某个职业，或者进化出的某项功能，上述中的一样或者几样东西出现之前，某生物大概率数百万年都要活在石器时代；出现之后，生物离发射火箭就仅仅以千年或百年计了，也就是说，发展有了极大的加速。这时候，我们可以认为，这个或这几个东西的诞生，标志着文明诞生了。而在这之前，比如蟑螂，它有智力，但数亿年也没能进化出智慧，并没有进入文明社会。

所以狼群、蚁群等等，都不是文明群体。它们只是实现了$1+1>2$，但没有实现远大于2，发展并没有数量级上的提速。根据地球生物的发展规律，可预见的未来，它们产生不了语言文字，发射不了火箭。

由此，还可以看得到“后文明时代”，就是人们钩心斗角，如同原始社会。但由于前代人的文明成果，他们在物资和科技上暂时不会退回原始社会，表现出一种$1+1<2$的低效社会，而社会总体又非常“文明科幻”的鲜明对比。

按地球来讲，个体力量非常薄弱，作为文明产生标志的东西，必然是能大大提高人类整体能力的东西，所以文明就是1+1远大于2的社会组织方式，文明必然包含极其有效地组织个体的社会运行方式。这个运行方式，地球上叫“国家”。地球上另外两个文明的标志，一个是金属工具的出现，一个是文字的发明。

什么叫高级？

这好像是白痴问题。然而，人真的比细菌高级吗？高级不高级，是按照掌握科技的多少，还是按适应性的强弱划分呢？很显然是适应性。都是经历过大风大浪的生物，但细菌比人类活的时间更久，凭什么说人类高级？就因为人类能发展科技？掌握科技不也是为了提高适应性吗？人类的科技能发展到比细菌更能抵御天灾吗？其实这并不好回答。

所以只能人为定义一个“高级”，而本文认为，“高级”就是掌握的科技多。

什么是宇宙？

没有人知道什么是宇宙。科学家研究说，宇宙是通过大爆炸而来。宇宙为什么要通过大爆炸而诞生？我们无从知道，只知道这个理论很符合现在的观测事实。不要小看“符合”这个词。符合的意思，就是迄今为止，几乎所有的证据，都支持这个理论。

那么宇宙大爆炸之前有什么？爆炸点在哪里？爆炸点现在留下了什么？

爆炸后不久，形成了物质和反物质。物质比反物质略多，也就是说形成物质／反物质的过程并不对称。互相湮灭之后，物质就剩下来了，就有了我们目前宇宙的形成基础。也许宇称不守恒定律能解释为什么物质比反物质多。完美的事物是对称的，而我们和我们的宇宙来自不对称。

关于对称，我的理解就是，某些东西（物质或者规律或者任何其他东西），经过一个变化后，有些属性保持不变，就叫这个属性相对于这个变化对称。

有个看似简单而又极其先进的定理，叫作“诺特定理”。简单讲就是：某对称＝某守恒。比如，今天物体符合牛顿第二定律，明天也符合，这就叫牛顿第二定律相对于时间对称。事实上所有规律都相对于时间对称，这就是能量守恒定律。这俩的关系，好像八竿子都打不着，但这样想就有关系了：假如规律相对于时间不对称，我今天可以把石头举高高，然后等着，等哪天势能变大了，再释放石头，就可以得到免费能源了。

对应的，动量守恒是指空间平移规律不变，就是A地电荷异性相吸，B地也会是异性相吸，这就是规律相对于空间对称。这些都是可以严格数学证明的。

所以你知道能量守恒和动量守恒这俩定律，在一定范围内，是多么牢不可破了。

然后就是宇称。简单讲就是，我在镜子面前做个牛顿第二定律实验，镜子里的过程虽然反着，但也是可以做出来的，并且做出来也一定符合牛顿第二定律。这就是宇称守恒，也就是规律相对于空间镜像对称。之前所有人都像信任能量守恒和动量守恒一样信任它。直到1956年，杨振宁和李政道说，弱力作用下，宇称不守恒。第二年他俩就获得了诺贝尔奖，这获奖速度是极为罕见的，可见其震撼力之大。

对称真的很迷人。笔放纸上，这端一掀纸，笔滚了到那端；那端一掀纸，笔又滚了回来，这就是对称。在科学界，杨振宁是对对称有着最偏执情结的人之一。宇称不守恒也只是他众多科研成果之一，还不是最高成果。世间最大的不对称，是最“迷信”对称的人提出来的。

假如什么都对称，宇宙也许根本没有爆炸的可能。

爆炸后，宇宙急剧膨胀。我们之所以能以一百三十七亿年前的光线，观测四百六十五亿光年外的宇宙，就是膨胀的原因。举例讲，探马（光线）回报敌军（光源）正在十公里外溃逃，作为主将的你，得到信息的那一刻，肯定不会认为敌军还在十公里处等你。应当指出，四百六十五亿光年是理论值，人类还观测不了这么远。

聪明人已经看出来了，以一百三十七亿年时间行走四百六十五亿光年的距离，速度岂不是远超光速？的确是这样的。宇宙膨胀包含空间膨胀，在遥远的地方，对我们而言，确实是超光速的，不但超光速，而且正在继续加速。加速就得用能量，是谓暗能量，目前还没找到。

再来看光速和相对论。

为什么是光速？巧了，我们的宇宙中，速度是有上限的，光正好摸到了上限。除此之外，还有很多其他东西摸到了这个天花板，比如引力波。这个速度是任何物质的天花板。也就是说，一般相对论方程中，光速仅指299792458米／秒，和光没有关系，光不是标杆，光速只是光被某种本质规律控制约束的结果。为什么宇宙要有个速度上限？不知道。或许这个问题直指宇宙本质。

相对论中，光速不变是不是假设？是，也不是。它是实验验证的事实。一般书籍都说光速不变是假设，其实英文原版中，光速不变是“猜想”的含义多一些。

广义上讲，很多东西都可算假设，类似于几何中的“公设”。没有东西可以演绎出它们来，它们就是“源头”。就是说，逻辑上，它可以推导出别的东西，别的东西推导不出它。虽然事实证明光速不变，但事实不是逻辑。也许明天测光速就变了呢，所以，只能叫假设。

假设并不等于乱设，它是有事实根据的。你可以简单理解为“光速不变”是到目前为止无法反驳的事实，逻辑上类似于公理或公设。有人一看教科书上说光速不变是假设，就觉着有猫腻，觉着爱因斯坦神神道道的。其实，这是爱因斯坦从蛛丝马迹中揪出来了自然规律。早就有人觉着牛顿的理论不对劲了，爱因斯坦也只是站在巨人肩膀上的人。迄今为止，量子力学获得很多诺贝尔奖，相对论一个也没有。换句话说，相对论大约一百年没有大发展了。

应用上，光速旅行，现在做不到，以后估计也做不到，亚光速也很难很难，因为需要的能量太多了。目前相对论就是个对计算的修正作用，比如修正加速器粒子的周期，又比如修正GPS卫星高速运行对时间的影响，从而提高定位精度。各种天文观测，也需要修正。

倒是量子力学大大超过了相对论的应用。没有量子力学，就没有今天的“智能社会”。你现在刷的手机，里面芯片就应用到量子力学，没有量子力学，就没有半导体芯片的发明。除此之外，量子力学还应用在太阳能光伏发电，量子化学，分子生物学，量子计算机，量子通信，超导现象，固体物理，低温物理等领域。

可以超光速吗？可以，但分情况。大爆炸初期，是可以超光速的。既然光速受限于宇宙，而爆炸之前没有宇宙，那么爆炸之后各规律还未形成时，自然可以超光速。当然你也可以认为光速是缓慢降低的，比如十亿年后，光速会降为每秒二十九万公里。但我觉着没有必要深究，因为爱因斯坦已经研究并否定了这种想法。量子纠缠可超光速，但不能传递信息，《三体》中的“智子”有硬伤，但它是小说。

关于量子纠缠，世界上没人知道为什么。遥远的星球退行速度可以超光速（实际速度+空间膨胀速度，是一种“假”超光速，因为这种情况理论上我们能追上它）。

与之相同的问题就是，一只蚂蚁在一条一百米且能无限拉长的皮筋上爬，蚂蚁一秒爬一毫米，皮筋一秒拉长十米。

数学证明，蚂蚁还是能走到头的，不过所需时间够宇宙重启无数亿次了。可以认为，对蚂蚁来讲，橡皮筋那头，已经是另一个平行世界了，因为蚂蚁几乎永远到不了那头，那头也几乎永远影响不到蚂蚁。

此外还有一个情况，一直超光速的物质是可以超光速的。可能大爆炸初期的一些物质，现在还在以真正的超光速向外飞行。那里是真的和我们无关的世界。

这些都不违反相对论。

超光速之后，能使时间倒流吗？现有理论无法把物质加速到超过光速，这也是加速器已经证实的实际情况，也推不出时间可以倒流。

宇宙大爆炸之后有了时间和空间，那么爆炸之前有没有时间和空间？

这是个争论性话题。如果爆炸之前的时空对爆炸之后的时空没有任何影响，可以当作不存在。

也有人说宇宙是一遍遍炸的。如今的某地，也许正酝酿着下一个宇宙奇点。

关于时间的话题。有人说不存在时间，爆炸之前不存在，现在也不存在，时间就是人类虚构出来的东西。

我觉着时间是存在的，它是某种规律的外在体现。四种基本作用力，以及它们引发的世间各种运动，都是严格按照时间运行的。难道这还不够神奇吗？凭什么引力就必须和电磁力被同一个时间绑定？在相对论效应中，为什么强力要和弱力一起快进或慢放？

设想大爆炸之后有一批其他力，它们遵循它们的时间，流逝速度是现在我们时间的无数倍且完全不相关，在宇宙诞生的瞬间，那批物质就走完了自己的一生。或者另一批物质遵循无限慢的时间，它们正在爆炸奇点“暴涨”。这些物质和我们有着不同的时间，它们和我们的时间完全不相干，也许这一秒和我们的时间同步流逝，下一秒就跨越一亿个数量级。这样想，时间就是我们所能见到的物质的一种共同属性。我们不知道这个属性到底是什么，只看到了这个属性的一个侧面，并称之为“时间”。这个属性，使世界就像一部无数齿轮紧密结合的机器，有条不紊地运转。

时间能作为各种运动的尺度，也许暗示了各种力在本质上是同一种力（大一统理论），各种运动是同一种运动，各种物质是同一种物质（超弦理论）。宇宙大爆炸理论就说，爆炸初期经历了四个基本力大一统阶段，然后引力先被分离出来，接着分离出强相互作用力，然后是弱力、电磁力，于是四种力统治世间万物。

现在科学界正在统一四种力，目前统一了除引力外的其他三种力，当然情况不那么乐观，这种统一没有指出这三种力是同一种力，只是能用同一套模式解题，跟当年麦克斯韦完美统一电和磁有天壤之别。

另外初中课本中关于“力”的定义——力是物体之间的相互作用，很浅显也很深奥。万物只要能相互影响，那就是力的作用。化学反应，核衰变，聚变，裂变，正反物质湮灭，量子纠缠，无一不是力的作用。力也不是非吸引就排斥，力就是“作用”。四大力之外，也不排除还有第五个力。

相对论讲，运动越快，时间越慢，也许速度和时间在某个高维度上的矢量和是守恒的，速度快了，时间就慢了，时间和速度紧密地联系起来。而速度是物质在空间中的运动产生的，这样时间和空间又有了某种最本质、最底层的紧密联系。而物质和能量又有着莫大的关系，$E=mc^2$揭示了这种联系。

在“真空”的宇宙中，根据海森堡不确定性原理，会在瞬间凭空产生一对正反虚粒子，然后瞬间消失，所以符合能量守恒。在黑洞视界之外也不例外。斯蒂芬·霍金在《时间简史》中推想，如果在黑洞外产生的虚粒子对，其中一个被吸引进去，而另一个逃逸，那个逃逸的粒子就获得了能量，也不需要跟其相反的粒子湮灭，可以逃逸到无限远。在外界看，就像黑洞发射粒子一样。这种辐射被命名为“霍金辐射”。由于是向外带去能量，所以它是吸收了一部分黑洞的能量，黑洞的质量也会渐渐变小、消失。关于霍金辐射，科学界还在研究中，并无定论。

时间，空间，物质，能量，力，就这样完全纠缠在了一起。类似的想法还有：

爆炸之前如果有空间，它兼容我们现在的物质吗？

如果宇宙停止了任何运动，一秒之后和十亿年之后一模一样，这还算不算有时间？

如果宇宙空间被压缩成一个黑洞，里面的东西都被压缩成一个点，里面各向同性（其物理、化学等方面的性质不因方向的不同而有所变化），外面啥也没有，还有没有时间？

探讨文明问题，要以地球为蓝本，这是有一定理由的。

宇宙文明问题，不可避免涉及哲学问题，主要是不可知论的问题。

不可知论说，客观世界本质是不可被认知的。如果认同这个观点，那就没有必要研究这个问题了。之所以科学能打败迷信／神创，不是因为科学多高级，而是因为要是迷信所说的是真实存在的，科学就会把它拿来作为自己的一部分。

基于此，以下逻辑是不恰当的：

建立在未知的基础上讨论未知。可认知，也就是根据目前人类的认知，可以推测出一个最合理的结果，而不是完全天马行空的，甚至相反的结果。诸如我们是缸中之脑、巨人身上的细菌、外星人的实验材料、某个大宇宙中的一个电子中的世界的生物、神的梦中生物、我自己想象的世界随我而生随我而亡、高等生物小说中的人物、高维生物网络游戏中的NPC、沙子中的世界的生物等等，这些可完美自洽而无法证伪的理论，是没有必要讨论的。因为它无法指导我们的未来。

讨论无限时间。一些论调说，世界本可知，而人类短时间内不可知，所以我们讨论地外文明是自大的。作为人类，哪怕时间是无限的，也可以讨论有限的时间。并不能因为未知的东西很多，导致现在无法思考。“有效”时间之外，和我们无关。宇宙大爆炸之前，即使有时间，只要它对我们绝对造不成任何影响，那么有没有它都一样。有资料说，在很多年后将会进行下一个宇宙大爆炸。这个“很多”是“1”后面跟一亿亿亿亿亿亿亿个零。如此反复。直到很多很多年后炸出一个新的宇宙，这个宇宙和现在的宇宙完全相同，相同的你在看着相同的《读库》上的这篇相同的文章。这个“很多很多”，数字太大了，如果用前面的表示方法，把全球的书写上“亿”字也写不完。然而这个数字也是有限的。

讨论无限距离。这是科学问题也是哲学问题。在宇宙尺度上，某种程度上哲学和科学两者近似等价。某个地方足够遥远，或其远离我们的速度等于大于光速，即使真的存在，但基于任何信息传播都无法超越光速的认识，你无论怎么做，都不可能去到那里。不光人去不了，任何信息、任何影响都不能传达过去，是永远的“不能”。同样，那里的东西永远也影响不了我们。这时候就可以说，根本没有那个地方。

涉及宇宙，现实和哲学就有了很大联系。其中有一个平行宇宙论认为：宇宙在膨胀，越远越快。有一个距离，对双方来讲是光速（怎么加速到光速的，我们不管，也许是空间在膨胀），那么我们永远去不到那里。那里的任何东西，哪怕引力波也来不到我们这里。就算那边爆发了炸掉十亿星系的战争，我们都丝毫且永远不受影响。虽然它们和我们同在一个宇宙，但事实上是另一个宇宙。那么，那边有没有文明，和我们有什么关系吗？有和没有那个地方，严格意义上绝对的没有任何差别。完全可以说，根本就没有那个地方。

真的存在有时和凭空想象出来的没有任何区别，宇宙的尽头是哲学。哲学的尽头是科学。牛顿的巨著叫《自然哲学的数学原理》，他把他的科学看成自然哲学。古时科学和哲学是不分家的，随着科学的发展，科学从哲学中分化出来。如果宇宙中的所有规则都被研究透彻，科学和哲学将会再次合并。

作者认为的合理讨论范围：无论是哲学上还是科学上，可观测宇宙就是最大范围。这个范围之外真的不是我们的宇宙，和我们一点关系也没有。因为如果有关系，那就可观测。

起码现在来讲，在可观测范围内，宇宙的组成成分一致，均为百分之九十七质量以上的氢氦，和其他少量元素组成，只有九十多种元素（去掉超短寿命的人造元素）。

宇宙规律具有普适性。A星系的规律，B星系仍然适用；今天的规律，明天一样适用；即使现在的理论不完美，以后也不会被推翻，理论具有向前兼容性。相对论兼容经典力学，而之后的理论也会兼容相对论。光速不变在目前是事实而不是理论。

目前处于不可知边缘的物质，是暗物质。它其实是可知的。一般认为暗物质一定没有电磁力，一定有引力。除了因引力造成的空间扭曲，对光没有任何影响，不可直接观测。此外大概率没有强力，因为有强力会形成不难观测的天体，但可以有弱力。这样的物质，它们之间无法通过碰撞减速（耗散），即无法凝聚，无法形成实体星球。由于引力的存在，它们也不会乱跑，会形成类似星云的暗物质晕（引力不集中，所以通过引力对光的弯曲来探测它也很难）。

这样的物质中产生生命，概率几乎为零。

至于没有引力只有电磁力或者弱力强力的物质，它们早就扩散到宇宙各处，更不可能有生命。

完全不具有四种基本力的物质，也完全不可能对我们产生任何影响。就算这种物质真的存在，哲学上和科学上都可以认为它们真不存在。你可以认为它们在另一个平行宇宙里。

对暗能量的讨论类似。对于其他科学中未发现和未提出的物质，则不予讨论。

研究方法上，伽利略开创的实验+推理的方法，我觉着就是终极方法了。毕竟我们研究的是现实，现实里的所有东西，都可以看作实验。当然有一些方法是先基于非常少的事实推理，再验证，比如相对论、弦论、标准模型等，导致了理论先于实物发现的情况，但实际仍然是实验+推理。把现在看作后人眼中的中世纪，觉着任何东西都可以无限发展，是不准确的。再举个例子，十八岁长到一米八，四十九岁是不是就能长到四米九？世界上封顶的东西比比皆是，可以说全部东西都封顶。

不封顶的东西，只有数字和人类的想象。

可能

再来看“人类文明是不是宇宙中最高级的文明”，这个问题太大了，我们可以拆开来逐一分析。如果人类文明“是”宇宙间最高等的文明，那就有以下几种可能：没有地外生命，有地外生命但没形成地外文明，有地外文明但没有我们高，有地外文明但大家一样高。

如果人类文明“不是”宇宙间最高等的文明，则可以有以下几种可能：地外文明虽然比地球高，但所有文明都注定没有能力走出原来的星系，困死在原地；各文明可以走出自己的星系，但相互间不敢交流，互相隐藏和毁灭，或者虽然能出来，但密度太低，彼此找不到；地外文明和我们完全不同，无法被看见听见，无法触碰，不是理解不了，而是即使他站在你面前，你都无法用任何手段让他感受到你的存在；宇宙非常和谐，高级文明比比皆是，宇宙大家庭在等着地球小朋友的成长和加入，只是人类文明还不知道。

然后我们来尝试展开分析。我的分析基于现有的科学理论，基于各规律和理论在宇宙通用，没有神话里传说的世界；总体论调是用已知推测未知，而不是用未知推测未知。

先来分析有地外生命的可能性。

生命的诞生，容易不容易？应该讲，不很难。当然这个“不难”只是建立在数量大的基础上。只要形成跟地球差不多的环境，生命早晚会出现。

为什么必须是和地球差不多的环境？

其实不是必须的。但以已知推未知，尚可称作伪装成讨论地外文明的科普；而以未知推未知，那么非常好下结论：可以是，也可以不是。讨论就不用进行下去了。

把地球作为样本，单纯是因为宇宙间的物质和规律是一样的。宇宙是很大，然而几百亿光年内，我们还是只发现了极其有限的百多种元素，不算人造的，就只有九十多种。那么基本上，生命的组成成分要在这九十来种元素里面选。

我们经常说碳基生命，那么其他基生命，比如氧硅铝铁钙钠钾镁氢基，存在吗？这就要好好审视碳这东西。在所有的九十四种天然元素里，碳最容易形成长链大分子。长链干什么用？它就像一根毛线，能编织上氢、氧、硫、氮、氯、磷等元素。我们体内的DNA、蛋白质、淀粉、脂肪、酶，甚至多巴胺和内啡肽，其关键元素都是碳，这是其他元素难以匹敌的优势。饶是如此，凑够碳基生命的一套零件也算是奇迹，因为怎么看怎么神奇。

除了物质一样，规律也一样。宇宙遥远的那边，也遵循着各种物理定律，和这边差不多。整个宇宙，目前看来，就是无限的重复。所以碳基生命是这个宇宙最可能的生命。放弃最大可能讨论别的，总有挂一漏万的感觉。当然我们不是找“人形”的东西，没必要要求外星人长得和人类一样，而是找碳基的东西。

如果你就是不想找碳基生物，那么只需在心中把本文中相关“碳”的概念换成你想要的词即可，比如把“碳”换成“硅”，把“人”换成“妖”。因为任何生命，其适应性都不是万能的，其产生条件也都是苛刻的。分析起来过程不一样，但结果是一样的，除非你认为大多数环境都能形成生命。但显而易见的是，太阳系那么多环境，只有一种环境有生命。就比如地球用水组成的海洋，如果有人就是觉着汽油海洋也能形成生命，可以吗？也不是不行。只是说，水这东西在宇宙中比油常见得多，所以拿水举例好一些。如果更进一步，不想要液体，让固体直接形成生命行吗？也不是不行。水是有机物的制造工、搬运工、组装工，固体大概只能靠风和地质运动。固体产生生命，时间上可能是液体的数亿倍，比如要自发生成PN结并组成有用的结构（不懂PN结的，可理解为组成电脑CPU的基本结构），宇宙诞生以来的所有时间可能都不够用。就算产生了，进化也慢。

但总有一定概率不是吗？这种生命，一旦进入文明阶段，宇宙航行之类的就难不住他了，毕竟又不需要呼吸，大概还能无代价休眠。这种生命有一个更好的启动方式，就是：咱们。咱们先造机器，再赋予强AI，等到机器能制造机器，就没咱啥事了，哪边凉快哪边待着。

再发散到其他的种类，比如意识流生命，星云生命，黑洞生命，中子星生命，真空生命，暗物质生命……那就有点儿玄学。但也不能说就一定没有这些生物。甚至说超脱一切时间、空间，在哪里都能活的“神级生物”，存在吗？只能说，不在本文的讨论范围之内。

那么，这种认知会不会耽误人类发现外星人？我想是多虑啦。科学家比任何人都更期盼能发现“例外”，哪怕有任何蛛丝马迹都不会放过。蛛丝马迹这个词还是太大了，哪怕发现一个原子、一个电子行为反常，科学界都会炸锅。不是人们不想找科学规律之外的“例外”，而是时刻都想，时刻都在找。谁找到了，不想扬名立万都不被允许。科学史中，上两个炸锅的，是相对论和量子力学，一直炸到现在，仍是非专业人员里最时髦的知识。

还有最关键的是，研究其他形式的生命，大部分人的水平和顶级科学家差不多——都不会。也没有正经科学家专门研究这个问题，一定想要百分百正确答案的话，到这里就可以结束，不用往下看了。

因为，你无法证明不存在的东西不存在。

科学的一个要求就是：必须能被检测、能被现实证伪。如果这东西是假的，一定有手段证明它是假的。举个例子，我醒着，这个世界就存在；我睡着，这个世界就暂时消失。这个理论是科学吗？很显然，一般人认为不是。但是，你能证明这个理论是错的吗？不能。没有办法能证明。如果你告诉我，我睡着时，世界也在。我就说，我醒来你才重启，你的记忆是我醒来的那一瞬间才有的。这理论就是这么坚不可摧、颠扑不破。

学者卡尔·萨根曾经举过一个例子。有人的车库里藏着一条喷火龙，它是隐形的，飘浮在空中，吐着没有热度的火焰，且无法用任何方法探测到，当然也无法对世界产生任何影响。那么有这条龙，和没有这条龙，有什么区别呢？逻辑上不给你证伪机会的理论，是无法和现实产生真正互动的，所以这些荒谬的理论，虽然逻辑自洽，但没什么用。

产生生命，需要三个条件：合适的恒星，合适的行星，创世的几率。

一、合适的恒星

首先，恒星要在比较荒凉的地带，这主要是为防止超新星爆发。超新星爆发时的能量，可是以一敌全星系的存在。一般超新星爆发后，会把周围的恒星炸得面目全非，到时恐怕连细菌都剩不下。这个安全距离大概是二十五光年。根据银河系以及河外星系的观测估算，目前银河系每五十年爆一颗超新星。如果离得太近，一次爆发就能使周围行星的液体气体完全消失，永远失去产生生命的机会。比如银河系最大的星团，半人马座ω星团，其半径八十光年左右，有约一千万颗恒星，二十五光年的范围内有五十多万颗恒星，大概每两千万年炸一颗。两千万年时间很短，生命来不及诞生就被蒸发了。

单这一条就排除掉了绝大多数恒星：银河系靠近中心的位置，以及各大星团（指恒星数目超过十颗以上且相互之间存在引力作用的星群），甚至星协（比星团联系弱一些的组织），基本上就忽略产生文明的可能吧。就这一点来说，我们的太阳得天独厚，因为它处于银河系的荒凉地带。

其次，恒星不能太大或太小。大了就太热，且很快会烧完变超新星，时间上不够生命演化；太小了就不热，行星被冻成冰块。目前观察，银河系大部分是红矮星，占百分之七十五左右。我们的太阳属黄矮星，也是恒星中出类拔萃的。

不能说红矮星、巨星、超巨星一定不能产生生命，但有点难度。红矮星就是最弱的恒星，所以其行星必须离它很近才能得到足够热量，于是会出现以下危险：一是离红矮星比较近，容易被潮汐锁定，这样行星一面永远是白天一面永远是黑天，不利于生存；二是虽然红矮星看起来弱，但年轻的红矮星非常狂暴，一天几次耀斑，辐射瞬间增加几百至几万倍，它的行星必须挺过这段时间，然后才可能出现生命；三是离得太近，行星大气容易被吹光。

红矮星寿命可达几万亿年，如果能挺过早期，生活在那里还是不错的。太阳寿命才一百亿年。

再次，不能是双星和多星系统。科幻小说《三体》中讲三星系统环境恶劣，实际上还是低估了这种恶劣。首先，多星系统中形成行星的可能性比较小，因为多颗星搅和，外围不容易凝聚成行星，就算形成，环境也很难适宜。比如我们的太阳，爆发大的日珥耀斑就足以对地球造成巨大影响，有理论说地球的多次冰期也和太阳活动强弱有关。想象太阳系是双星系统，“唰”一下一颗太阳转过来，地球离太阳立马像金星离太阳那么近，烤煳；“嗖”一声一颗转过去，地球又像火星那么远，冻死，循环折腾。

地球和月球尚且弄得潮涨潮落，何况两颗恒星。两颗恒星自己也会互相影响，有恒星的潮涨潮落，日珥黑子耀斑也比太阳多得多，以及我们没见过的其他现象，都有着更加巨大的毁灭性力量，甚至一下吃掉或甩掉行星。

那么，双星多星系统，在宇宙中多吗？很不幸，比我们想象的多，约占三分之一。当然，一个条件仅仅排除三分之一，恐怕是所有条件里排除最少的了。

其他条件先不考虑了，这样算下来，银河系一千亿至四千亿颗恒星，适合产生生命的可能有百分之几（有文献说几亿到上百亿）；适合产生文明的，也就是三十八亿年间周围没有超新星爆发的恒星，估计有千分之一或者万分之一。

二、合适的行星

挑行星，可比挑恒星难多了。不是每颗恒星都能有行星，比如双星三星系统，行星极大可能被吃掉或甩出去。排除掉这些，假设剩下的恒星都有七八颗行星。那么——

首先，距离要合适。

距离这个条件其实是比较好满足的，几大行星一字排开，总有一个距离差不多的，但也不能差太多，也许差个百分之几或十几的距离，温度就不合适了。金星和火星相邻，一个热死，一个冻死。自古地球也经历了很多冰期，可能就是太阳功率抖动了那么一下。当然，大气中要是温室气体多一些，那就可以离恒星远一些。反之亦然。

也不能离得太远。离得近了，有一个重要意义，让太阳风来给吹吹氢，否则百分之九十七的氢诞生不了生命。所有行星形成之初，都是氢气居多。因为行星和恒星一样，都是同一片星云形成的，所以成分也是百分之九十七的氢。但也不能全都吹光，吹光了，没有氢，也不会有水了。后期地磁得顶上来，地磁一定程度上能阻碍太阳风吹掉氢。金星条件就没地球好，被吹光了氢，大气全是二氧化碳（金星表面为九十个地球大气压）。

这一条，排除大部分行星，仍然是没有问题的。

其次，大小要合适。

太大了，就会像木星一样全是气体氢。大行星的主要成分是氢，因为吸引力太强，氢被吸得牢，吹不动。当然也有例外，就是这颗大行星离恒星近，生成的时候有大量氢，但恒星辐射把其气体吹干了，当然这种几率较小。大行星一般都在外侧轨道，就算在内侧，但由于辐射太大，不会有任何大气，仍然不适合产生生命。

行星太大，对文明也是有很大影响的。其实行星用不着很大，生命就被锁死在行星上了。电动车无限堆电池能否跑无限远？答案是不能。因为电池自身有重量。目前电动汽车的续航能力，在电池革命之前，是不会有革命性进步的。加入一头牛能连续拉车十公里；两头牛一起拉，可能也就十五公里；三头牛一块儿拉，可能也就十八公里。换成火箭，也不是能无限堆速度的。化学燃料火箭，实际能达到的速度是有极限的（取决于燃料性能以及占总质量的比例）。星球越大，上天越难。

这个难度的增长，是超乎普通人的想象的。假如一个和地球密度一样的星球，其直径是地球十倍，那么发射载人火箭就需要用到那颗星球上的所有化学燃料。考虑到其他方面的影响，星球不用这么大，就已经堵死载人航天的梦了。

运送五十吨载荷逃离地球引力，考虑人类现在的技术，需要三千吨以上的火箭。假如从木星同样送出五十吨载荷，根据齐奥尔科夫斯基公式，至少需要一亿六千吨燃料，火箭要大二十万倍左右。最致命的是，木星上没有工厂，这一亿六千吨物质要从地球上带过去。强行登陆木星的话，就不要打算返回了。把带来的东西吃完喝完用完，孤独等死吧。

假如人类一开始就出生在比较大的行星上，航天真就是个梦。

所以人类目前技术相当有限。核动力火箭逃离木星行不行？如果能造出来，行。但是，它对材料的要求很高。九十多种元素造成的材料，无论怎么排列组合，其基础也没变，想让它的强度或者熔点跨个数量级，是很难想象的。造个航空发动机，各种材料已经在崩溃边缘使用了，尤其是战斗机。说白了比的就是谁能成功地让材料在崩溃前运转更长时间。核聚变成功且小型化，有生之年看不到成功的迹象。

还有一点，固体行星大了，引力加速度一般也大，生物则必然长得小。比如说，为什么地球上没有巨大的生物？恐龙算巨大吗？不算。现在活着的蓝鲸可是比当年的恐龙大多了，但它上不了岸，有腿也不行。

因为生物的体重是按三次方增长的。而脚的面积是按二次方增长的。中学物理的压强公式$p=\rho gh$中，一个底部一样粗的物体，压强只和高度有关，而与接触面积无关，所以不是说腿粗就能抵消身高带来的压强的，肚子以下全是腿也不行。蓝鲸若是肚子当腿，如果搁浅，一样自己把自己压死。

星球太大，生物个头就小，这样恐怕进化不了。很难想象一群蚂蚁大小的人可以制造工具进入石器时代。石头小，威力小。石头的破坏力也有三次方二次方的关系，所以蚂蚁能举起几倍体重的东西并不神奇。它们拿沙粒能开启战争？身体小了脑容量不够，可能根本就发展不到造火箭的程度。

行星也不能太小。太小了，吸不住大气，而且冷却得快。任何星球形成时都是收缩放热的，形成时内核是热的。放射性物质也能加热内核。大物体散热非常非常慢，比如火山喷发形成的岩石，散热要几十、几百甚至上万年。行星太小，很快就因散热过快，变成没有地质活动的死星。这时候无法造山，然而风雨能量来源于太阳，是不停的，原有的山峰和陆地就会被风化殆尽，导致星球上全是海。而指望海底出现文明，几率何其小，因为水中不适合做各种实验，也不适合建立工厂。

行星小，其规模就小。比如半径是地球零点七倍的星球，面积就只有地球的零点五倍，重力只有地球的三分之一，导致生物个体较大。个体大，空间又小，于是生物数量规模不足，也许只有地球的六分之一。

仅规模影响，地球用四十六亿年进化出文明，这个小型行星就得用二百多亿年（46亿×6）。二百亿年意味着，事实上产生不了生命，因为宇宙诞生才一百三十八亿年。

所以，行星大小是否合适，对能否产生生命影响很大，对文明的产生影响更大。

第三，大气要合适。

甲烷氨气二氧化碳硫酸类的大气能否产生文明？不排除，但几率不大。

比如木星上的“大红斑”，其实是在木星大气云层的一场刮了三百五十年的风暴，风速达到五十级。曾经它比现在还大好几倍，现在已经快要消失了，但仍然能轻松装下几个地球（长约两万五千公里，上下跨度一万两千公里）。

第四，要有大量的水。

必须是大量的水，或其他液体，比如海洋。为什么？海洋里的有机物流动快，是个装配平台。指望陆地直接诞生生命？比如硅基生命不需要水，当然可以，但得给够时间，不多，也就几万亿年。水以外的液体行不行？比较负责地说，几率很小。牵扯太多变化，就这区区九十多种元素，能凑齐一套碳基生命所需的所有组件，已经很难了。并且宇宙中也没有多少其他种类的液体海洋，就是氨气海、二氧化碳海、甲烷海等这种简单分子海。

原始海洋要有足够的有机物，是一锅浓汤，这样有机分子才能有机会相遇。不然离得那么远，不会有谁强行把它们凑一块儿的。当然这个浓汤和我们喝的浓汤相比，就极其稀薄了，所以还得有某种富集作用，使局部浓度大增。

这种富集，可能就是通过蒸发来浓缩。比如一个碗大的水坑，假设有五百克水，快干涸的时候，可能剩一克水不到，如此浓缩五百倍很简单，五万倍也很轻松。原始的海洋，盐分比较低，海边的水坑即使经过浓缩，盐分也不太高，有利于形成生命。内陆的降雨产生的淡水水坑，加上风和水流带来的半成品物质，也有形成生命的可能。

单个水坑，就像一碗水，难以形成生命，但当时地球上可能存在了数千亿、数万亿个碗，而这些碗又经历了数亿年，只要有一碗成了，生命就成了。更何况有些碗虽然不成，但说不定制造了半成品。所以，生命的诞生，也是规模的力量，是多个个体的力量。

还有一个可能是海底火山。海底火山形成的黑烟囱周围，就能自发形成有机物，是天然的富集区。并且一个黑烟囱不行，还是要有规模的要求。

所以说要大量水（或其他液体）。一个星球有了液体，才可能开多线程。

等产生了生命，其后生命的进化也是需要规模的。

我们身上的这些基因，是当年从细菌开始，数以亿亿亿计的个体努力进化出来留给我们的。当然大部分没有变出什么新基因，或者变出来但没有传下来，或者传下来但中途又被丢弃了，因为细菌时代毕竟是无性繁殖，就算有优良基因，也无法交换分享，亿代单传，注定低级。而有性繁殖的出现，极大极大地加快了优良基因的富集速度。

没有大规模数量的生物做基础，生物进化就会很慢，人类的诞生时间不知要被延后几百亿年。生命之所以能进化得那么精妙，规模（试错）就是全部原因。

我们计算这么一道题。从哺乳动物出现的二点五亿年前算起，每二十年一代，算一千万代。每个哺乳动物都有父母两个，祖父母四个，那么一个人有2^{1000}，也就是10^{300}个祖先。这个数字比天文数字还天文数字，要是展开印成书，整个可见宇宙也放不下。

显然实际上不会有这么多祖先，但这说明，人类的祖先数量是非常庞大的，有很多个祖先为我们积攒基因，所以我们才能这么聪明。每一个出生的人，都是天选之子。

人是经过多少亿年的时间、多少亿的祖先努力，才形成的一个精妙整体。靠少数科学家用几百年时间完全探索明白，是不可能的。目前人类连人体皮肤破个口是怎么愈合的，都只能明白其大概。这不是比喻，而是真实的情况。其实，生物是个裱糊匠，有事没事就胡乱改一改糊弄糊弄，能运行，就继续，不能运行，就淘汰，所以生命中充满了“搞不懂”和“这样竟然也行”。

物质都是重复利用的。一个人有 10^{27} 个原子，地球有 10^{50} 个原子，意味着现在每个人体内至少有一万个原子是当年组成秦始皇的原子——粗糙计算，就是假设秦始皇的原子均匀分布在地球上。考虑到其基本都在地球表层的生物圈以及秦始皇一辈子的原子更替数量，这个数会大很多很多。同样，牛顿、爱因斯坦，以及两亿年前的任何一只恐龙等，一起组成了你。当然时间距离现在越近的，原子分布越不均匀。

第五，要有地磁。

没有地磁，恒星辐射会剥离行星的大气和水分，大量恒星辐射也会伤害生物。

第六，外边最好有大行星的保护。

1994年，彗星撞木星，其中碎片G的威力最大。它于7月18日7时32分撞向木星，威力达六万亿吨TNT炸药（其当量相当于全球核武器储备总和的七百五十倍）。只这一块碎片，人类就要毁灭了，文明倒退个几亿年是没问题的。而除此之外，还有无数其他碎片，大概够把地球耕几遍的。

小行星带位于木星轨道内侧，地球位于小行星带的内侧。小行星到地球去似乎不需要经过木星，那么木星能否保护地球不受小行星的撞击？答案是，能。因为想撞地球，轨道得先变为椭圆。一变椭圆，木星大哥就出来收拾它了。

木星再厉害，好像也不过能守护住一个轨道面而已。其实星际空间比地球实验室里造的真空还要空，绝大部分危险来自太阳系自己的“组件”，比如彗星，它们都有着相似的轨道面。而从其他刁钻角度打击地球的情况是非常小的，所以木星对地球的保护作用是非常大的。

将来人们实现亚光速航行的时候，就需要避开太阳系轨道面，否则每一个尘埃都是核弹，每一个原子都是高能辐射。飞出银河系的时候，也要垂直于银河系的盘面。而且，将来的宇宙飞船，得尽量是长条形状，像一杆标枪，甚至一根线，为的就是减少星际尘埃的打击。

据说月球就是这么撞出来的——月球形成说之一，是最有竞争力的假说。

第七，要有颗月亮。

不然没有潮涨潮落，生物上岸不知又要耽误几亿年，而时间越长，被意外毁灭的机会就越大。月亮的形成很容易吗？看看没有卫星的水星、金星，第三位的地球还真不一定能形成卫星。目前最有竞争力的说法是，地球形成之初并没有月亮，后来恰巧被命运安排了一下，一颗火星大小的行星跟地球相撞，这才撞出了月亮。支持这个假说的力证，就是地月成分很接近。

有了月亮，也不一定能留住，这和地球的自转速度也有关系。地球自转的能量是要通过潮汐力传递给月球的，比如现在月球轨道每年都往外移动三点八厘米，乘以数十亿年，可是一个很大的数字。地球转得再快点，可能月球早就被甩没影了（不会永远若即若离，甩到被太阳接管，就会突然迅速远离地球，再也不见了）。当然，如果地球转得太慢，月球就会掉到地球上，因为会被潮汐刹车。

生命很可能诞生于海洋，要不是环境所迫，谁会上岸去发展？几十亿年以来直到现在，因为月亮，每天有多少生物被迫搁浅到陆地上？它们每天都要挣扎着想办法活下来，促进了演化。可以说，月球贡献非常大。

有没有月球，应该仅仅是延后文明的产生，不影响生命的产生。

以上关于恒星和行星的条件几率，要用乘法，越乘越小。特别值得一提的是，以上条件不是孤立的，而是互相之间有联系。我们极其粗糙地估算一下，假如合适恒星占百分之一，合适行星万分之一，相乘得适宜恒星系数为一百万分之一的恒星系总数，也就是银河系大概有十几万到几十万颗能产生生命的星球。很多了吧？数据大小可以商量，因为没有正经科学家把精力放在这个上面，他们最多顺手估计一下。你说一百万也可以，一千万也有一定可能。毕竟是猜测。

三、创世几率

生命的诞生，还有一个算不出来的谜之几率，那就是温暖的有机物汤到底需要多少亿年能组成生命？组成第一个生命，是必然还是偶然，还是众多偶然中的必然？

必然，就是只要条件达到了，就一定能形成生命。就像骰子一定会落地一样。

偶然，就是就算条件具备了，还要看几率才能形成生命。就像三颗骰子同时扔出六来一样。

假如是偶然的，那可就麻烦了。打个比方，一堆积木，放到大桶里使劲晃，用多久才能正好晃出一个城堡？要知道一个围棋盘三百六十一个子的组合已经超过宇宙原子总数了，一个生命怎么也不止三百六十一个零件吧？

生命的创生和晃积木肯定有本质区别，但搞有机合成的同学明白，有机合成真的是玄学。有一次你合成的东西可能会得诺贝尔奖，然而，此后你却再也没能成功合成。

创生这一步是最难的，毕竟无中生有。也许我们运气极佳，几亿年就中得头奖，其他十四万颗兄弟星球恐怕还在摇号呢。但这么多亿年过去了，可能也有几百个其他幸运者。

就地球生命来讲，生命诞生过程大概是无机小分子→有机小分子→有机大分子→生物大分子→嘌呤嘧啶氨基酸→DNA蛋白质→组成生命。没有神的指导，从自己造零件到自己组装，基本靠蒙。

我们来计算一道题。假如一个班六十个人，只有一种座位排法是最有利于班级的，那么一共有多少种排法？要不要每个排法都试几天？对不起，这个数字是10^{81}，是宇宙间原子总数的十倍。老师试到宇宙再爆炸一百次（这里不是夸张的修辞手法），都找不到这个最优排法。作为对比，可观测宇宙间有多少星球？有人估算是万亿亿的级别，也就是10^{20}颗。那么可观测宇宙间的原子总数呢？据估算是10^{80}个。这个数字，都不如一个班座位的排法总数大。

也许和概率比起来，我们的宇宙真不算大。

除了大部分学者认可的化学起源说，还有地外来源说，即“地上生命，天外飞来”。宇宙太空中的“生命”可以随着陨石落在地球上，然后繁衍进化。陨石是火球，能携带生命吗？火球不能，但还有冰陨石呢。

但这个并不能解释天上最初的生命怎么来的，只能解释为什么地球那么快就有了生命。我们到处寻找地外生命，不妨把目标放在地球上。应该讲，现在海洋浓汤比地球早期要浓，环境更适宜。有个问题就是，自从三十八亿年前形成第一批生命以来，为什么没有其他批次？

不应该啊，应该不断产生才对啊。也许其他批次根本就像外星生物一样，是完全不同的另类生命。

可惜，没有。

也许有什么意外吧？比如现在不如以前汤浓；或者它们诞生了，但又消失了；又或者被现在的生物压制。无论这个意外是什么，也从侧面说明，生命诞生不那么容易。

不妨做个世代相传的实验：全密封玻璃内放入生命所需的一切元素，放在适宜环境下，不时模拟一下打雷下雨，等待生命的诞生。几率固然小，但是万一运气好呢？相信传个几百年之后，这玩意就成国宝了（仅限时间最久的那几个）。这个实验应该已经有人在做了。

总之，生命的诞生还是相对容易的，每个星系或多或少都应该存在一些生命，银河系的生命应该还是有一批的，但绝对达不到非常常见的地步。

还有一个条件能排除一些生命或者文明。就是某星球曾经或者未来有生命甚至文明，但随着他们的恒星寿终正寝，或者文明本身的灭亡及其他原因，他们或我们也随之消亡。我们就不必考虑了，对宇宙来讲有，对我们来讲，这和没有是一样的，和错峰上下班一个道理，跟我们不在一趟公交车上，永远见不到。

小结：银河系内，必定有地外生命。

难度

有生命没有文明的可能性

有了生命，并不一定会有文明。这涉及以下几种因素：

其一，时间紧迫。

经历万千磨难，生命终于诞生了。

有人说，只要有足够的时间，生命一定能进化成文明。我不反对，但问题出现在“足够”的时间上。我们并没有足够的、不被打断的时间。

人类用了三十八亿年产生文明，中间有数次大灾难，但都留一线生机，而且每次危机都能结束。但并不是所有的灾难都能结束，也不是所有能结束的灾难都能留下生命的种子。

其实再过十亿年，地球就不适宜生命了。太阳缓慢膨胀，不用等到它进入红巨星阶段，就导致地球热得不适合任何生物生存，这次灾难恐怕就是有开始没有结束了。

其二，智慧这种属性并不出众。

为什么生物非得需要这么长时间进化？一个星球不能只用一亿年就进化出文明吗？答案是不能。因为生命的进化，生存是第一方向，而不是智慧，而智慧，是形成文明的前提。

蟑螂活得可是比恐龙还久远，但它们三亿五千万年都没来得及去点智慧树。智慧不是目标，就意味着智慧出现的时间会很晚。出现时间很晚，意味着被灾难中断的可能性大大增加。牙齿、皮肤、眼睛、耳朵、肌肉甚至毛发的颜色降个对比度，几千上万个天赋里的任意一点，其优先度可能都不低于智慧。生命就是这么急功近利，且随意。甚至一大批生命（植物、细菌、病毒、真菌等）完全放弃了智慧天赋，也活得很好。

一部分人倾向于把进化论称为“演化论”，生命仅仅是被动适应。人类眼中的“退化”，其实从环境适应性来讲，它们却是在进化。生物学上，生命的演化没有高低贵贱之分。假如环境退回到远古时代，说不定现在的生命又演变成了远古时代的样子。

高级不高级，不看智慧，而是看适应性，智慧也只是加强适应性的手段之一。甚至可以这样讲，人并不比其他动物高级。很多动物繁衍了数亿年，而人类才几百万年。鲎、水母、海绵这些物种，可以去了解一下，海绵宝宝真的活了很多亿年了。而活了三十五亿年的蓝藻，它才是真正的地球王者。它们从出生就点满了适应性，之所以不“进化”，是因为它们不需要进化，出道即巅峰。

人类，选择了最艰难，也是最有前途的一条适应之道。

最近的报道说，生命的诞生时间被刷新，大约是四十亿年左右。而人类智慧才诞生了几百万年，这几百万年中，大部分时间又苟活在石器时代，结束时间不过在区区五千年前，晚的地方，两千年前才结束石器时代。也就是说，大部分时间，并不需要人类的这种智慧。而人类的初级智慧，也并没有给人类带来什么绝对优势。我们要感谢这几百万年间大自然的平静，否则人类早夭折了。生命的成功与否，也不是看智慧的高低，而是看生存的能力。

有个大家都不愿承认的事实，就是虽然人类站在生物链的顶端，但远不是最成功的生物。悲观地讲，人类的智慧，在巨型天灾面前，仍然比不过上面那些王者。

老虎处于食物链顶端，长得大，会的也多，还不是快灭绝了？它的适应性还不如老鼠。

其三，环境不允许。

在不太舒适又不太恶劣的环境，智慧才能发挥优势。太恶劣的环境，太舒适的环境，都不利于智慧的产生。

恶劣环境中，人类的适应性还不如细菌。在天灾面前，人类和其他活着的生物比，适应性并不突出，甚至很低劣。

假如现在爆发超级火山或者小行星撞地球，再来个长达一万年的黑夜（历史上看，制造区区一万年长夜简直不要太轻松），活着的恐怕还是细菌之类。

科技毕竟是身外之物，是可以剥夺的。大灾难减少人口规模，打破工业体系，进入恶性循环。维持现有体系需要多大？每个关键行业至少要留一个企业，就得至少一个完整的中型国家规模。科学技术，远未到“量变引发质变”的阶段。科技未突破到足以排山倒海之前，人类的命运一直都很脆弱。就目前来讲，人类的成功，难以判定是环境的恩赐还是智慧的力量。

我们再考虑这样一种情况，一颗星球有生命，却没有陆地，其实也产生不了文明。一直被冰封的星球，冰盖之下的深海也许有一批火山口生物（可能性不大，因为规模小），但永远也上不了岸。它们产生不了文明有个共同的原因：在水里怎么做化学实验？怎么做电学实验？而且它们连爪子都进化不出来。

就算一颗星球和地球环境一样，仍然可能终其球一生，也无法点亮天赋到产生文明，因为时间可能不够。随便一次大变故，耽误智慧十亿年，智慧物种永远也产生不了。说月亮的重要性，其意义也是加快生物上岸。以前月亮离得近，引力大好几倍，潮汐自然也大。我们要与时间赛跑，谁也不知道几十亿年里的哪一秒会迎来末日。

复杂环境是必须的。环境复杂，才能促进生命多样性。

比如古大陆只有一块，周边湿润，内陆沙漠；近海资源丰富，深海近似荒漠，在这种环境中，文明的出现也会延缓。恶劣的环境，舒适的环境，介于中间的环境，最好交替着来，适度的灾难也是必须的。适宜的环境产生大规模生物和多种基因，恶劣的环境筛选生物，过滤基因，这样才能促进生命发展。

尽管发展很难，但放在整个可观测宇宙这个大基数上，说别人运气都差，除了地球人没有一个外星生命发展到文明，总归有点自大，但要是放眼银河系，说我们最幸运，还真有可能。

小结：银河系的文明，可能并不如我们想的那样多，甚至，就我们一家文明，也是有可能的。毕竟几千亿颗恒星，也不算多。

有文明，但不如我们高级

几乎没有这种可能性。

主要是形成文明后，发展到地球文明同等水平所需要的时间极短。一旦进入文明，科技会突然加速（科技大爆炸），仅需五千年，他们就能追上我们。五千年好比一瞬间，放到宇宙尺度上，啥也不是。你嘲笑别人才刚发明文字，还没笑完，人家就开着星际战舰找上门来讨说法了。

这样看的话，人类现在还处在文明的婴儿时期，外星文明，要么你找不到，找到了也比地球强。比人类低级的文明，似乎不多。

就是说，我们是文明起点，属于刚入门的。

有文明，但大家一样高级

这个可能性很大。别管银河系还是整个宇宙，可能有个一剑封喉的因素：文明不能无限发展。换句话说，刚入门就已经是无法再发展的巅峰。星际战舰只存在于幻想之中。

我们被这二百年的技术爆炸蒙蔽了眼睛，认为只要给人类多点儿时间，就会有一代一代的科学家，一次一次无限推翻前人的理论，挖掘世界的本源。而实际上，我们可能已经掌握了世界上绝大多数规律。因为世界本源是简单的，宇宙规律又不是俄罗斯套娃，虫洞之类可能永远只存在于人的想象中。人类能解决的问题太少，不能解决的问题太多了。

违反科学规律的，做不到。比如人类造不出永动机。

不违反科学规律的，也不一定能做到。比如人类永远不可能知道孔子一生说了几句话，比如做不到明天就停止地球转动。拿这几十年来讲，其实只是电子技术层面的发展（电子技术层面的发展，还不是电子理论的发展），让我们感觉科学技术日新月异。其他科技与理论，和电子技术一比较，你就明白为什么了。

1969年就能成功登月，而过了五十年，现在登月还是那么艰难。这是受化学燃料性能以及材料性能的限制，不是控制系统（电子技术）牛了之后就能解决的。

那么电子技术能否带领我们继续前进呢？目前看，并不能。芯片上，已经接触到量子隧穿，摩尔定律失效了。通信上，已经逼近香农定理的极限。

也许每个艰难诞生的文明，都会迅速摸到这个天花板。大家都一样高。

地球文明，也是最高文明。

是的，地球文明目前尚在初级阶段，还有潜力，还能发展一段时间。这段时间到底是几千年还是几万年，就忽略了吧。

有人说宇宙文明多如牛毛，然而我们见不到他们。也许，不是因为他们不想出来，因为他们出不来，不但出不来，连信号也发不出。星际通信，想想也就罢了。

发信号？什么信号有一颗恒星功率大？就算把地球上所有的资源一块儿烧了，多少光年之外，看起来也就是一颗暗到几乎检测不出来的小星星，甚至望远镜还没发现我们，地球资源就烧光了。

而我们，可能是地球一生里，仅有的几百年能愉快地思考这个问题的一批人。然后发现，科技到头了。

宇宙规律并不配合我们。它们并不是为了给我们利用才诞生的。

如果一定要有结论的话，就是：根据概率、规模和时间估算，可观测的宇宙内，地球生命一定不是唯一的生命，也不会是唯一文明。但由于规律的限制，人类文明可能是最高级（严格说再过几千年才算）的文明。

银河系内，地球生命很可能不是唯一生命，但可能是唯一文明，当然也可能是最高文明。

其实这些结论基本和我们无关。唯一有关的，就是我们有生之年基本见不到外星人了——见不到也是无关。

必须声明，这只是一种可能。

再把范围放大到整个宇宙。人类是否为宇宙里最高级的文明呢？

要谈论这个话题，必须划定一个范围，因为宇宙可能太大了。它有多大呢？天文上有一个名词，就是之前我们说的“可观测宇宙”，一般说宇宙，都是指这个范围。这个范围是半径约为四百六十五亿光年的一个球，球心自然在“观测者”——也就是地球这里。但是如果把这个范围当成总宇宙的大小，未免太过自大。

那么，宇宙到底多大呢？可能是“无限大”。毕竟，如果宇宙是有限大小的，那宇宙之外的东西算不算宇宙呢？也可能是有限大，所以叫“有限无界”更加合适，因为宇宙的外面，可能正是宇宙的里面。对，它弯曲了，你看到的远处，可能是你自己所在的位置。从这个意义上来说，宇宙甚至小于我们所认为的“可观测宇宙”。

提出原子论的古希腊哲学家德谟克利特，在他那个年代已经提出了“无数世界”的概念。和牛顿同时代独立发现微积分的莱布尼茨，则提出了“可能宇宙”的观点。宇宙那么大，你能想到的东西，宇宙中都有；你想不到的东西，宇宙中也有。

可观测宇宙的九百三十亿光年直径是算出来的，我们在中心。如果技术允许，在可观测宇宙的最边缘，我们能看到的是一百三十七亿年前大爆炸时的景象。目前已观测的最远天体是现在距离三百三十七亿光年，看到的是它一百三十五亿年前（宇宙大爆炸两亿年后）的样子。

通过电磁波，理论上最远能看到现在距我们四百五十七亿光年远的物质。即大爆炸后三十八万年（这时光子第一次能自由传播）发出的宇宙微波背景辐射，当时这些物质离我们只有四千二百万光年。本来只要四千二百万年就能到达我们所在的空间，但因为空间本身也在膨胀，一米膨胀成若干米，这些辐射在飞过来的同时，后面旅程的距离也在增加（而且受暗能量的推动在加速增加），所以当它们到达我们这里时，这个相对距离已经从四千二百万光年膨胀成一百三十七亿光年了（它们本身的波长也膨胀成微波了）。

同理，如果技术允许，通过中微子能看到大爆炸后几秒钟，而通过引力波，则能看到目前处于可观测宇宙边缘四百六十五亿光年远的物质在大爆炸开始时发出的信息，这是理论极限，与技术无关。

而宇宙的真实大小是多大？是无限还是有限无界？宇宙之外有没有别的宇宙／高维宇宙／平行宇宙？……那就不知道了，有种说法认为，可观测宇宙可能只是真实宇宙的十分之一。当然，宇宙可能大于也可能小于可观测宇宙，甚至可能小于已观测宇宙，但目前很难证实或证伪，因为天体的光还可以从相反方向绕宇宙一周发射过来，让你误认为是更远的天体。

奇迹

相对于“外星人”，作为对比，我们研究一下地球人。

说起地球人，那可就话长了，要从一百三十七亿年前的宇宙大爆炸说起。这是目前最有说服力的学说，即便是科学发展，现在观测到的一些结论也不会错，如同相对论的出现，不能证明经典力学是错的。

爆炸后两亿年左右，银河系形成。

爆炸之后四亿年，也就是一百三十三亿年前，第一代恒星开始发光。那时候氢和氦占总元素百分之九十九以上（不算暗物质等还没发现的物质），几乎没有其他元素。这个时候是不可能产生生命的。

1933年，天文学家茨威基研究星系团时发现：星系相对于星系团中心的运动速度似乎太快了。银河系里也是一样，恒星运动太快了，但并没有被“甩”出去，所以一定有一些我们没有观测到的物质在制造引力，这就是所谓的暗物质。这个暗物质，是指既不发光也不吸收光、既不反射光又不折射光的物质，不是我们目前见到的任何状态的任何物质。目前还没任何办法确认它，但它可能时刻在穿过我们的身体。我们之于它们，就是玻璃之于光，我们是透明的。

五十亿年前，大量一代二代超新星爆炸，创造了少量的各种金属元素（天文学中除了氢氦都是金属），具有了生命形成所需的基本物质，太阳系开始形成。

星云大小虽然以光年计，但极其稀薄，稀薄到比一般的所谓真空还空，一立方厘米十个原子。可能难以想象这种稀薄，打个比方，假设有一片地球那么大的星云，它有多重呢？大概只有十六公斤。

太阳系形成之前，是一片星云。里面有大爆炸以来从未被利用的氢，也有其他恒星炸过来的金属物质和残留氢氦。星云里面各种原子不停运动，各方向都有。后来星云冷却收缩，占统治力量的运动决定了太阳系的旋转方向以及各大行星的轨道面。大量行星在无数的碰撞中分离、合并，最终形成目前的八大行星和其他小行星以及彗星。小行星带也许是大行星“奋斗失败”的例子，那里本来该有一颗大行星。

四十六亿年前，地球形成。这时候地球是熔融的状态，没有岩石，只有岩浆，可能有水汽，然后慢慢变凉。

四十四点二五亿年前，一颗火星一样大、叫忒伊亚（以希腊神话中月神之母命名）的行星撞上了地球。其实那时候撞击是家常便饭，灭绝恐龙的那种陨石根本排不上号。毕竟太阳系刚形成没多久，找不准自己位置的天体很多，我们只是把最大的那颗，叫忒伊亚。

这一撞，刚有点冷却的地球又化了。地球上的大量物质跟忒伊亚上的物质混合，其中一部分被抛到太空中。太空中的一部分永远飞走了，剩下的一部分成为地球的星环。星环聚拢，变成月球。

以上是月球形成假说。为什么说月球是撞出来的呢？其中一个证据就是它和地球的成分一样，就像同卵双胞胎一样。隔壁火星就不是这样，木星就更不一样了。

我们对天体之间动能和势能的想象力是匮乏的，不用忒伊亚那么大，不用撞击，只需要把月球慢慢放到地面上，一松手，月球和地球就都热化了。而八个月亮，才相当于一个忒伊亚。

又过了一亿年，地球表面终于凉了，形成了岩石。

又过了几亿年，大概于四十亿年前，诞生了生命。

生命出现了，却并非从此繁荣。生命诞生后的三十多亿年，都没怎么变化。

中间经历了数次大冰期，有时整个地球变成了一颗冰球，赤道上也不例外，大海结出数千米厚的冰层。

六亿年前，才出现多细胞植物，然后是多细胞动物。也就是说，生命诞生以来，将近六分之五的时间中，演化接近于静止。

多细胞一出现，生物似乎打开了封印。

五点四二亿年前，地球进入著名的寒武纪生命大爆发，区区数百万年内，各类无脊椎生物的祖先突然同时诞生了！具体原因不得而知，可能是前边该铺垫的，都铺垫好了吧。

四点五亿年前，也是在寒武纪，最简单的鱼类诞生。鱼类是两栖类爬行类哺乳类鸟类的共同祖先。

四点四亿年前，百分之八十五的物种突然灭绝，这是因为冰期又来了，全球变冷。这是第一次生物大灭绝。

灾难过去，万物复苏。

第二次大灭绝发生在三点六五亿年前，百分之七十五的生物灭绝。地球的岩浆喷涌，把大海煮沸了，生物应当是被小面积沸腾煮死，更大面积升温烫死、毒死。然后陆地也不能幸免，持续下酸雨，灰尘在天上遮住阳光，凛冬已至，是二百万年见不到阳光的凛冬。由极热到极冷，折腾了五百万年才结束，绝大部分物种永远消失了。而好处是，两栖类生物得到了发展。

喷涌十几万年的岩浆，下了数万年的酸雨，飘了数年的大雪，以及二百万年的漫漫长夜。是为超级地幔柱灭绝事件。

然后一亿年间，没有毁灭性灾难。

第三次大灭绝发生于距今二点五一亿年前的二叠纪末期，是五次物种大灭绝中最严重的一次，造成百分之九十八的海洋生物以及百分之九十六的陆地生物在五十万年内忽然消失，大量生物“蒸发”殆尽，整个海洋、陆地的生命迹象基本消失，我们熟知的三叶虫就是这时候灭绝的。

二点三亿年前，恐龙诞生。

二点二亿年前，哺乳动物诞生。体形较小。

一点九五亿年前，第四次大灭绝。那是三叠纪末期，估计有百分之七十六的物种，其中主要是海洋生物在这次灭绝中消失。这次灾难并没有特别明显的标志，只发现海平面下降之后又上升了，出现了大面积缺氧的海水，使生活在水中的生物因缺少氧气而死。

又是一亿年的好日子。

六千六百万年前，一颗直径仅十公里的小行星砸到地球上，几分钟就让地球变成了炼狱。这是第五次生物大灭绝，恐龙灭亡了。不要怪恐龙脆弱，在灾难发生后，它们又挣扎了一百万年，六千五百万年前才彻底灭亡。而且不止恐龙，百分之八十五的物种都灭绝了，只有小型动物活了下来。

不知是不是巧合，恐龙灭绝，灵长目动物就诞生了。六千万年前，生活在茂密丛林环境中的哺乳动物进化出灵长目动物。

又过了几千万年，直到约五百万年前，古猿变成古人类，之后陆续演化成能人、直立人、早期智人、晚期智人等阶段。

十一万年前，进入末次冰期。

大约十万年前，进化出晚期智人。

那时候的地球大陆至少生活着这么六种人（应该还有其他未被发现，有的说十五种），他们分别是智人、尼安德特人、海德堡人、丹尼索瓦人、佛罗勒斯人以及马鹿洞人。我们只是其中一员，并且我们把自己叫“智人”。

有研究说，区区七万年前，我们这支人类被恶劣环境折磨得还剩两千人。

现在你知道为什么人与人的差别比狗与狗的差别小了吗？人无非肤色不一样，但高矮胖瘦以及智商，全世界几乎一样，而狗大的如藏獒，小的如吉娃娃，智商也差别很大。因为我们的祖先打压消灭了其他人种，所以人类其实是相同得不能再相同的一个物种。我们的基因中，有一部分来自尼安德特人。原来认为，除了非洲以外的人，都有这个基因，都是百分之二左右，东亚人高一些。现在有研究报告，非洲人也有，而且是早期尼安德特人基因。看来是智人从非洲出发，在全世界追杀尼安德特人。东亚人，本身就是追得最远的那一批人，所以尼安德特人基因含量多。

远古的不同人种，是否有生殖隔离？既然是不同物种，应该有隔离。但是，隔离也是有程度的。马和驴能生下骡子，因为骡子没有后代，所以生物书上叫有生殖隔离。其实，还有一些，看后代性别，有的性别还能生；也有一些，后代能活也能生，就是不太正常，容易死。

龙眼和荔枝在分类学上分别属于龙眼属和荔枝属，别说同种了，连同属都不是。2022年报道，华南农业大学经过数年研究，把这两个杂交，培育了新品种“脆蜜”。

还有最离谱的，是我们身体内的线粒体。据说我们的老祖宗还是一个真核单细胞生物的时候，就发现了线粒体这个细菌能进行有氧呼吸，是个动力工厂，觉着不错，就把它关在了自己细胞里。当然祖宗很厚道，没有亏待它，还提供营养和安全保护，于是线粒体和真核生物世世代代共生了。

线粒体也有自己的DNA，有自己的基因。对人来讲，线粒体只能来自母亲，相对稳定，所以说，可以寻找现存人类的共同母亲，她生活在十万年到十五万年前。同样，由于Y染色体只能“男传男”，我们就也有一个Y染色体的共同父亲，也是距今几万年到十几万年前。概率上讲，我们现在活着的某个女人，一定是若干年后人类的共同母亲；某个男人，一定是若干年后人类的共同父亲。

还有，现在人类搞转基因，也增加了基因的交流方式。

以上都是跨物种基因交流的方式，然而交流归交流，人类喜欢与自己截然不同的生物，讨厌与自己相似的动物。我们把相似的其他晚期智人全灭绝了，只留下猴子、猩猩等其他灵长目动物。

四五万年前，智人的进化突然加速，我们学会了雕刻和绘画，甚至有了原始的宗教。

一万两千年前，坚持到最后的佛罗勒斯人也被灭绝了。同时灭亡的，还有猛犸象。

我们这支人类由两千人，最终开枝散叶，一统地球。

一万年前，进入间冰期，气候开始变温暖。此时人类智力已经进化得超强（也不知道为什么要进化到这么强），虽然变暖只有一万年，人类却抓住机会获得了前所未有的发展。

几千年前，气候继续变暖，冰雪融化加快，大禹治水，诺亚方舟，东西方都有洪水传说。

几百年前，科技发展加快。

几十年前，科技基本发展到目前状态。

几年前，似乎摸到了智能化门槛。

厚积薄发，相当励志。

当然，人类的智力缺陷还很多，比如人脑对图画、视频的编码分析和压缩以及有效信息的提取很强，可以说显卡性能不错，但硬盘存储这块还差不少，经常遗忘；运算这块更是拉胯，不借助纸笔，普通人基本很难进行两位数口算。

从宇宙大爆炸到人类现在，就是这个过程。

以上所述还极其笼统，其实灭绝不止五次，只是大灭绝就已经有五次。每一次灭绝对应一次复苏，历史上大陆、气候，甚至一年的天数、月球的距离、大气的成分，跟现在都有巨大差别。比如大陆，区区一点六五亿年前，所有大陆还只是一块，名字叫“盘古大陆”——这不是小说，是学术中的名字。而且古大陆“分久必合，合久必分”已经不止一次了。

看到这里，也许有人会感觉到悲哀和绝望：人类真是多苦多难。是否注定以后也是这样呢？

然而没有注定的事情，比如量子力学的“测不准原理”（海森堡不确定性原理）突破常规理解，其实和你的仪器无关。哪怕你有绝对误差为零的仪器，也依然测不准，因为它们本身就不准，和仪器无关。粒子的位置与动量不可同时被确定，一个微观粒子的某些物理量，不可能同时具有确定的数值，其中一个量越确定，另一个量的不确定程度就越大。类似的不确定性关系式也存在于能量和时间、角动量和角度等物理量之间。

总而言之，人类的出现已经是十分逆天和巧合。大自然造人类之前，也许并没有安排一个意义，也许安排了一个意义但没有告诉我们。我们不要刻意寻找。那是人类的任务，不是具体某个人的任务。

退一步讲，人类这么奇怪的东西存在于世，本身就是意义。

科技快速发展，只是最近二百年的事。把一亿年压缩成一年，二百年只相当于一分钟。宇宙是一个一百三十七岁的糟老头子，从我出生开始，他追杀了我三十八年。三十八年来，我从来没时间看看天空，我抱头菌窜，我抱头鱼窜，我抱头鼠窜，我抱头猴窜，我变成了人。后来我只抽空看了一分钟天空，便悟出了现今科技。还有比这有意义的事情吗？

人类能出现，已经是逆天改命，再创奇迹，亦未可知。

狮头·山羊身·龙尾

伏怡琳

正如京剧之于中国，歌舞伎之于日本，同样堪称国粹。

“歌舞伎”一词，对中国人来说或许略显陌生，说不定有人会问：难道和艺伎有什么关联？其实，歌舞伎是日本的一种传统戏剧，有四百余年历史，于2008年被联合国教科文组织列入《人类非物质文化遗产代表作名录》。其定义有广有狭，广义包括大歌舞伎、地方小剧院排演的小戏，以及农村农闲娱乐时上演的乡村歌舞伎；狭义特指大歌舞伎中正统的古典歌舞伎。本文主要围绕后者展开。

在日本，提起歌舞伎，有一个比喻广为人知，坪内逍遥曾将其比作狮头、山羊身、龙尾的“三头怪兽”。逍遥自身是一位小说家、评论家兼翻译家，在日本率先译介莎士比亚的全作品，为推动日本近代戏剧发展做出了贡献。他的这个比喻原指歌舞伎在发展过程中融会形成的三种戏剧样式，舞戏为狮头，科白戏（以动作和道白为主的戏剧）为山羊身，取材于人偶净琉璃（搭配三味线说唱的人偶戏）的“义太夫戏”则为龙尾。时至今日，这一比喻的含义或许可以再作延伸，同样适用于描述歌舞伎所呈现的种种看似对立又高度统一的特质：既高雅又藏“俗”，既严肃又带有娱乐性，既古典又与时俱进。

这一次，因为有幸接手日本当代作家吉田修一《国宝》一书的翻译，借着这个机缘深入歌舞伎的丛林虚虚实实探访一遭，粗浅梳理了歌舞伎的发展历史。

“男扮女”始于“女扮男”

如今，古典歌舞伎没有女演员，所有角色均由男性扮演，但在歌舞伎作为独立剧种尚未成形之初，一切却发端于一位“女扮男装”表演舞蹈的卖艺女子。

女子名叫阿国，关于她的身世来历说法众多，散见于《当代记》《时庆卿记》等史料。有说她乃出云（现岛根县）人氏，有说她自称出云大社的巫女（神女），有说她容姿美艳，也有说她并非美人。江户时代还流传过一本《出云阿国传》，称她是出云国锻造匠人中村三右卫门之女，为出云大社修缮集资而游历各地表演歌舞，扬名后得到织田信长与丰臣秀吉等人召见，荣宠加身，堪称戏说之大成。不过有一点在多份史料中皆有提及，就是阿国舞艺超群，尤其擅长娇俏可爱的“少女舞”。

阿国来到京都后，不再甘于卖萌装俏，而结合当时的世相自创了一种舞蹈。据《当代记》记载，庆长八年（1603年），阿国反串男人，演绎一个在妓女陪侍的情色茶屋挥金如土的豪客。那一年，德川家康被任命为征夷大将军，在江户（现东京）开设江户幕府，统领各地领主。日本结束战国之争，进入江户时代，民间娱乐逐渐兴起，阿国的表演既艳情又诙谐逗趣，一时间在市井街巷传为谈资。

当时，日本出现了一批崇尚奇装异服、行为豪放出格的年轻人，人称“倾奇（kabuki）者”。阿国人气日盛，便组了个舞蹈班子，全员反串。她一身侠义豪迈的男装，腰间挎刀，扮演风流客；一众男演员则扮作茶屋的老板娘和陪客女，被阿国倜傥的风姿“迷”得神魂颠倒。整个戏班子结合鼓笛歌舞，将声色杯盏的欢宴场面演了个淋漓尽致。《当代记》称阿国的舞蹈为“kabuki舞”，据推测，因为其表演内容紧扣时势，且这女扮男、男扮女的反串做法着实新颖，所以当时的人可能取“倾奇”的读音为阿国的舞蹈冠名。

阿国大获成功后，引得同行竞相模仿，出现了许多女艺人领衔的表演班子，民间的杂耍团队也纷纷给自己的表演冠以“kabuki”之名作为卖点。后来人们取女子歌舞之意，配上“歌舞妓”或“歌舞妃”等汉字，就此沿用开来，进入明治时代后，才正式改为现今的“歌舞伎”三字。

溯古观今，模仿往往不会止步于模仿，仿得多了自然会有发展。那时，最引人注目的当数风月场表演的歌舞秀，平日里难得一见的“太夫”级别的顶级妓女，换上男装载歌载舞，手里还弹起新兴的乐器三味线，场面堪比现代演唱会。规模盛大者足有五六十名妓女同台伴舞，虎皮铺椅，孔雀毛装饰，极尽奢华，观众最多时可达数万。

这股“女歌舞伎”的风潮在元和至宽永年间（1615-1629年）达到顶峰，不仅吸引了普通百姓，就连各地的武家与领主大名也争相拿出重金请太夫们前来献艺。史料记载，浅野幸长、伊达政宗和加藤清正等大名皆热衷于此。

倘若只是表演歌舞，倒也无可厚非，但毕竟不是每个戏班都能靠卖艺糊口，且风尘女子的本行本就不在歌舞，引得男人们为女人争风吃醋便在所难免。江户幕府数次警告收效甚微，终于在宽永六年（1629年）以伤风败俗为由禁止女人登台演艺。随着这道禁令逐渐落实，在其后二百六十余年里，日本正规的戏剧舞台上不再能看见女子的身影。

女艺人被禁，女歌舞伎偃旗息鼓，随之兴起的便是“若众歌舞伎”。所谓“若众”，即指未成年的男子。与中国古代相同，当时日本男子成人也需行元服之礼，且为便于戴冠，通常需以百会穴为界，剃去（1592年之前多为拔去）额前及头顶部位的头发。所以，唯有那些剃发前的美少年可以男扮女装献歌献舞，这便是若众歌舞伎。

其实，若众歌舞伎几乎在女歌舞伎风靡时就已出现，只不过一直落于下风，未成气候，如今女歌舞伎被禁，机会反倒落到了美少年们的头上。这一时期的表演发挥男子的优势，增加了滑稽短剧及杂耍内容。只可惜好景不长，承应元年（1652年），幕府又发出一纸禁令，将若众歌舞伎也逼退出了历史舞台，理由与女歌舞伎相同。

在那个时代的日本，男色文化本就司空见惯，以描写市井风潮见长的江户作家井原西鹤在其处女作《好色一代男》中塑造的主人公世之介，就是一个“阅女子三千七百四十二人，历小人（少年）七百二十五人”的风流公子。在如此背景下，美少年们自然难以免俗，而若众歌舞伎就本质而言与女歌舞伎并无区别，满足的也是人们对情色的幻想。

禁令颁布后，有资格登台的仅剩下剃了发的成年男子。据《南水漫游》记载，京都一带表演若众歌舞伎的戏班子为谋生路而与幕府交涉，最终以所有演员剃发，且不出卖色相，改为上演反映世间百态的正经剧目为条件，在翌年三月重新获得了表演许可。由于江户时代成年男子剃的发型叫作“野郎头”，所以那之后的歌舞伎被称为“野郎歌舞伎”，这便是现代古典歌舞伎的雏形。

顺带一说，那时一些演员为遮盖剃发的部分，会在脑袋上搭一块小手巾，称为“野郎帽”。古典歌舞伎中，扮女角的演员在额前搭一方紫色头巾的传统便来源于此。

起初，野郎歌舞伎表演的剧目仍延续阿国开创的传统，以多情公子在风月场买醉为主题，其后逐渐吸收更古老剧种“能剧”与“狂言”等的剧目，故事内容愈加丰富。能剧由更为古典的“猿乐”发展而来，源头可溯至中国唐朝的散乐，以歌舞见长，不重情节而重抒情，题材多取自《古事记》《伊势物语》《源氏物语》等文学名著。古典歌舞伎中，今日仍在上演的《隅田川》（『隅田川』）、《京鹿子姑娘舞惑道成寺》（『京鹿子娘道成寺』）等经典舞戏多来自能剧；而“狂言”则是喜剧类型的科白短剧，在江户时代之前没有固定脚本，靠师徒口传心授，讽刺讥诮，针砭时弊。也有说法认为，当年与阿国同台反串的几位男演员皆为狂言师。

高高在上的能剧为歌舞伎注入了“雅”的元素，辛辣讽刺的狂言则构成了歌舞伎“俗”的本色。虽然这一时期的歌舞伎相较剧情仍更偏重于诙谐逗趣的娱乐效应，但这一切都为歌舞伎在元禄时期前后进入发展期奠定了基础。

一西一东，一文一武

元禄时期（1688–1704年）是一个繁华奢靡的时代，城市工商业发展兴盛，市民（町人）阶层兴起，日本人将其形容为从“忧世”步入了“浮世”。元禄前后，市民文化遍地开花，井原西鹤的市井小说风靡一时，浮世绘将绘画艺术带入普通人的生活，歌舞伎也开始转向科白剧，正式走上戏剧发展之路。

随着剧情越发复杂，剧中角色逐渐分化出固定的类型，歌舞伎中的“立役（生）”“女方（旦，也称女形）”“敌役（净）”“道化方（丑）”等几个大类，以及下属一些小类均形成于这一时期。其中，道化方，即丑角在十八世纪逐渐消亡，其作用分散到其他角色上。

中国以南北为界，日本则有东西之分。古典歌舞伎中，以京都、大阪为代表的“上方歌舞伎”和以东京为代表的“江户歌舞伎”，其表演风格与程式也都确立于这一时期。两方的代表人物可谓一西一东，一文一武。

西边，即上方歌舞伎的代表名伶，当数初代坂田藤十郎（1647–1709年），屋号：山城屋，开创了“和事”，即和戏的表演程式。

藤十郎的父亲坂田市左卫门是主办歌舞伎演出的老板，藤十郎二十多岁起师从饰演老妇的名家杉九兵卫及能剧小鼓名家骨屋庄右卫门。在有据可考的舞台记录中，第一次出现藤十郎之名是在延宝四年（1676年），当时他已年届三十。两年后，藤十郎便迎来了他的成名作，在名妓夕雾的追悼演出中登台，于《夕雾名留正月》（『夕霧名残の正月』）一剧中饰演夕雾的恋人、花花公子藤屋伊左卫门。这出戏时隔短短一个月便在大阪重演，并成了悼念夕雾的保留剧目。藤十郎也因为这个角色一炮而红，据说其一生总共出演过十八次伊左卫门，这在新戏当道、极少复排的元禄时期非常罕见。

藤十郎在剧中塑造了一个出身豪门但沉溺酒色，结果落魄潦倒、流落街头的风流公子形象。元禄末期，人们习惯了纸醉金迷的生活，不少富二代坐吃山空，穷困交加，井原西鹤的绝笔之作《西鹤置土产》中，这样的故事比比皆是。藤十郎尤为擅长演绎这类落魄公子，尤其是与妓女拌嘴调情的场面，由此确立了以落魄却不失优雅的风流男子欢场留情为题材的所谓和戏的表演程式。为表现身份尊贵之人处境困窘，藤十郎还仿照当时穷人在大风天的装束，穿一身和纸做的衣服作为戏服。

藤十郎擅表演却不擅舞蹈，他的表演风格极其写实，以至于流传着这样一则逸闻。据说一个外乡人特意来看他演出，看完却叹息："今日真不走运，这藤十郎净在舞台上跟人商量事情，都没见他好好演戏。来的真不是时候。"不过，藤十郎的戏虽然追求真实，却并非不讲究。据说他饰演伊左卫门时有一场戏需在台上脱鞋，他特意让人备了小一号的鞋，理由是"伊左卫门的脚若是大得失了情趣，会叫看客失望"。藤十郎常说："演员随时随地都应随身携带乞讨用的袋子，贪婪地吸收知识，并将这些运用到表演当中去。"

说起藤十郎，不能不提另一位名留日本文学史的人物、剧作家近松门左卫门（1653–1724年）。近松出生于武士家庭，热衷研习古典名著和佛学，生前留下的剧作逾一百三十部，有意思的是，他的创作往往起源于和演员的缘分。他因为结识了当时的净琉璃（三味线说唱）大师竹本义太夫，便不惜抛下武士后人的身份，投身"轻贱"的娱乐行当，创作起了人偶净琉璃的剧本。元禄八年（1695年）前后，他又结识了初代坂田藤十郎，遂转投歌舞伎的世界，先后为藤十郎写下二十四部歌舞伎剧本，几乎每一出都叫好又叫座，直至藤十郎因病退隐。

近松是歌舞伎历史上第一位专职剧作家，不过当时的剧本概念不同于今日。在近松的时代，剧本仅勾勒出故事大致的脉络情节，且都以“口承”的方式由剧作家现场讲述给演员听，具体念白和细节，须由演员与剧作家沟通完成。歌舞伎以演员为核心，剧本皆为突出演员的表演特色与程式服务，比起保留剧目或故事，更偏重于表演方式的传承。正因为如此，藤十郎演绎的《夕雾名留正月》具体内容已不可考。不过，在藤十郎过世后的第三年、正德二年（1712年），回归人偶净琉璃的近松创作了一部以藤屋伊左卫门为主人公的剧作，题为《夕雾阿波鸣渡》。该剧讲述伊左卫门在被家人赶出家门后落魄潦倒，来找与之相好的妓女夕雾，不想夕雾正在见客，伊左卫门醋意大发，见到夕雾后对她冷言冷语。夕雾所见的客人乃武士平冈左近的妻子阿雪，夕雾将她和伊左卫门诞下的儿子谎称为左近的儿子交托给左近抚养，阿雪得知后为夕雾赎身，并聘她做孩子的乳母。伊左卫门尾随二人得知真相，盛怒之下与孩子断绝关系，夕雾因此一病不起。所幸伊左卫门的母亲获悉后，原谅了伊左卫门，并同意他迎娶夕雾，夕雾的病势才终有好转。现代歌舞伎中的《花柳文章》（『廓文章』）一剧被视为《夕雾名留正月》的后续作品，正是改编自这个剧本的前半部分。

说完西边，再来说东边，江户歌舞伎。与藤十郎齐名的代表人物乃初代市川团十郎（1660–1704年），屋号：成田屋，开创了“荒事”，即豪戏的表演程式。

市川家族一直延续至今，据其官网记载，团十郎的父亲出生于成田山新胜寺附近的幡谷地区，与新胜寺颇有渊源，“成田屋”的屋号正来源于此。团十郎幼时经历不详，据说自小喜爱窝在家附近的小戏院里，史料中有据可考的最早登台记录是在其二十一岁那年。他最初取乳名做艺名，自称“市川海老藏”，延宝三年（1675年）更名为市川团十郎。

关于团十郎开创豪戏的起点，可信度较高的说法认为源头应为贞享二年（1685年）上演的《金平六条大道》。这出戏改编自当时极受欢迎的人偶戏《金平净琉璃》，戏中人偶师时而拔下人偶的脑袋，时而将人偶狠摔在地，夸张的表演引起了人们的兴趣。团十郎受此启发，将脸和身体涂成红色，极尽夸张之能事，塑造出坂田金时这个角色，也由此确立了以夸张的服化道和肢体动作演绎武艺超常的武士这一豪戏表演程式。

其实，在团十郎之前就已出现场面激烈的打斗戏，团十郎的表演也借鉴了这种表演程式，他的创新在于将夸张的表演与惩恶扬善的故事相结合，迎合了民众渴慕英雄反抗强权的心理。团十郎不似初代坂田藤十郎那般幸运，身边没有如近松门左卫门一般的剧作家，所以只能自创自演。他以“三升屋兵库”为笔名写下了多部剧作，其中豪戏的集大成之作当数《且慢》（『暫』）。

《且慢》最初并非一部独立的剧作，而是团十郎创作的《参会名护屋》中的一折。之后许多年，这出戏虽然多次上演，但故事内容与背景并不固定，或取《太平记》或取《义经记》，登场人物也会随背景设定而改变。不过，主线情节万变不离其宗，无论哪个版本，总会有一个不畏强权的主人公在恶人仗势欺人时大喝一声“且慢”，从花道华丽丽地登场，惩恶扬善。现代上演的版本保留了初代市川团十郎所演的角色，以武将镰仓权五郎为主人公。如今，两鬓高耸、宽袖素袍、绘红色脸谱、挎两米大刀的权五郎，几乎已成为日本歌舞伎的代表形象。

初代团十郎版的《参会名护屋》在武家势力占优的江户广受欢迎，剧中的恶人几乎都是身居上方、代表天皇与朝廷的“公家”。这出戏也曾在京都上演，但反响平平，东西文化的差异与对立可见一斑。和戏与豪戏，就此奠定了上方歌舞伎与江户歌舞伎不同的底色与基调。

屈居下风，却名作迭出

歌舞伎的“山羊身”科白戏基本成形后，孰料祸从天降。正德四年（1714 年），德川家第七代将军德川家继的生母身边的女官江岛，前往山村座剧场观看演员生岛新五郎出演的歌舞伎。下戏后，江岛设宴款待生岛等人，因为酒席甚欢，不慎错过了后宫的门限。结果为整肃后宫，不仅江岛被罚，多人受到牵连，山村座剧场也被勒令关停，歌舞伎遭到打压。

屋漏偏逢连夜雨，近松门左卫门在初代坂田藤十郎病倒后重返人偶净琉璃的世界，再度携手竹本义太夫创作起人偶净琉璃的剧本，但近松离去后，歌舞伎界未能出现堪比近松的优秀剧作家，所以在享保至宝历年（1716–1764年）前后，人偶净琉璃的风头完全盖过了歌舞伎，后者只能拾前者的牙慧，改编上演一些叫座的人偶净琉璃剧本，这便是怪兽的龙尾“义太夫戏”的由来。

不过，这并不妨碍歌舞伎在这一时期好戏连台，名作迭出。首先要提的乃是两出“近松戏”，一出是以中日混血的历史人物郑成功为原型创作的“时代物”，即历史戏《国姓爷合战》（『国性爺合戦』）；另一出则是根据当时真人真事改编的“世话物”，即市井伦理戏《曾根崎殉情》（『曾根崎心中』）。

《国姓爷合战》虽以郑成功为原型，故事却纯属虚构，讲述了明朝旧臣亡命日本娶妻生子，取名和藤内。和藤内长大后得知皇帝死于鞑靼国的诡计，于是带双亲重返故国，寻访异母姐姐锦祥女，希望与她的夫婿甘辉将军联手复兴大明。其中最著名的桥段便是“染红流”，锦祥女答应和藤内帮忙劝说甘辉，并约定如果成功，便往河中撒入白粉将河水染白，反之染红。甘辉回城获悉原委，他虽然也想同和藤内联手，但又不甘心落人口实说自己为美色所惑。锦祥女体察到夫婿内心的纠葛，遂用自己的鲜血染红了河水，临死还央求二人联手成就大业。和藤内的母亲不忍锦祥女泉下孤寂，最后也舍命相陪。

而市井伦理戏《曾根崎殉情》则是日本戏剧史上第一出悲剧。江户时代，士农工商身份有别，不能自由恋爱，当时发生了两起著名的殉情事件，都被近松搬上舞台。其中一起发生于元禄十六年（1703年），大阪天满屋的妓女阿初与内本町酱油商平野屋的店员德兵卫相恋，却为世间所不容，二人在曾根崎村露天神社的森林双双殉情，这便是《曾根崎殉情》的故事原型。如今，露天神社内还可以看到一对纪念铜像，两位恋人在石凳上抵膝而坐，情意绵绵。近松改编时，加入了德兵卫慷慨解囊助友人渡过难关，却反遭友人诬陷的情节。戏中，阿初用穿着白袜的脚拦阻躲藏在檐廊下、被口出恶言的友人激得出离愤怒的德兵卫。这一幕的看点便在于，饰演阿初的女形能否用那一只“玉足”传达出娇媚又决绝的观感。

另一起殉情发生于享保五年（1720年），大阪纸铺的治兵卫与纪伊国屋的妓女小春双双殉情，由此改编的近松戏题为《天网岛殉情》（『心中天網島』），戏中女人互为对方着想、相互体恤的道义令人动容。不过，由于这些殉情戏上演后带起了一股殉情风潮，享保八年（1723年）幕府下令禁演殉情戏。

近松的作品情节跌宕，富于张力，使人偶净琉璃和歌舞伎发生了质的飞跃，后人将其誉为“日本的莎士比亚”。歌舞伎本是庶民文化，喜热闹、重娱乐，近松的戏剧为歌舞伎引入悲剧元素，增添了更多文艺色彩。而且，为上演人偶净琉璃的剧本，这一时期的歌舞伎与几乎同时发展起来的净琉璃紧密结合，形成了演员只念道白、专人负责叙唱的表演形式，戏剧的音乐水准也跃上新的台阶。

随着多幕剧的样式日渐成熟，歌舞伎继续追随人偶净琉璃的脚步，开始上演剧情更复杂、人物更繁多的长篇历史戏，其中最著名的当数《菅原授道习字鉴》（『菅原伝授手習鑑』）、《义经千株樱》（『義経千本桜』）与《四十七武士忠臣藏》（『仮名手本忠臣蔵』，“仮名手本”原指古代孩童习字用的字帖，总共收录四十七个平假名，与忠臣藏故事中为主君复仇的武士人数相同，戏目由此得名）。这三部戏如今已成为古典歌舞伎中长演不衰的三大历史名作。

《菅原授道习字鉴》首演于延享三年（1746年），翌年九月被搬上歌舞伎舞台，全五折。故事发生在平安时代，取材于公卿兼学者菅原道真左迁大宰府（现福冈县太宰府）后遭政敌藤原时平迫害的经历。在歌舞伎中上演最多的是“私塾”一折，讲述菅原道真心爱的弟子武部源藏为救道真的儿子菅秀才一命，杀死了自家私塾的学徒小太郎，用其首级冒名顶替。前来验收的松王丸明知他在撒谎，却没有揭穿。原来死去的小太郎其实是松王丸的儿子，为报答道真的恩情，他不惜将亲生骨肉送入源藏的私塾替菅秀才赴死。

这一类献出亲骨血为主君孩子替死尽忠的题材，最早出现在能剧《仲光》（别名《满仲》）当中。因为江户武士众多，所以东边的江户歌舞伎率先引入了这一题材。同一时期，西边上方歌舞伎中的“替身”题材略有不同，多为神佛为拯救落难的众生而显灵甘当替身。《菅原授道习字鉴》有意思的地方在于将两者相结合，戏中另一段写刺客假扮使者前来接走道真，后来真正的使者上门，竟又冒出了一个道真，原来被接走的是道真自己做的木雕幻化成的替身。

第二部大戏《义经千株樱》在后一年，即延享四年（1747年）十一月作为歌舞伎戏目首次上演，全五折。讲述的是武将源义经剿灭平氏一族后，夹在后白河法皇与执掌镰仓幕府的兄长源赖朝之间左右为难，不得不暗中出逃的故事。戏中也出现了牺牲妻儿尽忠救主的桥段，而且尽忠之人还被亲生父亲误会，死于父亲之手。不过，这出戏的亮点并不在此，而在于借动物诲人，演员模仿人偶戏扮狐狸成为戏中看点。戏里的后白河法皇赐给义经一面“初音鼓”，据说正反两面鼓皮采集同胞狐狸的皮做成，法皇借此鼓暗示希望义经出兵征讨兄长源赖朝。义经出逃后，将鼓托付给恋人阿静，家臣佐藤忠信自告奋勇，贴身保护阿静。戏的最后，义经发现这个忠信其实是狐狸所变。狐狸坦言鼓皮取自其父母，所以一路追随。义经想到他自己沙场立功却反遭兄长忌惮，不由慨叹连狐狸都重亲情，人类手足却自相猜忌。

第三部大戏《四十七武士忠臣藏》上演于再后一年、宽延元年（1748年）八月，全十一折，改编自真实的历史事件“元禄赤穗事件”，也称“忠臣藏事件”。元禄十四年（1701年），赤穗藩主浅野内匠头长矩在江户城内刺伤吉良上野介，因违反江户城内不得动刀的禁令而切腹自裁，吉良未受处罚。第二年，赤穗浪人（失去主君的武士）在大石内藏助的带领下，杀入吉良府邸为主君复了仇。由于事发时间较近，为免遭幕府打压，这出戏取《太平记》第二十一卷的故事将背景改为南北朝时期，切腹自裁的悲剧人物被替换成盐冶判官。

戏的序幕部分采用了人偶式的演绎。幕布拉开，演员扮作人偶闭目低头，随着旁白响起，模仿人偶的动作缓缓抬头。据说这样的表演是为告诉观众这出戏改编自人偶净琉璃，在当时较为普遍，但在现代歌舞伎中，只有《忠臣藏》仍保留着这种演法。不过，歌舞伎中可以看到另一种让演员故意模仿人偶动作的表演程式，名为“人偶式”，同样发端于人偶净琉璃。《本朝廿四孝》中的八重垣小姐以及《阿古屋》中的岩永左卫门皆采用这种表演程式，演员似人偶又非人偶，极其考验表演功力，在戏迷眼中颇有看头。

据天明五年（1785年）出版的《古今评林》记载，《忠臣藏》在三十八年里先后上演四十一次，在热衷新戏的江户时代绝无仅有。戏中人物众多，故事繁杂，虽是历史戏，却兼具市井伦理戏的特点，明快的节奏和感同身受的代入感吸引了观众。且因为登场人物过多，同一个演员需要快速换装、分饰多个角色，这也成为戏的看点之一。

这一时期，歌舞伎独特的剧场构造基本成形。享保二年（1717年），半露天的剧场改为全封闭式样，二楼辟设了铺设榻榻米的包厢席。元文一年（1736年），纵贯客席、形似T台的“花道”成为歌舞伎舞台的固定结构。另外，歌舞伎很早便开始使用升降台增加演出效果，宝历八年（1758年），剧作家并木正三还在全世界率先发明旋转舞台，极大地提升了转场的效率与戏剧性。现代歌舞伎的舞台布置都采用大型布景，精致考究，有时还会拉起钢索让演员“飞天”，幕布一开，便是戏中世界。

舞戏与猎奇并进

如前所述，歌舞伎起源于“kabuki舞”，且元禄时代的歌舞伎更接近歌舞秀，舞戏乃是歌舞伎的“狮头”，可见舞在其中的意义之重。但遗憾的是，元禄歌舞伎大多已无资料可考，现存最古老的舞戏只能追溯到享保至宝历年间（1716-1764年）。由于这一时期出现了初代与第二代濑川菊之丞以及初代中村富十郎等舞艺出众的女形，所以舞戏渐渐成为女形的专长。当时最著名的舞戏当数首演于宝历三年

（1753年）的《京鹿子姑娘舞惑道成寺》。

这出戏的情节设定取自能剧《道成寺》，改编自安珍与清姬的传说。少女清姬单恋僧人安珍而不得，结果因爱生恨变成蛇精，放火烧死了化身佛钟的安珍。歌舞伎《道成寺》因为是舞戏，所以对故事情节几乎不做交代，而是以女主人公花子的舞蹈贯穿始终。此戏最大的看点，便是以一句“摹人范本，学人爱恋”起头的叙唱所引出的少女情动之舞，表现少女费尽心思梳妆打扮，却又不知情郎对自己是否真心，不免心下纠结爱恨交织的心境。歌舞伎中演员的内心独白常常不以道白的形式由演员嘴里说出，而借由叙唱代言，演员则将情绪寄托于舞蹈中。同一时期的歌舞伎演员佐渡岛长五郎曾在《演技秘传》一书中写下“舞在词中”的心得，意思是舞蹈动作必须与叙唱的歌词相契合。

另外，《道成寺》这出戏还使用了类似川剧变脸的技法，不过变的不是脸，而是衣装。演员事先叠穿上两套服装，演到一半，由负责助演的黑衣从演员后脖颈处抽去最外侧的衣服，亮出底下的另一套装束，这种技法叫作“抽衣”（日语写作“引拔”）。一些演员为增加看点，常会在同一出戏中多次“抽衣”。对此，佐渡岛长五郎在《佐渡岛日记》中批评称，虽然此技法有助于防止看客无聊犯困，但若次数过多，反叫人无法正常观戏。

歌舞伎的核心是演员，名剧的诞生离不开名伶。随着饰演男性角色的演员中出现如初代中村仲藏这样擅长舞蹈的名优，歌舞伎终于迎来男女角色共舞的舞戏《积恋雪叩关门》（『積恋雪関扉』）。

这出戏原为《重重人重小町樱》中的一部分，首演于天明四年（1784年），前半包含有《且慢》的情节。戏中三位主人公良峰宗贞、小野小町、大伴黑主都出自《古今和歌集》，后两人皆为和歌集序文中提及的“六歌仙”，宗贞则暗指另一位“六歌仙”僧正遍昭年轻时的形象。戏的看点之一在于舞台布景，硕大的樱树占满舞台，花满枝头，视觉效果惊人，演员从中空的樱花树内走出，设计巧妙。

戏中三个角色皆有舞蹈。宗贞与小野小町情投意合，无意中发现守关人关兵卫其实是觊觎皇权的逆臣大伴黑主，并得知宗贞的弟弟安贞已经死于其一手策划的阴谋。最精彩的一幕出现在末尾，大伴黑主意图砍倒樱花树，却在一阵晕眩中看见一个美女现身，自称墨染，并以美色相诱。二人言辞调情间起了口角，大伴黑主亮明身份，墨染也道出自己乃樱花精所变，来此正是为给恋人安贞复仇。露出真面目时，两位演员都使用了不同于“抽衣”的另一种变装技法，名为“翻衣”（日语写作“ぶっ返り”）。演员同样事先叠穿两套服装，表演时由演员自己或充当辅助的黑衣拉动肩部的线头，腰部以上的外侧服装从肩部翻落，露出底下的另一套装束。“翻衣”之后便是全剧的高潮，演员以激越的舞蹈表现打斗场景，并亮出最后的架子。

《积恋雪叩关门》是歌舞伎舞戏中为数不多结合剧情与

舞蹈的戏目，可惜这一戏剧样式并未得到发展。之后，舞戏重新回归女形的领域，几乎无情节可言，而旨在融合多种装扮及风格，结合多种道具及乐器，以舞蹈展现女子的春心萌动，吃醋赌气，或痴缠幽怨。代表剧目有《藤花姑娘》（『藤娘』）、《白鹭姑娘》（『鷺娘』）等。

在舞戏越发注重舞蹈的同时，舞戏以外的剧目带上了更多猎奇色彩。歌舞伎中最经典的恐怖戏《东海道四谷怪谈》便诞生于这一时期，于文政八年（1825年）七月首演。戏中的男主人公伊右卫门是一个典型的渣男，不仅暗中杀害妻子阿岩的父亲，还在美貌的阿岩分娩后厌弃她年老色衰，试图背着阿岩迎娶富豪伊藤的孙女。被蒙在鼓里的阿岩喝下伊藤家送来的毒药，容貌尽毁，并得知了伊右卫门的背叛。死不瞑目的她化身怨灵，让伊右卫门在迎娶新嫁娘之日出现幻觉，错手杀死新娘，并最终借他人之手为父亲与她自己复了仇。

首演时，饰演阿岩的是第三代尾上菊五郎，他一生共演过九次阿岩，首演后很快便进行了复排。据说菊五郎是一位绝世美男子，被歌舞伎演员收为养子，他扮演的阿岩因为太过惊悚而留下了诸多逸闻。有说首演时，与之演对手戏的第七代市川团十郎几乎不敢正眼看他的脸，也有说第四次上演时，扮演伊右卫门的第二代关三十郎被吓得一病不起，不得不中途休演。

菊五郎的成功离不开其养父初代尾上松助。松助特别喜爱在舞台上运用一些新奇诡谲、类似魔术的表演手法，如骸骨变人、水下变妆等。歌舞伎作为庶民文化极其注重娱乐性，带有浓重的猎奇色彩。当时甚至出现了一本读物，题为《御狂言乐屋本说》，专门揭示剧中各类手法背后的装置及原理。《四谷怪谈》的作者第四代鹤屋南北与松助意气相投，多有合作。

此前的江户歌舞伎与上方歌舞伎不同，不讲逻辑而只追求戏剧性，常常将历史上的人物及典故信手拈来，炖成一锅大杂烩。率先改变这股潮流的，正是发明旋转舞台的剧作家并木正三的门徒并木五瓶，他借鉴上方歌舞伎的剧作方法，重视故事的逻辑自洽。受其影响，剧作家樱田治助还直接前往西边求学，而第四代鹤屋南北正是樱田的门生，将“写实”的手法推升到了新的高度。

南北在《四谷怪谈》中塑造了一个无比真实的女鬼形象，戏中最瘆人的一幕出现在阿岩饮下毒药之后。她半边脸已经不成人形，且因为得知了真相，整个人几近疯狂，决意去找伊藤家理论。阿岩跪坐到镜子前整衣梳妆，可因为产后脱发严重，每梳一下便有大把头发掉落，看得人心惊胆战。正因为穿插了如此贴近生活的刻画，才让这出戏成为日本恐怖剧的鼻祖。

继南北之后，江户时代末期还有一位绕不过的剧作家河竹默阿弥（1816–1893年），他的功绩与其说是创新，不如说是融合，坪内逍遥赞其为“江户戏剧的大批发商”。据说他成为剧作家后不喝酒，不拖稿，行事一丝不苟，甚至有剧方老板设宴时主动将钱包交托给他保管。不过，与其性格不同的是，默阿弥在幕末时期的作品多以窃贼匪类为主角，被称为“白浪戏”（日语写作“白浪物”）。其中最具代表性的一部当数《三人吉三廓初买》，现代仍在上演的版本题为《三人吉三美飞贼》（『三人吉三巴白浪』）。

这出戏首演于安政七年（1860年），塑造了三个同名的人物：男扮女装杀人劫财的吉三“小姐”，为非作歹谋财害命的吉三公子，以及不务法事的吉三和尚。三人因为机缘巧合相识后，深感缘分不浅，结拜为兄弟。随着故事推进，三人旧怨新仇理还乱，可即便如此，吉三和尚仍然原谅了错杀其父亲的吉三公子，三人在追兵的围堵下共赴黄泉。

“白浪”二字出自《三国志》，源于黄巾军的余党“白波贼”，指代流寇盗匪。当时，江户幕府已是强弩之末，世间弥漫着颓废虚无的末世氛围，流行的说唱曲艺也都以出身底层的恶党淫寇为主角，三位吉三颓靡无望、四面楚歌的结局，或多或少反映了当时江户人真实的时代感受。默阿弥的作品总是紧扣时势，明治维新后其创作题材随时代而变，在明治十八年（1885年）首演的《水天宫利生深川》一剧中，主人公变成没落的士族，走投无路想要寻死之际，感念于周围人的善意而放弃了轻生。

默阿弥对歌舞伎的贡献在于大大丰富了剧中的音乐元素，他巧妙配合剧情及演员动作，结合三味线、鼓、笛、胡弓、古筝等乐器添加各种配乐及音效。同时还积极扩充叙唱的曲风，将清元等其他流派的净琉璃也融合进来。另外，默阿弥的戏还有一个特点，道白仿和歌等古诗词采用“七五调”，即七言五言间隔搭配的句式。他的戏词韵律极强，读来琅琅上口，给原本通俗的歌舞伎平添了古雅的味道。但这一做法有利有弊，近松门左卫门就曾指出七言五言必须添虚词硬凑，会让看客沉浸于韵律而不思词意。事实上这一点确实流弊于今，现今的日本人即便爱看歌舞伎，也少有人能准确说出道白及唱词的意思。

脱俗塑雅，在时代中求存

截至明治维新之前，歌舞伎一直属于娱乐大众的庶民文化，猎艳猎奇，不以“俗”为耻。古典歌舞伎给现代人留下的所谓“高雅”印象，一部分源于历史的演进，一部分也是人为塑造的结果。

维新后，明治政府急于倡导文明开化，推行欧化改良。当时，表演歌舞伎的剧院在世人眼中属于不入流的地方，与妓院同为“欢乐场”。为模仿欧美打造高雅的剧院文化，明治五年（1872年），东京府厅召集歌舞伎界人士，要求去除戏中的“狂言绮语”，即荒诞无稽、低俗下流的内容。歌舞伎界随即掀起一场“戏剧改良运动”，得到了名优第九代市川团十郎的响应，他在演绎清凉山灵狮戏牡丹的名戏《枕狮子》（现代版题为《镜狮子》）时，就将原戏中的妓女改换成宫中的女官。在团十郎和默阿弥等人的助推下，这一时期诞生了一批忠于史实的“活历剧”，即活历史戏，和反映明治新风的“散切物”，即剃发戏。

明治十九年（1886年），时任首相伊藤博文的女婿末松谦澄与涩泽荣一、外山正一等财政界要人共同组建戏剧改良会，将运动推向高潮。第二年，明治政府在外务大臣井上馨的府邸筹办歌舞伎演出，接连办了四天。第一天请天皇，第二天请皇后，后两天则安排皇室宗亲到场观剧，史称“天览歌舞伎”。这是歌舞伎诞生以来首次得到天皇御览，大大提升了歌舞伎的社会地位，使民众对其的印象大为改观。

不过，这场戏剧改良运动就内容而言未免过于激进。末松谦澄在当时发表的《戏剧改良意见》一文中提出，可以撤花道，废叙唱，幕间应奏乐让观众静心宁神，三味线与鼓声扰人清净，当以西洋音乐为佳。正因为这场运动太过跳脱，所以无论是活历史戏还是剃发戏，演出后皆反响不佳，且还招来森鸥外与坪内逍遥等知识分子的批评。那之后，逍遥、泉镜花、谷崎润一郎等作家纷纷执笔创作起歌舞伎剧本。不过，这些剧本虽套用歌舞伎的表演程式，主题却是西方的人文思潮，有人评价其为“旧皮囊装新酒”，所以被称为“新歌舞伎”。而传统的歌舞伎则在话剧等新戏剧的冲击下，走上了古典化的道路。

日本歌舞伎发展四百余年，没有国营剧团，代代传续的名门世家自成一个剧团，演出完全依靠民营公司进行商业运作，这就要求歌舞伎即便转型为古典戏剧，也必须在时代的变迁中努力求存。主办歌舞伎演出的民营公司是日本影视娱乐业的巨头“松竹”。公司名字取自创始人大谷竹次郎和白井松次郎。二人从京都起步，策划演出，经营剧院，于明治四十三年（1910年）收购新富座剧场，进驻东京。昭和四年（1929年），松竹取得帝国剧场的经营权，至此日本所有的歌舞伎演员均被收入松竹的麾下。

随着娱乐业遍地开花，世界逐渐步入影像时代，歌舞伎的经营越发艰难，筹办演出自然需要一些抓人眼球的热点，这时歌舞伎世家的传统习俗“袭名”便成为绝佳的话题。

袭名的做法在日本的传统艺术与工艺领域颇为普遍，这一制度究竟始于何时尚无定论，有说法认为主要普及于江户时代。那时，幕府禁止普通百姓公开使用姓氏，所以一些需要传续家业的家族开始使用“家名”，遂出现户主更迭而户名不变的现象。由此可见，袭名所承袭的不仅仅是名号，更是一个家族的传统。而在歌舞伎领域，袭名的意义更为深远，有时演员承袭的并非自家祖辈，而是历史上某位名伶的名号，意味着他承袭了名号所承载的表演风格与程式。比如2005年，第三代中村雁治郎在“坂田藤十郎”这一名号空缺二百三十一年之后，终于凭借他对上方歌舞伎的传承与演绎成为第四代传人。

歌舞伎演员自初次登台起，便不再使用真名，登台的那一天便是袭名的那一刻。每当演技精进到一定程度，演员便会获准承袭相应等级的名号，据说袭名时，前辈的赏识、松竹公司的举荐以及戏迷们的呼声缺一不可。正因为承袭的名号代代相同，所以歌舞伎演员都有“第几代”之分。观众喝彩时，呼喊的也是演员的名号或家族的屋号，演员的本名极少受关注，流传于世的皆为名号。目前，日本歌舞伎界历史最悠久的家族是初代市川团十郎开创的“市川宗家”，其世代相传的表演程式便是由初代市川团十郎开创的豪戏。第七代市川团十郎还择定了十八部戏目作为“家艺”，统称“歌舞伎十八番”，多数为豪戏。

提起袭名，难免会给人留下拘泥于家族血脉、故步自封的狭隘印象，但正如许多传统戏曲那样，歌舞伎的功法必须从儿时练起，长大后往往为时已晚，世袭或许是引导一个人自幼进入某一行当的最粗暴却也最有效的方式。若回溯一些名门世家的发展历史，也会发现世袭并非绝对。比如，初代坂田藤十郎虽然育有一子，但他却将自己视为衣钵的纸衣传给外姓演员大和山甚左卫门，并将名号传给弟子而非亲骨肉。到了现代，歌舞伎演员收颇有天分的小演员为养子的事例也愈发普遍。

不管怎么说，袭名对歌舞伎演员而言意义非比寻常，袭名公演不仅仅是一项家族活动，更已升格成整个歌舞伎界的一大盛事，成为制造话题、吸引观众的一种手段。袭名公演与常规公演不同的地方在于会多出袭名致辞的环节。致辞时，袭名的演员与同门演员一起，身穿带家徽的正装宽肩和服，在台上以最标准的跪姿跪作一排，逐一向观众致辞。如果袭名之人位分较高，还会有同辈或更高一辈的名优参与。袭名公演通常采用巡演的形式，在日本各地，乃至海外巡回，时间最长可达一年。很多时候为喜上加喜，会特意安排父子同时袭名。平成三十年（2018年），高丽屋松本家祖孙三代一齐袭名就曾引发热议。

为了在时代中求存，歌舞伎在现代的商业运作也是可圈可点。平成十四年（2002年），第五代中村勘九郎邀请话剧界的名作家野田秀树创作歌舞伎剧本，上演后反响热烈，带起当代剧作家涉足歌舞伎的热潮，三谷喜幸、蜷川幸雄、宫藤官九郎等也都纷纷“下海”。不仅如此，歌舞伎还大胆出圈，紧跟漫改潮流。平成二十七年（2015年），第四代市川猿之助推出“超级歌舞伎”之《航海王》，表演结合多媒体技术，装扮忠于漫画人物，台词均为现代日语，表演方式则沿用歌舞伎的传统程式。令和元年（2019年），吉卜力的名作《风之谷》也被搬上歌舞伎舞台，尽管开演没几天便发生意外，演员从舞台装置上摔倒骨折，剧方不得不改变舞台呈现，但口碑依然爆棚，戏票售罄，且得到了媒体的广泛关注。

此外，歌舞伎与花样滑冰结合诞生的冰上歌舞伎，以及松竹制作歌舞伎电影在影院放映，也都是紧跟时代的大胆尝试，而歌舞伎演员在各类影视剧中频频客串更是已经常态化。《国宝》一书的作者吉田修一在访谈中也曾提到，他经人引介拜访了第四代中村雁治郎，在他说明来意表示想创作一部以歌舞伎为题材的长篇小说后，对方竟主动为他量身做了黑衣，让他随时随地跟在身边，且在后台畅行无阻，由此也能窥见现代歌舞伎界的开放与豁然。或许，这也正是歌舞伎这一传统戏剧可以不依靠国家资助、历时四个世纪依然焕发鲜活生命力的奥秘所在。

笑你梁兄真像呆头鹅

傅谨

戏曲里有许多女追男的故事，都不简单。当然，简单就无趣了。

越剧《梁山伯与祝英台》是家喻户晓的经典，其中有两个场次最广为人知，一是“十八相送”，一是“楼台会”。

话说上虞祝家庄有位才女，名叫祝英台，一心想去杭州读书。但她是女性，古代没有女性上学堂的道理，于是她女扮男装，成功骗过世人，居然真在杭州的万松书院获得了求学的机会。她对同窗梁山伯暗生情愫，然而校园里的爱情总是既美好又短暂，三年后祝英台从父亲之命离开书院回家，梁山伯一路相送，她对梁山伯许下芳心，这就是“十八相送”的过程；数月后梁山伯依约前来迎娶，祝父却已经将她许配给当地太守之子马文才。两人在楼台相会相别，一对有情人却不能成眷属，哭得昏天黑地，这就是“楼台会”。越剧《梁山伯与祝英台》里，堪与“楼台会”之凄美相对应的，是欢乐无比的“十八相送”。

“十八相送”趣味横生，是因为梁山伯送祝英台的这一路上，祝英台无数次对梁山伯暗示她是位姑娘，她希望和梁山伯结为夫妻，但憨厚的梁山伯只当她是结拜兄弟，怎么也听不明白祝英台的种种比喻。气得祝英台说池塘边那只鹅正在“笑你梁兄真像呆头鹅”呢。

梁祝是中国古代最动人的爱情故事之一，流传很广，版本众多。其中最具共性的，就是祝英台给自己做媒，要嫁给梁山伯。晚近文学领域的性别研究很是风行，性别政治是要揭示历史叙述在性别领域对女性的不公平，实际上却衍生出新的不公平。即使是现代版《梁祝》的“十八相送”，已经把很多与性相关的隐喻都清洗掉了，仍然如此：如果把梁祝的关系倒过来，换成梁山伯如此挑逗祝英台，即便完全同样的唱词，无疑成为明晃晃的性骚扰。然而因为是女性祝英台在向男性梁山伯示爱，就不仅很美好而且很风趣。

祝英台先是对梁山伯说：“书房门前一枝梅，树上鸟儿对打对。喜鹊满树喳喳叫，向你梁兄报喜来。”梁山伯不明白啊，回道：“弟兄二人出门来，门前喜鹊成双对。从来喜鹊报喜讯，恭喜贤弟一路平安把家归。”路上看到樵夫担柴，祝英台故意问道：“梁兄啊！他为何人把柴担？你为哪个送下山？”梁山伯回答很实在：“他为妻儿把柴担，我为你贤弟送下山。”走过凤凰山下，祝英台说：“梁兄你若是爱牡丹，与我一同把家归。我家有枝好牡丹，梁兄你要摘也不难。”梁山伯还是不解其意：“你家牡丹虽然好，可惜是路远迢迢怎来攀？”终于有更贴近男女情爱的比喻了，祝英台问：“青青荷叶清水塘，鸳鸯成对又成双。梁兄啊！英台若是女红妆，梁兄你愿不愿配鸳鸯？”梁山伯说：“配鸳鸯，配鸳鸯，可惜你英台不是女红妆。”祝英台一桩又一桩的比喻，就像把自己那秋波抛向一块顽石。

落在后面的祝英台借河里一对白鹅作比：“雄的就在前面走，雌的后面叫哥哥。”梁山伯说是：“不见二鹅来开口，哪有雌鹅叫雄鹅？”恨得祝英台气不打一处来，脱口而出：“你不见雌鹅她对你微微笑，她笑你梁兄真像呆头鹅。”

二人一起走过独木桥，祝英台说“你与我好一比牛郎织女渡鹊桥”，梁山伯根本就不搭理她啊。过了一座村庄，村庄里有狗叫声，祝英台说这狗“不咬前面男子汉，偏咬后面女红妆”，梁山伯浑然不解，反驳她“贤弟说话太荒唐，此地哪有女红妆”。他们路过一口水井，祝英台坚持要一起朝井下看一眼，她对梁山伯说：“你看这井底两个影，一男一女笑盈盈。”梁山伯听了很生气：“愚兄分明是男子汉，你为何将我比女人？”观音堂上，祝英台说：“观音大士媒来做，我与你梁兄来拜堂。”梁山伯回复她：“贤弟越说越荒唐，两个男子怎拜堂？”

无论祝英台比东比西，傻傻的梁山伯就是不开窍，眼见得分别在即，祝英台只好说自己家里有位小九妹，长得和我一模一样，如果梁兄愿意，我就给你做媒，让她嫁给你：“梁兄你花轿早来抬，我约你七巧之期我家来。”梁山伯当然还是不懂的，祝英台希望梁山伯七天以后就去，梁山伯以为是说七月初七。有个民间版本，说祝英台让梁山伯“一七二八三六四九到我家”，“七八六九”加起来是三十天，一个月。梁山伯数学好，把简单的加法做成了乘法，算出的答案是七十七天，熬足天数赶过去，已经是祝英台嫁给马文才的婚期。

这个故事的讲法很符合我们重人文薄数理的文化传统，人生要幸福需有两个条件，一是数学不能太好，简单的加法就够也；二是要会猜哑谜，尤其是遇有貌似同性的人对你说些没头没脑的话，顿时让人明白每年元宵灯会的重要意义，原来那满世界挂的，都是通往人生幸福的指路灯。

“十八相送”之所以美好而有趣，是因为观众早就知道祝英台是女儿身，所以每句都听得明明白白，只有梁山伯这只呆头鹅，怎么都点不醒。这类能轻易激发起观众智力优越感的戏剧情节，总是很有剧场效果的。但真正有趣的还要更深一层，那就是故事的叙述必须有合适的性别角度，只因为是女性祝英台在撩拨男性梁山伯，所以才有趣，否则倒过来，就只剩下肉麻了。其实有不少出自民间传说的戏曲剧目，都是女主追男主，《天仙配》就是七仙女追董永，不然老实巴交的董永哪敢打仙女的主意；《白蛇传》里也是白娘子倒追许仙，即使许仙知道她是蛇仙吓得逃到寺庙里，白娘子还要点动虾兵蟹将追过去，终于把许仙逼出了金山寺。

俗话说，男追女隔座山，女追男隔层纱。可我们看梁祝故事，女追男仿佛也不那么简单。其实戏曲里还有更多女追男的故事，都不简单。当然，简单就无趣了，所有戏剧中的趣味，都要从这不简单里找。

如果从戏曲的角度看，祝英台倒追梁山伯，实在是太文绉绉了，毕竟她是在有钱人家的深闺里长大的，又知书识礼，假如是武将，当然就不宜如此酸文假醋。穆桂英在戏曲剧目里，是几乎和祝英台相提并论的名人，她就如祝英台一样看中了男人，一心要成就自己的婚姻。然而，梁山伯是不明白，穆桂英的男人是不愿意。所以，如果说祝英台是文追，穆桂英就是武追。

穆桂英的婚姻，是著名的杨家将故事里最有趣的旁枝之一。从北宋年代起，杨家将故事就开始在民间像枝蔓植物一样茁壮生长，开枝发叶，每个分枝都衍生出很有意思的故事与人物。穆桂英是在杨家将故事的后一半才开始的，前一半是杨老令公和他七个儿子忠心保国的英雄业绩，后一半仍然是忠心保国，主角却逐渐增添了多位女性，最有光辉的就是穆桂英。民间说书《杨家将演义》第三十五回是“杨宗保巧遇穆桂英”，从杨宗保引出穆桂英的惊艳出场。故事说的是辽将萧天佐设下天门一百零八阵，要破这阵势需要宝物降龙木，恰好附近的穆柯寨有两根。宋营里孟良焦赞想去谋取降龙木，败在穆桂英手下，回营搬出杨宗保，好戏就此开场。

京剧《穆柯寨》当年曾让梅兰芳一举成名，他第一次挂头牌演戏唱的就是该戏。

《穆柯寨》之所以好看，当然不是因为穆桂英打败了孟良焦赞，而是因为她打败了杨宗保，不仅打败了杨宗保，还在与杨宗保交战的过程中，慢慢地就迷上了这位粉妆玉琢的小将，于是施计将他擒下马来，带回山寨，逼迫他和自己成了亲。然后的戏码就是《辕门斩子》了，杨宗保居然在穆柯寨私自跟人成了亲，回到营中，父亲杨延昭大怒。败战之罪，加上私自成亲扰乱军心，不杀杨宗保这仗就没法再打了。其实杨六郎也有他的软肋，真杀了杨宗保，降龙木还在穆桂英手里，要靠它破辽国的天门阵呢，所以，佘太君一出面，八贤王一劝，穆桂英一下山归降，也就只好就坡下驴，放了儿子。

如果说《辕门斩子》讲的是杨六郎的无奈，《穆柯寨》说的就是穆桂英的强悍。她究竟有多强呢？后来的《穆桂英挂帅》是她晚年的事了，而在《穆柯寨》的年代，正是她青春年华，荷尔蒙满满，为幸福施展出浑身解数，就此成为人生赢家。

这场交战的表演是女追男的范本，之所以好看，是因为杨宗保的武艺很高强，穆桂必须更高强。既然她看上了杨宗保，交战时的分寸感就太重要啦，下手轻了，假如被杨宗保打败，这场婚姻就无从谈起；下手太重，伤了自己心仪的男子，也是百般舍不得。轻不得重不得，程度要拿捏得恰到好处，前提就是武艺要比杨宗保高出一个数量级。

更重要的是，穆桂英的这点小心思必须要让观众明白，且不能靠台词，而要纯粹靠表演，在武打中透露出她对杨宗保的那点儿意思，而且，还不能显得太轻佻，毕竟她是正经的好姑娘。

唐代的著名女将樊梨花是和穆桂英很相似的巾帼英雄，还一样在阵上给自己擒来了丈夫薛丁山。天道往还，后来樊梨花奉命率大军征西时，义子薛应龙居然和爹爹薛丁山一样，阵前被番邦女将擒下马来，被逼成婚。京剧《芦花河》说的是樊梨花要斩薛应龙，因为薛应龙没有皇上的旨意，也没有母亲的恩准，居然敢擅自在阵前招亲，薛丁山回营看到辕门外绑着儿子，进门去绕着弯子为儿子求情，说的就是他们当年的往事："我道是犯的那皇王将令，却原来为的是临阵招亲。提起了招亲事，你我的话也难尽，难道说樊夫人心内不明？曾记得大战在樊……"急得樊梨花赶紧让他掩上房门，屏退左右，这些私房事儿是不能公开说的，然而薛丁山可是记得很清楚，"樊江镇，樊江关前动刀兵。本帅领兵来对阵，夫人见面就要提亲。那时本帅不应允，夫人就把巧计生。设下了离山调海阵，将本帅吊至在半空层。本帅哭天，天高不允，本帅哭地，地原无门。万般无奈才允应，才收夫人进了唐营。招亲本是你我先做，为什么要斩那小姣生？自古常言道得好，先人开路他后人行"。薛丁山说的，正是樊梨花不好意思让手下众将官和兵丁听到的往事，她当年强逼着薛丁山娶自己的过程，比起穆桂英来就更强悍了。

樊梨花这段往事，很多剧种都有演绎，京剧有《樊江关》

说樊梨花的故事，但通常演的并不是招亲这一段，演樊梨花招亲的部分，单有个带点文人化的剧名叫《马上缘》。戏里说镇守樊江关的大将樊洪有女樊梨花，是骊山老母的徒弟，骊山老母或称黎山老母，可是古代传说中大有来头的人物，道教神系里是有她的位置的，司马迁的《史记》里也半信半疑地提到她是商周时的女天子。如此有来头的老母，上知天文，下知地理，能掐会算，那都是她的基本功。樊梨花出师下山，老母就对她说，她的姻缘在唐朝一位叫薛丁山的将军身上。虽然父亲已经给她定了亲，那也不管，老母嘛。果然，樊梨花回到家里，刚好两位哥哥樊龙樊虎在阵前吃了败仗，输给随父征西的唐将薛丁山。她原本就不中意父亲给自己许的番将杨藩，想不到天赐良缘，薛丁山就送上门来了。她领父命披挂上阵，单挑薛丁山应战，急着要看这位姻缘簿上该是自己男人的模样是否英俊，是否中意。但薛丁山可是元帅薛仁贵的儿子，唐朝的大军里也是人才济济，听说樊江关派了位女子单挑他出战，哪能就如其所愿，咱们军中不是也有三位本事非凡的女将嘛。薛元帅说："这丫头指名道姓，为父单不要我儿出马，吩咐窦仙童、陈金定、女儿金莲，三人去会那丫头，看她有何本领。如若不胜，儿再出马！"

樊梨花没有等来薛丁山，却等来一位女将。来将通名，她更郁闷了，来的是薛丁山的妻子窦仙童，原来她命中注定的男人薛丁山是有妻室的；不管，反正她自己也有婚配，抢呗！打退窦仙童，又来一位女将，这位陈金定还是薛丁山的妻子，再抢！打退薛丁山两位妻子，第三位女将不一样了，这是薛丁山的妹妹薛金莲，终于遇到一位不是情敌的对手，而这金莲也不像前两位嫂嫂，一看樊梨花千娇百媚的模样，更兼武艺超群，心下喜欢，更听说樊梨花奉了师父之命，想和她兄长相会，就成了好心的传话人。樊梨花一见这位“俊俏奇男出天朝，太岁银盔凤翅绕，玲珑铠甲紧丝绦，手提画戟吕布貌，帅旗书着丁山号”，哪里是为了交战而来的，分明是为择婿来的。她佯装退兵，把薛丁山引到偏僻场所，直言相告，说师父讲他们两位有姻缘之分。薛丁山大怒，然而不到一回合就被樊梨花擒下马来，揽到怀里，逼着要他依从婚约。当然，薛丁山是英雄，不会那么容易就屈服的，说“除非将我上不沾天下不着地方可依从”，樊梨花自有办法，和薛丁山上马再战，祭起法术，让山神撒下满天罩，把薛丁山吊在了大树上，半空中。经过这样的曲折，樊梨花终于完成了自己与薛丁山结缡的心愿，这番周旋，比起穆桂英要难得多了。这正应了“有志者事竟成”那句老话。当代人会怀疑樊梨花如何面对薛丁山的前两位妻室，但是对樊梨花而言，她要的就是让这桩婚事成真，至于将来，你就相信她们的家事自有办法处理好吧。

梅兰芳也演《樊江关》，他初出道时演《穆柯寨》，接着演《樊江关》，成名后似乎更喜欢演《虹霓关》。1935年梅兰芳去苏联访问演出，电影史上著名的大导演爱森斯坦给他拍了一段电影，演出剧目选的就是《虹霓关》。

《虹霓关》的故事取自《隋唐演义》，是瓦岗英雄系列传奇里的一个小插曲。瓦岗山上的好汉横扫天下，在虹霓关遇到勇猛的守将辛文礼，屡战不下。单雄信、谢映登、徐国远、程咬金都不是对手，王伯党也败在阵前，但他在逃跑中突发冷箭，可怜的辛文礼没有死在战场上却死在了对方的暗箭下。但辛文礼还有妻子东方氏，这位绝世丽人蛮靴窄袖，武艺非凡，听到将士来报丈夫被害，立刻吩咐大小将官，齐穿孝服，灵堂听点。她点动兵马，发誓要踏平瓦岗寨，手刃王伯党，为夫报仇。

东方氏出马，果然势如破竹，瓦岗诸将都不是其对手，一个个败北而退。最后又是王伯党上阵，虹霓关部下无不咬牙切齿，格外奋勇，以助夫人之威。都以为夫人此际一见仇人，分外眼红，这一仗要杀得加倍惨烈，不意两人一照面，东方氏这里固然是要兴师问罪的，王伯党那里也如常回复，但是仗打得却是“我这里觑个出神，他那里也瞧个饱”，双方的兵丁看得个个发呆。

《虹霓关》在上海演出时，扮演丫鬟的演员在此刻有段很应时的插科打诨：“夫人杀吓，夫人杀吓！咦，他们两家头，吊起膀子来了。”是的，东方氏看到“在阵前闪出了伯党小将”，眼光就渐渐开始迷离了：“他赛似当年的潘安容妆。赛韦驮，赛韦驮缺少了降魔杵杖。赛吕布，赛吕布缺少了画戟银枪。爱他的容貌相有话难讲，有一句衷肠话与你来商量：你若是弃瓦岗将奴归降，我与你作夫妻地久天长。”

这位年轻的小将原来是这样可人的，虽然银枪在握，这狠手怎么下得去？东方氏卖个破绽，且战且败，暗地里安排下绊马索，把王伯党活活擒下马来，押到关上。

所有人都以为东方氏擒住了王伯党，势必是要把他剖腹挖心，在灵前祭奠亡夫，但剧情在这里发生了神转折。东方氏感叹道："满怀心腹事，悲喜实难言。奴家东方氏，配夫辛文礼，可怜昨日一仗，阵前命丧。是我兴兵前去，替夫报仇，擒来王伯党。看他容貌超群，故而不肯杀他。咳，思想婚姻之事，实难启齿也！"她神思恍惚，听丫鬟提醒说"夫人既然拿住王伯党，就该斩首，与老爷报仇才是"，是的，应该的，应该的，于是下令把王伯党押到二堂。聪明伶俐的丫鬟看着看着突然就懂了，原来故事是要这样反转啊："见此情不由人心中暗想，背转身来自思量：老爷阵前把命丧，夫人报仇去到疆场。阵前擒住王伯党，就该挖心祭灵堂。杀夫冤仇她不想，一心心与伯党配鸾凰。自古常言道得好：最狠不过我妇人们心肠。顺水推舟把人情讲，夫人呀！尊一声夫人听端详：老爷阵前把命丧，哪有人死能还阳？伯党生来好貌相，就此机会配鸳鸯。今日洞房花烛夜，学一对织女会牛郎。"她主动请缨，劝说王伯党顺从："王将军，你乃是天下名士，若是归顺我家夫人，愿将大事付你执掌；若是不允，顷刻刀头之鬼，你要再思吓，再想！"

两个选择摆在王伯党面前，或者是掉脑袋，或者是进洞房，你猜他会选哪一个呢？王伯党果然是大英雄，不会这样轻易就范的，至少得顾到男子汉的面子吧，他还要提条件，“要俺归顺，依俺三件大事”，一是虹霓关四门都要插上降旗，二是迎接瓦岗寨众英雄上山。这条件丫鬟听不下去啊，这是谁绑了谁？她是不会答应的，但挡不住东方氏满口应承。第三个条件更苛刻，要拜堂三天才可成亲，更不行了，万一这三天出什么变故呢。然而东方氏想必是昏了头，都说爱情是智商的杀手，居然件件依从，急不迭地就亲自给王伯党松绑，她是看心上人被绑了那么久，心疼了。

《虹霓关》的结局很欢快，东方氏果然嫁给了王伯党，但是这个故事也很无厘头，丈夫刚死，才“心如刀绞两泪汪”的东方氏就看上了战场上的小白脸，而且还是杀夫仇人。无怪乎辛文礼出战前提起西施，他是有预感的吗？一提西施的名字，东方氏果然就害羞了，在神前赌咒发誓：“双膝跪在二堂上，过往神灵听一声：若把夫妻恩情忘，三尺青锋一命亡。”原来誓言啊神灵啊是如此不中用的，东方氏所向无敌的媚眼真真是横扫一切。说男女主人公在舞台上是在“吊膀子”，这个词有点粗俗；要说完全不是，也很难让人信服，可见话糙理不糙，民间语言自有其穿透力，要换个雅辞，总觉得词不达意。

这是梅兰芳年轻时最钟爱的戏之一，他演《虹霓关》，前演东方氏，后演丫鬟，前面是东方氏在战场迷上王伯党，后面是丫鬟如何让王伯党落入她们彀中，再参照《穆柯寨》和《樊江关》，一招一式，都仿佛是在放电。虽然很遗憾没有留下完整的影像，但梅派的表演路数大致可知其一二，足以让后人遥想当年，那才是伶界大王的风采。

这些倒追男人的女性之所以需要追，是由于对方并不主动。梁山伯是对这桩潜在的情事毫无所知，杨宗保根本就没有这样的意愿，薛丁山根本就觉得樊梨花的建议荒唐且无耻，只有王伯党和东方氏，算是一上战场就看对眼了，但碍于双方的身份与立场，毕竟还有刚刚欠下的血债，终究还是有很多心理上的屏障。

除了祝英台以外，无论穆桂英、樊梨花还是东方氏，要让这自己中意的姻缘成真，都得既有高强的武艺，还有极良好的心理素质。除了有本事，她们还有一点相同，那就是身份，只有草莽出身的女子如此强蛮霸道地逼婚，才具有合理性。这种不顾一切一往无前的精神，显然是她们在江湖历练中形成的，那种每天都提着脑袋的日子，容不得小女子的羞羞答答。在江湖上做强盗日子长了，看到中意的男人，不免也像看到路过山寨的财物一样，伸手就要抢，而且不仅觉得可以抢，甚至觉得应该抢，必须抢。要说这是爱情，或者说是美满婚姻，那就差点意思，毕竟无论是爱情还是婚姻，都是你情我愿的好，设想一下，如果是男性的将军这样对待美女，包括战场上的美女，不会被痛骂成流氓吗？而也正因为她们或者是落草为寇的山寨女大王，或者是在汉人看来未经文明熏陶的番邦女子，才可以如此放肆。那些知书达礼的千金小姐，哪里好意思如此，她们是明明心里有，嘴里也要偏说无的。就像祝英台，比东比西的，假如有穆桂英一小半的坦诚，哪会有最后的悲惨结局。诚然，从爱情到婚姻，两性的交往原本就可以有多种模式，祝英台有祝英台的感人，穆桂英有穆桂英的趣味。

当然，也并不是说有自己的追求就行。妾有情，郎无意，有追到了的，也有追不到的。《戏叔》里潘金莲看上了武松，对比家里那五短三粗天天见天天厌的武大郎，就动起了追武二的念头。她也是动了很多心思，甚至很主动的，然而武松是英雄，当然不能让她追上。《翠屏山》里潘巧云与和尚通奸被石秀撞破，她想把石秀也拉下水，石秀同样是英雄，因此也没有让她追上。这些追不上的戏，差不多都被称为淫戏，或者叫粉戏。那么追上了的呢？借用现在的流行语，就称它们“小粉红”吧。

图书在版编目（CIP）数据

读库. 2301 / 张立宪主编. -- 北京 : 新星出版社, 2023.2
ISBN 978-7-5133-5178-2
Ⅰ. ①读… Ⅱ. ①张… Ⅲ. ①中国文学-当代文学-作品综合集 Ⅳ. ①I217.61
中国国家版本馆CIP数据核字(2023)第018069号

读库 2301

主　　编：张立宪
责任编辑：汪　欣
责任印制：李珊珊

出版发行：新星出版社
出 版 人：马汝军
社　　址：北京市西城区车公庄大街丙3号楼　100044
网　　址：www.newstarpress.com
电　　话：010-88310888
传　　真：010-65270449
法律顾问：北京市岳成律师事务所
经销电话：010-57268861
官方网站：www.duku.cn
邮购地址：北京市海淀区万寿路邮局67号信箱　100036
印　　刷：北京雅昌艺术印刷有限公司
开　　本：770mm × 1092mm　1 / 32
印　　张：11
字　　数：220千字
版　　次：2023年2月第一版　2023年2月第一次印刷
书　　号：ISBN 978-7-5133-5178-2
定　　价：42.00元